U0493623

小美好
XIAO MEI
HAO
02

吃心望享

CHI XIN WANG XIANG

纪朵以 / 著

图书在版编目（CIP）数据

吃心望享 / 纪朵以著. -- 石家庄:花山文艺出版社, 2017.7（2020.3重印）
ISBN 978-7-5511-3479-8

Ⅰ.①吃… Ⅱ.①纪… Ⅲ.①长篇小说－中国－当代Ⅳ.①I247.5

中国版本图书馆CIP数据核字(2017)第153206号

书　　名：	吃心望享
著　　者：	纪朵以
策　　划：	张采鑫
责任编辑：	董　舸
特约编辑：	李文诗
美术编辑：	许宝坤
责任校对：	齐　欣
封面设计：	Insect
内文设计：	Insect
封面绘制：	栗　绛
出版发行：	花山文艺出版社（邮政编码：050061）
	（河北省石家庄市友谊北大街330号）
销售热线：	0311-88643221/29/35/26
传　　真：	0311-88643225
印　　刷：	三河市华东印刷有限公司
经　　销：	新华书店
开　　本：	889×1194　1/32
印　　张：	8.5
字　　数：	223千字
版　　次：	2017年10月第1版
	2020年3月第2次印刷
书　　号：	ISBN 978-7-5511-3479-8
定　　价：	45.00元

（版权所有　翻印必究·印装有误　负责调换）

Chi Xin Wang Xiang

第一章 001
干煸四季豆&回旋曲
第二章 014
红萝卜烧肉&纪念曲
第三章 059
豌豆尖圆子汤&匈牙利狂欢曲
第四章 083
腊香肠煲仔饭&第24首随想曲
第五章 106
蒜苗回锅肉&魔鬼的颤音
第六章 128
凉拌折耳根&圣母颂

目录

Chi Xin Wang Xiang

第七章.............................147
腊肉烧豌豆&沉思

第八章.............................173
笋子烧牛肉&云雀

第九章.............................199
白水糯玉米&夏日玫瑰

第十章.............................212
烂肉豇豆&爱之喜悦

第十一章..........................230
仔姜拌鲈鱼&罗斯玛琳

第十二章..........................249
排骨莲藕汤&E小调协奏曲

目录

第一章
干煸四季豆&回旋曲

（1）

"咚！咚！咚！"

三声很有节拍的敲门声响起。

方若诗打开门，一个男人站在门前。

男人个子很高，穿一身黑，黑色衬衣束进裤子里，一双腿就显得更长了，整个人的气质有一种拒人于千里之外的感觉。他手里拎着西服外套，正垂眸看她。

方若诗舔了舔唇，抬眼问道："秦享？"

男人点点头，喉结轻轻一滚："是我。"

"请进吧，师姐和姐夫还没到。"方若诗侧开身子，让他进屋。

秦享微微低头，向前一步跨进门来。灯光下的一张脸干净清俊，鼻挺眉深，目光幽幽。

他定住脚步，瞟了一眼脚下，三双拖鞋整齐地摆放在门口。

他挑了一双合适的穿上，跟着方若诗走进客厅。

这是一次普通的聚会，跟师姐和姐夫平常来家里做客吃饭没有任何区别。只是没想到，多了一个人。准确地说，是姐夫的堂弟，刚从国外出差回来。

方若诗倒了一杯水，放到秦享面前的茶几上。

突然，她想到了什么，开口问道："你有什么忌口的吗？"

秦享握水杯的手一顿，认真地思考起来。

方若诗看见他长长的眼睫毛一扇,她的心一抖。

过了一会儿,秦享把水杯送到嘴边,喝了一口道:"没有。"

温润的白开水滑过喉咙,秦享的声音清澈干净,像一汪泉水缓缓流进方若诗的身体。

方若诗的心烫起来,悄悄用余光扫向坐在沙发上的男人。

他还是一副冷冷清清的模样,面色平淡,正若无其事地摆弄手机,睫毛在下眼睑落下一片阴影。

这就是师姐说的"硬要来蹭饭"的人吗?

为什么不是胡子拉碴、不修边幅的呢?

刚刚还在猜想姐夫家的这位堂弟是个"撒娇耍赖讨饭吃"的厚脸皮,可是现在看来,此等妖孽是无论如何也无法和她想象中的形象画等号的!

方若诗觉得自己还是回厨房比较好,留在客厅简直是对心脏的巨大考验。她边走边拢起头发,随意扎了一个马尾。

回到厨房的方若诗好像变了一个人,她镇定自若地安排好做菜的顺序,便开始行动。

她动作利落地将青笋的皮切成薄薄的片铺在白瓷盘里,再把煮好的蹄髈捞出来晾凉,切成半厘米厚的片儿放上去。随后她打开火,倒油,将事先准备好的蒜泥、青椒碎用小火慢慢炒香,加盐,再盛出来。

其他的菜也在她的手下很快出了锅,有师姐喜欢的素炒青菜,姐夫喜欢的番茄炒蛋。她手下正在做的干煸四季豆,是师姐提前打过招呼的——"蹭饭人"特别想吃的菜。

她往油里放一点蒜泥,小火慢慢炸一会儿,待油温热起来,把四季豆掰成两段扔进去。这个菜非常简单,却最考功力。如果火大了,四季豆还没熟,外面已经焦了;如果火小了,又没办法做出"干煸"的效果。所以她先用中火再转小火,借着小小的火力和锅的热度把四季豆一点一点煸熟。

她把煸好的四季豆盛进盘子里,洗干净锅,准备拿手机看看。

一转身，只见秦享站在门边，不知道什么时候溜达过来的，也不知道看了多久。

他斜倚着墙，左手揣在裤兜里，右手捏着喝水的瓷杯，黑黑亮亮的眼睛看过来。

方若诗停住脚，顾不得手正滴着水，无措地挠了挠额头。

秦享举了举手里的杯子："喝完了。"

"哦哦，我帮你接。"方若诗伸手去接杯子。

素白的瓷杯被秦享的大手握住，堪堪占去大部分的面积。

方若诗一直在观察，要怎么接才不会碰到他的手。

她先伸出左手托住杯底，很好，没有碰到。

再伸出右手拇指和食指捏住杯口，等秦享松手，她其余的手指顺势搭上去，握稳杯子。

谁知秦享的动作比她慢，避无可避，手指碰到了一起。

干燥、温热、指骨修长。

方若诗尴尬地动了动手指，抿住唇，转身去倒水。水很快从电水壶里流出来，跟水流一样快的还有她的心跳。

温润如水的声音在背后响起："谢谢。"

方若诗扭头朝他笑了笑。

"需要帮忙吗？"

哈？

方若诗以为自己幻听了，眼带询问，偏头看他。

秦享重复了一遍："我来帮忙。"

这回，方若诗是确定自己没有听错了，她连连摆手："差不多都做好了，呃……你可以帮我给师姐他们打个电话吗？"

"当然。"

说着，秦享掏出手机，拨通了电话，还按了免提键。

电话很快接通了，师姐的声音响起来："秦享，你到了吗？"

"我到了。"

"啊！我们也快了，你先去敲门吧，我已经跟若诗打过电话

吃心望享

了,她会给你开门的。"

"知道。"

他没有说他已经喝完一杯水,看她炒完两个菜了,只是掀起眼帘看了看眼前的人。

蓝色的围裙穿在她身上,特别居家,特别……温馨。

家……温馨……

秦享的心颤了颤。

自家堂嫂后面说了什么,他一概没听清,只是附和着答应了几声。

挂断电话,见方若诗还呆呆地望着自己,他有些不自然地端起杯子喝起水来。

(2)

没过多久,师姐文静和她的丈夫秦磊到了。

方若诗往事先炒好的那碗青椒酱里加了2勺生抽、1/4勺老抽、1勺香油、1/8勺花椒粉,搅拌均匀之后全部浇到片好的蹄髈上,再撒上葱花,连同最后一个汤一起端上了餐桌。

四个人落了座,秦享和秦磊坐一边,方若诗和文静坐对面。

凉拌蹄髈、干煸四季豆、番茄炒蛋、素炒青菜、豆腐汤,四菜一汤,每人面前还有一红一白供蘸豆腐的两碟蘸水。

"若诗,我们来蹭饭也就算了,今天还捎上了秦享,真是麻烦你了。"秦磊笑着说道。

文静也"夫唱妇随"打趣道:"师妹,摊上我这么一个师姐,是不是很倒霉?"

方若诗摇摇头,一脸笑容:"老板和老板娘看重我,给我这么多溜须拍马的机会,是我的荣幸啊!"

文静和方若诗均毕业于遥城大学,在校内已经认识。方若诗应聘进秦氏集团,无意间偶遇文静才知道,师姐的老公竟是现任秦氏集团的掌事者。

"没办法，你手艺太好，我跟你姐夫的嘴被你养刁了！"

秦享一直没说话，只在这个时候轻飘飘地睨了自家哥嫂一眼。

嘶……文静坐不住了："你这眼神是什么意思？"

秦享耸耸肩，专心吃饭。

秦磊笑着夹了一片蹄髈给妻子，道："他觉得我俩是资本家，工作中剥削了若诗不算，还要奴役她给我俩做饭。"

呃……

是这个意思吗？他是为她抱不平？

方若诗悄悄看秦享，人家优哉游哉地吃着菜，没有回应。

正当她估摸着姐夫是胡乱揣测时，秦享长睫一掀，扫了她一眼。

这……算是默认？

秦磊见若诗一副丈二和尚摸不着头脑的样子，笑道："别看我这个堂弟寡言少语，其实他没有看起来那么高冷。"

哦，是吗？

"秦享，若诗在运营部做内刊编辑。你刚成立的弦乐团有宣传方面的需要，可以找她。"秦磊简单地做了介绍。

"好。"

还是简简单单的一个字，没有多余的话。

"秦享！"

文静看不下去了，叫住他。转念一想，这家伙不就这臭德行嘛，但凡能从他嘴里听到超过五个字的话，那都是撞了狗屎运。

秦享不说话，连眼皮都没抬一下，夹了一根四季豆。

秦磊瞪了自家堂弟一眼："你嘴里能多蹦俩字儿吗？"转头跟若诗笑道，"甭理他，就像你有一次形容的，那什么……他就跟这四季豆一样……"

"油盐不进。"

方若诗顺嘴接了下去，脱口之后才发现不对劲。

秦享直直看过来，一双眼睛黑洞洞的，看不见一丝波澜，直盯得她缩了缩脖子。

她不是说他油盐不进的意思啊，她只是单纯地帮姐夫回忆这句家乡俗语！

因为在炒四季豆的过程中油和盐不太容易进入，所以方若诗的老家四川常常把不听劝、不服管、个性倔强的人叫作"四季豆"，说他们"油盐不进"。

可是，她刚刚真的没有说秦享的意思！

还有，他看过来的眼神是什么意思？不会是怪她初次见面就出言不逊吧？

他毕竟是客人，她再怎么不喜欢也不可能这样失了礼节啊！

况且……她也没有不喜欢他呀……

她刚想开口解释，秦享却掉转视线，又夹起一根四季豆送进嘴里。

他嚼了嚼，声音沉沉："进了。"

"噗……"方若诗含进嘴里的一口汤差点喷出来，赶紧拿纸巾捂住嘴角。

文静和秦磊也笑得扔了筷子，一桌人被逗得不行。

再看秦享，他还是那副清清淡淡的样子，好像他们的笑跟他毫无关系。

黑衬衣的袖口依然扣得好好的，没有松开，从袖子到领口也没有一丝褶皱，干净整洁得毫无烟火气。

看着他挺直的脊背，方若诗默默挺了挺腰。

等方若诗把碗筷扔进洗碗机出来时，秦磊和文静正准备离开。

因为秦磊要赶回去收一份工作报告，原本说好玩一会儿牌再走的夫妻俩有些抱歉地拱了拱手。

方若诗表示理解，准备送他们下楼。她拎了一袋垃圾到玄关放下，回身去拿手机、钥匙。

秦享站在门边，看她从鞋柜里拿出一双平底鞋换上，关上门。

她直起身来，脑袋刚刚到他的胸口。

她的头顶映着楼道声控灯的白光，打着旋儿映入秦享的眼帘。

方若诗看见他手里拎着塑料袋，正是她刚刚打算顺便扔出去的垃圾，有些赧然地伸手过去接："给我吧，手别弄脏了。"

秦享没说话，稍微偏了下头示意她走了。

电梯来了，师姐叫他俩快点。

秦享大步往前，方若诗跟在他背后。

他到底有多高呢？

方若诗跟在他身后估量着，她不算矮，可是一米六五的身高在他背后被挡住全部视线，藏得跟没人似的，就像……有一面墙。

"咚！"

一声闷响。

方若诗捂着额头抬起头，是身前的"黑墙"突然停下来了。

"扔哪儿？"秦享拎了拎手里的袋子，问她。

他的嘴角抿着，明明是柔和清润的脸部线条，却硬生生被分割成冷冰冰的温度，只看到光线落在他脚下。

"嗯？"他似乎没料到她会被撞到，而且被撞后愣在原地毫无反应，试探性地问，"撞疼了？"

"啊？没……"方若诗结结巴巴应着，从他身边擦过，推开了安全通道的门，指了指垃圾桶，"扔这里面。"

无名指挑起桶盖，食指一搭，垃圾袋顺势滑进桶里，秦享收回了手。

方若诗一直撑着门等他，见他走回来，松了肩膀的力气。谁知门却跟她较劲，重重压过来，眼看她被推得往回不停退，秦享一只胳膊伸过来，门停住了。

师姐催促起来，两人一前一后进了电梯。

一时间，电梯里寂静无声。方若诗低着头看电梯地板，无意识地摇着手里的钥匙。

在没人注意到的角落里，秦享单手背在身后，拿另一只手似有若无地蹭着小臂上一小块皮肤。

那是刚刚他撑在方若诗面前的位置,被她的呼吸烫得热烘烘的。

秦磊的车就停在离单元门不远的空地上,师姐站在车门前跟方若诗告别。

秦享不说话,单手从裤兜里摸出一根烟来。

文静赶紧给秦磊使了个眼色。

秦磊心领神会,道:"秦享,今晚回去吗?"他指的是回秦家老宅。

"不了。"

秦享的动作丝毫没有停顿,打火机的火苗把烟点燃。

"我们先走了。"秦磊走近秦享,撞了撞他的胳膊,用只有两人能听到的声音沉声道,"说话。"

指间的火星在黑暗里抖了抖,秦享瞥了方若诗一眼,朝堂哥点了点头。

等车开远了,方若诗朝周围看了看,小区地面的停车位空荡荡的。

"你没开车来吗?"

"没。"

"那你……怎么回家?"

"呵……"

一声很轻很轻的笑声。

方若诗抬眼望过去,秦享的嘴角扬起很小很小的弧度,一个几不可察的笑,脸颊边的两枚酒窝扑闪着很弱很弱的红光。

真好看啊!

她在心里赞叹。

就这么站着静静看他,他的目光也落在她身上。

"走了,"他把一直拎在手里的西服外套甩到肩上,挥挥手,

"今晚谢了。"

周围黑漆漆的,只有零星的路面照明,方若诗却突然觉得周围都亮起了光。

（3）

星期一,本期内刊截稿的日子,方若诗早早到了办公室。

她打开电脑,查收邮件,所有的稿件都要在今天定下来。

内刊组的同事王晓晶滑着转椅移到她身边,问道:"若诗,稿子齐了吗?"

"大部分版块都差不多了,我马上整理出来交给你排版。"

方若诗将稿子分门别类归进文件夹里,开始查看、整理。

王晓晶打了个响指,愉快地回了自己位置。

不一会儿,只听"哇"一声惊叫,是王晓晶的声音。

办公室的人全都抬眼望去,她激动地拍着桌子,大叫起来:"快看官微!集团官微!"

方若诗好奇地点开浏览器,登录微博。首页第一条就是秦氏集团官微发布的内容,消息是转发的,是一个ID为"秦享弦乐团"发的视频。

她戴上耳机,点了播放。

画面里,身着正装的小提琴家们整齐地坐在一个不大的演奏厅里,提琴声伴随着他们拉动弓弦的动作悠悠扬扬地传出来。

一个将近九分钟的视频,琴声婉转流畅,轻易带动起听众的情绪,琴音的转换在弓弦的配合下显得神秘又引人入胜。

为首的那个男人,站在队伍的最右侧。

一丝不苟的黑西服,清秀英俊的面容,灵活有力的臂膀,笔直修长的长腿,这些都是他的资本。

而今天,方若诗没有兴致再关注他的这些闪光点,她的视线紧紧跟随他的手臂。他拉动琴弓的右手像有一股魔力,一直牵引着她。

她在每一个镜头里寻找他的身影，寻找那双有力的手臂，寻找那一条抿紧的唇线。

琴声停止的那一刻，画面定格，所有演奏家齐刷刷仰望镜头，他的目光也望了过来。

方若诗像被一潭幽泉吸住了心，久久回不过神来。

"秦享弦乐团"发视频时只配了一行小字：引子与回旋随想曲——我们来了。

集团官微的转发也非常简洁明了：欢迎。

她想起那天秦磊说的话，秦享弦乐团应该是已经入驻秦氏集团了，这算是公开宣布。

周围是同事们激动热烈的讨论，惊艳的、叫好的、猜测的……各种声音此起彼伏。

方若诗坐在自己的座位上，只感觉刚刚那一曲时而舒缓时而高亢的琴音还在她的耳边环绕。

她的脑海里，全是秦享的身影，他黑亮的眸和那一扇一扇的眼睫毛。

临到下班之前，方若诗在网上搜了搜《引子与回旋随想曲》。此曲又译作《引子与幻想回旋曲》，是法国作曲家圣桑的作品。诸多的专有名词和艺术赏析让她不知所云，可她还是想也没想就把曲子下载到了手机里。

当下班的车流汇入街道，方若诗将手机连接上车内蓝牙，小提琴的声音在整个车厢里慢慢弥漫开来。

窗外不断倒退的高楼大厦引不起车里的人半分兴趣，这是方若诗一个人的私密空间。

她甚至不知道自己为什么会执着于这首自己从前根本没接触过的曲子，这首跟名字完美契合的曲子，连同白天在视频里看到的黑色身影，不断地在她脑海里回旋。

循环往复的琴声直到方若诗把车停在了小区的地下车库才停

止，她浑身被抽空了力气，靠在驾驶位上拧开一瓶矿泉水，大口大口地灌起来。

她下车，锁好车门，朝小区外的菜市场走去。

方若诗径直走向市场最靠里的一个小摊位，摊主是一个中年女人，看到她立刻笑着提出一袋菜来。

"今天的四季豆很新鲜，还有一些你平时喜欢买的小菜，你看可不可以？"

操着一口四川话的阿姨，是方若诗在市场买菜时认识的老乡。一来二去熟了之后，阿姨主动提出帮上班的她买菜，等她下班之后来拿。

她把钱递过去，向阿姨道谢。

回到家，方若诗一边择四季豆一边哼歌。

一根一根绿莹莹的四季豆整整齐齐地躺在沥水篮里，果然很新鲜。

方若诗情不自禁地想起那天秦享来吃饭的时候。

他喜欢吃四季豆？

好像是呢，他几乎每一筷子都伸向放在面前的那盘四季豆。

呃，为什么自己观察得这么仔细？

明明并没有一直看他的呀！

方若诗自嘲地笑了笑，拿手机对着四季豆"咔嚓"照起来。

最后选了一张调了光线，加了滤镜。

刚点开微信，她看到底栏通讯录那里有一个红色"+1"。

点进去，新的朋友列表第一位：秦享。

下面验证消息处只有系统提示的一行灰色小字：对方请求添加你为朋友。

咦？

方若诗疑惑地点了添加。

她默默点开对话框，酝酿了半天，发了刚刚准备发朋友圈的那张照片。

吃心望享

接着马上打了一句话解释：是知道我今晚炒四季豆吃吗？

看着顶部的"对方正在输入"，方若诗的心突突跳起来，她开始期待他会给她怎样的回应。

秦享的消息回得很快，言简意赅的四个字：心有灵犀。

她剧烈跳动的心脏好像一下子被灌满了风，鼓鼓囊囊、满满当当的。

她回了一个弯着眼角微笑的表情。

与此同时，秦享那边也发了一张照片过来。

看样子他正在吃饭，而他的面前是一盘——干煸四季豆。

她拧开水，冲洗那盆自己择好的四季豆。

心上是无影的风，带着"心有灵犀"的温度，把她熨帖得一直咬着嘴角笑。

其实，秦享也不像那天说的那样"不进油盐"嘛。

秦家老宅。

秦享看着对话框里刚刚冒出来的几行对话，垂眸笑了笑。

上周末，他刚从国外回来，准备赖着堂哥堂嫂去方若诗家蹭饭。因为飞机提前到了，堂嫂便给了他方若诗的手机号。

这几天，微信通讯录因为手机增加了新的联系人显示有可以添加的新朋友。他一直没有点那个绿色的添加键，怕唐突了对方。

可是今天，当他看到桌上的这盘干煸四季豆时，终究是按捺不住了。

他盯着手机看了一会儿，没注意到饭桌上早已有一道目光看向了他。

秦享的大伯父——堂哥秦磊的父亲在饭桌上点了他的名："秦享，吃饭时间看什么手机！太久不回家，规矩都忘了？"

当家大伯父的声音一如既往的威严。

秦享默默地把手机收回兜里，连同方才不小心露出的两枚酒窝一起，藏了起来。

看他不说话，大伯父叹了口气，说道："你爸和你妈在全世界开巡回演奏会，常年不着家，难得你肯回来，我很高兴。"

秦享点点头："乐团发展需要。"

秦享的父亲是享誉国际的小提琴家，母亲是世界闻名的大提琴家。受家庭氛围的影响，秦享从小便颇有音乐天赋。他四岁学习小提琴，师从父亲，八岁被中央音乐学院破格录取，十一岁被送往小提琴家耶胡迪·梅纽因创办的音乐学校学习，十六岁夺得帕格尼尼国际小提琴大赛金奖。他十九岁赴纽约茱莉亚学院深造，二十一岁赢得柴可夫斯基国际小提琴比赛金奖。二十五岁那年，被英国皇家音乐学院聘为教授，成为该院有史以来最年轻的教授。

如今，他带着自己一手创办的秦享弦乐团，落脚在自己的故乡——遥城。

看似回国不是一个最佳选择，然而如今的世界连通性让一切交流都变得更简洁便利，秦享并不担心他和他的团队发展。

而目前看来，回国似乎是一个再好不过的选择，因为他看上了一个姑娘。

好巧不巧，姑娘就在秦氏集团。

第二章
红萝卜烧肉&纪念曲

（1）

临到出刊的时间，方若诗总是特别忙，周末加班校稿也是有的。

刚刚拿到印厂送来的出片打样，方若诗赶紧打开来看。

作为方若诗的搭档，昨晚加班到十二点的美编设计王晓晶同志在微信上明确表示她要一觉睡到中午，让方若诗校稿完毕给她电话。

校稿是慢工出细活，越是熟悉的稿件越要仔细校对。

方若诗不敢怠慢，认真看起样张来。

一直检查到十二点，她才停下来。

桌子上一只灰色的便当包，里面是她早上准备的午饭。

将饭盒拿出来，揭开盖子，里面是铺得整整齐齐的凉面、豆芽和鸡丝，旁边还有一袋她自己配好的调料，装在食品密封袋里。

她把饭盒和样张摆得近些，用手机拍了两张图片发到朋友圈里：唯有私房凉面能抚慰我这颗加班的心。

发完顺手分享到微博。

除了内刊编辑这个现实身份，方若诗在二次元还有一个身份是美食博主，带V认证的。她时不时地分享一些自制美食，不知不觉地积累了上万的粉丝。

她咬着筷子俯下身去，点开电脑里的歌曲，按了列表循环。

今天办公室没有其他人，她拔掉了耳机插线，音乐在小音箱里响起来。

等她走回办公室时,一个人从她的座位上站起来,她吓得"啊"一声叫出来。

当她看清来人,一颗悬着的心才稳稳地回到了胸腔。

秦享一身休闲打扮,正抬眼看她。

"吓死我了!"方若诗一边走,一边拍了拍胸口,"你……你来找你堂哥?"

"抱歉,我来录音。"

他匆忙下楼来见她,却没看到人影,只看到一碗清清爽爽的凉面摆在桌子上。

而哼着歌进来的方若诗在看到他时,反应大得出乎他的意料。

方若诗走到他面前,问道:"来这里是……找我有事?"

秦享摇摇头,指了指她的饭盒:"看到你发的这个。"

哦——原来如此。

看来某人是蹭上瘾了。

方若诗笑着放下筷子,拎起调料密封袋,问道:"吃辣吗?"

秦享轻轻"嗯"了声。

顺着边沿的小口,方若诗把密封袋撕开,调料被她全部淋到凉面上。

她拿起筷子把调料和凉面搅拌均匀,连同豆芽和鸡丝一起。

滚上调料的凉面更诱人了,红油附着在凉面上,泛着光。

方若诗夹了些凉面到饭盒盖子上,放到一边。

再把留了一多半在盒子里的凉面,递给秦享。

"吃吧!"方若诗把筷子塞到他手上,笑起来。

秦享垂眸看了看手里的饭盒,本来不多的凉面基本都拨给了他,盒盖上留下的那一点儿分量还不及他手里的二分之一。

他眨了眨眼睛,说道:"吃完这个,我带你下去吃点儿别的。"

方若诗从抽屉里取出一把叉子,从自己喝水的杯子里倒了些水淋了淋,冲下去的水刚好流进她刚刚拿的一次性纸杯里。

她滴了滴叉子上的水，笑道："不用了。"

"不会饿？"

"一会儿校完稿我就回家了，吃香的喝辣的，饿不着。"

方若诗没骗他，稿子还有几页就校完了。等到王晓晶过来修改，她就可以走了。

因为有秦享在旁边，方若诗没办法像女汉子一样吃得很快。她拿叉子一圈圈卷着凉面，再送进嘴里慢慢吃。

倒是秦享，捏着筷子皱着眉，让方若诗紧张起来："太辣了？吃不惯？"

"不，我可以。"他夹了一筷子塞进嘴里。

他吃得很快，连水都没有喝一口。

他能吃辣，这倒是给了方若诗一个不小的惊喜。

她侧着头看他，舒展的眉目，浓长的睫毛……正瞧着，秦享眨了眨眼，睫毛打开的那一瞬，他的目光落在了她的脸上。

只见她飞快地舔了下唇，埋下头，素白的脸颊顿时染上一片红晕。

盯着那抹红，他控制不住地嘴角上扬。

小音箱悠悠地唱着歌，婉转的女声传出来：
沉入越来越深的海里，我开始想念你，我好孤寂
跌进越来越冷的爱里，我快不能呼吸，我想要你
人活着赖着一口氧气，氧气是你
如果你爱我，你会来找我，你会知道我，快不能活
如果你爱我，你会来救我，空气很稀薄，因为寂寞
……

加上现在，秦享最近是第二次听到这首歌，从同一个人这里。

所有的人都以为那天吃饭是他从国外回来跟着哥嫂去蹭饭，只有他自己知道，当他从电话里得知文静和秦磊要去"方若诗"家吃饭的时候，是有多么惊喜。

所以，他不顾形象硬要跟去，不仅是为了蹭饭。

事情得从半年前他刚跟自家企业签下合同那天说起。

他将自己成立的秦享弦乐团纳入集团管辖范围，名义上，弦乐团隶属于秦氏集团，实际上它又自成一体，两者互不干涉。

签完合同的他准备从会议室上到顶层去看一下，谁知电梯迟迟不来，他便从安全通道往上爬楼。

就是在楼梯间，他看见一个跟他一样在爬楼的身影。

唯一的不同是，他姿态悠闲、步伐轻快，而前面那个女孩步子缓慢，反复在那几级台阶上上下下。

她好像在打电话，声音低低沉沉的，还带着鼻音。

"嗯，分手了。"

"我很好，您和妈妈不用担心。"

"没有特别的原因，和平分手。"

"是的，我都记着。"

"不要抱怨，不要恶言相向，不要诉说委屈，不要再纠缠，越快结束越好。"

"放心吧，我很好。"

短短几句对话，女孩很快挂断了电话。

她没有在楼梯间再逗留，轻轻地哼着歌拉开了安全通道的门。

那个时候，她哼的就是这首歌——范晓萱的《氧气》，非常老的一首歌。

他停在楼梯拐角处，本不想打扰女孩讲电话，却因此偷听到了她和家人的谈话。

相爱，就好好爱，倾其所有；不爱，就转脸忘，连先生贵姓都可以省略。

这一种潇洒利落又保持风度的态度，就像她哼的歌一样，直直戳进秦享的心窝。

他放慢脚步，细细体会她刚刚那几句话，直到他踢到一块小小的金属名牌。

他弯腰捡起来，名牌上是她的名字——方若诗。

原本以为只是不期然的一次偶遇，没想到很快又见面了。

第二次，是秦享去公司食堂找人，意外地看见自己的堂嫂文静。不知道在和同事聊什么，堂嫂笑得前仰后合，身边的人却镇定自若，只专注于餐盘里的食物。

秦享觉得有趣，朝那个方向仔细看了一眼。

嗯？堂嫂身旁的人不正是上次在楼梯间打电话的女孩吗？

叫什么来着？方……哦，对了，方若诗！

为什么堂嫂笑得不能自已，她却一副泰然自若的表情？

正想着，只见她又凑近堂嫂耳语一阵，堂嫂笑得更厉害了。再看她，还是清清淡淡的神情，好像那些笑话并不是她说的，也跟她没有丝毫关系。

只是她嘴角上翘的弧度特别明显，让秦享忍不住抿了唇，心情也跟着好了起来。

下午两点半，王晓晶顶着两个硕大的黑眼圈出现在办公室，一手捂着嘴打哈欠，一手拎着盒饭。

"你还没吃午饭？"方若诗看着她睡眼惺忪的样子，问道。

王晓晶按开电脑，打开了快餐盒："接到你电话我才起床，来的路上顺便打包了。"

"那你慢慢吃，吃完我们再改。"

方若诗扔了样张，刷微博去了。

刚刚发的那条微博已经有了不少评论：

"隔着屏幕已经流口水了……"

"求虐到底，再拍一张拌过调料的照片！"

"小吃心，你为什么这么能干？！"

"好想把你娶回家！"

"小吃心，求私房凉面的调料！"

……

方若诗的二次元网名就叫"小吃心"。

她转发了上一条微博，写道：蒜水2勺、盐1/4勺、花椒粉1/6勺、香油1勺、生抽2勺、醋1勺、辣椒油2勺、糖1勺、白芝麻1勺、葱花1勺。

要问不常更新的"小吃心"为什么有如此多忠实的拥趸，答案就是她的菜谱明了、用料简单，最重要的一点是成功率高。

她又看了几条评论，笑眯眯地看网友在她的微博下面插科打诨。

"您好，请问方若诗小姐在吗？"

方若诗抬头望去，只见门口站着一位送餐小哥，手里拎着一个精致的手提袋。

"我是。"方若诗站起来。

"这是您的下午茶点，请慢用。"小哥恭敬地将手提袋递到她手上。

"等等……"方若诗叫住小哥，"是不是弄错了？我没点过。"

小哥愣住了，核对了一下外卖单，朝她身后望去。

她回过头，看了看同样一脸状况外的王晓晶："也不是你点的？"

王晓晶把头摇得像拨浪鼓一样，彻底否定了方若诗的猜测。

"所以你确定没有送错？"方若诗提着手提袋，再次跟外卖小哥确认。

小哥指着单子上的地址和名字，点了点头："没错。"

看着方若诗一脸茫然的表情，小哥指了指门外："如果没什么问题的话，我就去送下一单了，正好就在上面36楼。"

嗯？

36楼？

这栋大厦是秦氏集团的办公大楼，从一楼到顶楼全部都是公司所属。

放走了小哥，方若诗提着袋子回到办公桌前，若有所思道："36楼是哪个部门啊？不是空着的吗？"

"又有人追你了？"王晓晶一边打趣她，一边帮她撑着手提袋。

方若诗把东西拿出来，一杯咖啡、一份华夫饼、一块奶酪蛋糕。

"啧啧，谁呀？连你不喝咖啡、不吃奶酪都不知道！"王晓晶撇了撇嘴。

方若诗的心里隐隐有了答案，一个名字呼之欲出。

她点开微信，滑到秦享的名字上停住。

"啊，我问到啦！"王晓晶举着手机，两眼放光地喊道，"36楼是那个弦乐团！"

方若诗在聊天框打了三个字"谢谢你"，按了发送。

"若诗，你知道是谁了吗？"王晓晶八卦着。

"大概猜到了。"

方若诗推了咖啡和奶酪蛋糕到晓晶面前，意思不言自明。

"若诗宝宝，我沾你的光啦！"王晓晶接过来，一脸谄媚地笑道，"是谁啊？拉琴的吗？"

方若诗认真地在心里想了想，似乎找不到一个确切的词语来定义秦享，只好模棱两可地回答："嗯，一个……朋友。"

"是拉琴的吗？"王晓晶锲而不舍，"他是不是在追你？"

"刚认识，不是很熟……"

说这话的时候，方若诗是有一点心虚的。

如果王晓晶知道，她口中的这个"不熟"的人中午才蹭了她的凉面吃，会不会抓狂？

手机在掌心里亮起了提示灯，她赶紧解锁点进去。

秦享似乎并不意外她猜到，回复道："还合口味吗？"

方若诗咬了咬唇，长舒出一口气，仿佛下定了决心，一条消息发了过去。

"秦老师，下午茶到了。"助理推开了录音室的门，轻声提醒。

秦享的指尖捏着一根没点燃的烟,把刚才录的曲子又倒回去听了一遍。

终于,他点点头,拍了拍录音师的肩膀:"吃东西。"

录完曲子的一群人全都聚在休息室里吃东西,秦享随便拖了把椅子坐下。

手机在他的口袋里振动了一下,他掏出来,点开来看。

方若诗:"我能问问还有下一次吗?"

可是秦享却不明白是什么意思,他发过去一个问号。

方若诗回得很快:"我不喝咖啡,不吃黄油、芝士和奶酪。如果下次还有幸吃到你点的下午茶,我希望能避开这几种。"

很直白的答案,也超出了秦享的预料。

他手屈起,抵住嘴巴,偷偷地抿起嘴角,笑了。

原本是自己分了她的午餐,怕她下午加班会饿,所以在助理点下午茶的时候,特地嘱咐他单点一份送去27楼。

她的回答毫无隐藏,也不需他揣测。

简单直白,又让人能欣然接受。

秦享觉得自己看上的这个姑娘有些与众不同,她总是让他惊喜。

(2)

告别了周六的加班,方若诗一觉睡到星期天的上午十点。洗漱之后,塞了两口面包,就溜达去菜市场买菜了,她得为下一周储备粮食。

满满一提兜的蔬菜、水果和肉类,将冰箱塞得没有一点空隙。

今天晚上吃面,中午就炒一盘肉丝,煮一碗汤吧。

方若诗一边盘算着,一边系上了围裙。这时,手机铃响。

她扫了一眼屏幕——宋颂。

宋颂,舅舅的儿子,今年夏天刚刚大学毕业工作。

方若诗按了接听，点开扬声器，声音轻快地笑道："小宋颂，怎么想起给姐姐打电话啦？"

"姐，爷爷出事了！"表弟的声音从听筒里传出来，急切又焦躁。

方若诗脑袋里"嗡"的一声，心一沉："外公怎么了？"

"腿摔断了，正在医院检查，初步判断是小腿腓骨骨折，需要做手术打石膏固定。我爸……"

宋颂后面还说了什么，方若诗没太听清。

她一把扯下围裙，冲进卧室去收拾行李。

等到电话那头的人停下来，她才开口，一发声才知道自己有多慌，声音抖得厉害。

她说："我现在马上去机场，等我回来再说。"

说完不等对方反应，她便挂断了电话。

装好必需品之后，方若诗又赶紧给爸妈打电话。不出意外，没有人接。她顾不上那么多了，急急忙忙地下楼往外奔，拦了辆空车就去机场。

在路上，她打开手机APP，订了时间最近的一班飞往成都的航班。

订好机票，她又拨了一个电话给内刊组的老大请假。

等她通过安检，等待登机的时候，舅舅的电话来了。

"诗诗，别听你弟弟瞎说，你外公没他说的那么严重。"

"舅舅，我回来一趟才放心。"

舅舅也不再多说什么，嘱咐她注意安全，把航班号发给宋颂。

一个半小时的飞行结束，飞机停在了成都双流国际机场。

方若诗走出机场，就听到了熟悉的声音："姐，这里。"

宋颂开车很快驶上了机场高速，找了最通畅的路去往医院。

直到到了病房，看到外公安静地躺在病床上，方若诗一直悬着的心才平稳地落回原处。

外公睡着了。他的脚打着石膏，被高高地吊起来，手背上输着液，药水一点一滴地流下来。

舅舅看见了她，站了起来："手术很顺利。"

"嗯。"方若诗点点头，这会儿才有工夫详细问问情况，"外公他怎么摔倒的？"

"连续好几天下雨，院子里有台阶长了点青苔，你外公早起锻炼踩滑了。"

舅舅看了看她，拿纸杯倒了一杯水递过去："急坏了吧？喝口水歇一歇。"

方若诗就着床边的椅子坐下来，偏头问道："我爸妈估计又去野外了，我来之前没打通电话。"

"我跟他们通过电话了，刚结束野外勘察，现在应该在赶回来的路上。"

方若诗点了点头，笑道："两个大忙人。"

方若诗的父母是小有名气的地质学家，主要研究圈层结构、岩石和土壤。年轻时，常年泡在野外，到了老了也改不过来，还是喜欢实地勘测，美其名曰：只有离土地够近的人，才配说自己是学地质的。

因为父母太爱地质了，常年不在家，所以方若诗打小就被扔在外公家长大。

外婆去世得早，外公带着小若诗。他上市场，牵着小若诗；他进厨房，小若诗跟着；他切菜，小若诗剥蒜；他炒菜，小若诗踩着小凳子看。

所以，方若诗这一身做家常川菜的好手艺全都是外公传给她的。

不知什么时候，外公睁开了眼睛，他看了看坐在床边的人，笑起来了。

"是哪个臭小子把我的诗诗给召回来了？"沙哑的声音，掩不住欣喜。

宋颂见老人家高兴，觍着脸过去："爷爷，是您的宝贝孙子把她接回来的！"

"臭小子！"老人斜他一眼，可是眼角眉梢的笑却怎么也藏不住。

方若诗倾身上前，握住外公的手："外公，我回来陪您耍几天！"

"晓得老头子腿断了，上哪儿去耍嘛，只有乖乖躺在床上。"
还是那个老顽童，四川话说起来风趣幽默。

傍晚，舅妈来了医院，拎着给外公和舅舅装饭的保温桶。
方若诗和宋颂被长辈们撵回家吃饭，并且叮嘱若诗好好休息。
外公家离医院并不算远，宋颂开车二十分钟就到了。一处小院子，坐落在一个名叫"伍溪"的古镇上。家里请来照顾外公的柳姨给他们开了门，转身就去厨房烧菜了。
一桌非常简单的家常菜，却实实在在地温暖了方若诗的胃。
早上的两口面包，中午在机场吃的汉堡，没有一口热饭热菜，让她浑身难受了一天。
这一刻，熟悉的黄色灯光照在头顶，碗里是柳姨不停夹的菜，耳朵边还有宋颂说话的声音。
一切都那么熟悉，包括嘴里嚼着的米饭，也是四川最稀松平常的干饭。煮得半生不熟的大米捞出来，铺在垫了纱布的竹蒸笼里，再用大火蒸熟。
就着爽口滑腻的米汤，吃着浸满竹子香味的米饭，方若诗觉得，她这辈子不论走得多远，都会回来。
晚上，等宋颂把舅妈接回家，方若诗才回房休息。躺在自小睡的床上，她很快就睡着了。
第二天，方若诗到医院换了舅舅回家休息，她喂外公吃早饭，守着他输液。
外公年纪大，打完点滴没一会儿就睡了。她闲着无聊，握着手机刷朋友圈。

没一会儿,王晓晶的微信就跳了出来:妈呀!我见到秦享弦乐团的老大啦!

方若诗愣了愣,笑了:"帅吗?"

晓晶晶:"帅炸天际!比视频里还帅!"

方若诗想了想,确实真人更帅。

可是王晓晶却没办法淡定下来:"嘤嘤嘤嘤嘤嘤……他是来找你的!"

这回换方若诗不淡定了:"找我?"

晓晶晶:"运营部的经理啊,神龙见首不见尾的大领导,亲自带着他到我们内刊组,让老大找个人专门对接弦乐团的宣传工作。"

咦?真的照秦磊说的,有宣传需要来找她?

晓晶晶:"老大点了一大圈人,他都没点头,最后,他指着你的座位问那是谁?老大只能据实以告,说你叫方若诗,家里有事请假了。"

方若诗:"然后呢?"

晓晶晶:"然后,然后他说那就等你回来接手工作吧!"

方若诗也弄不明白自己究竟是什么心情,既期待又忐忑,带着不为人知的窃喜,又带着一点被人窥探的小别扭。

于是她默默地敲了一行字过去,非常地言不由衷:"我可以拒绝吗?"

那边估计没料到她是这反应,连着发了好几条消息过来:

"被秦享弦乐团的首席钦点!"

"腿长两米!颜值逆天!"

"不拉琴都够我舔上半辈子啦!"

"你还有什么不满意?"

"方若诗!你不要得了便宜还卖乖!"

从这一连串抓狂的信息,方若诗大致了解了秦享今天去内刊组带来了多么震撼的效果。

她撑着头，做最后挣扎："老大没同意吧？我这请假还不知道请到什么时候呢！"

晓晶晶："秦享直接拍板说不管多久都等你回来，老大连反驳的机会都没有，人就走了……走了……走……了……"

好吧，就这样吧。

方若诗扔掉手机不去管了，工作而已，他想找个熟悉的人对接也无可厚非。

熟悉的人……

他们……算吗？

方若诗一头埋进抱枕里，不想再思考了。

当天晚上，夜已深。舅妈换方若诗回家休息，她回来却跟宋颂窝在客厅看电视。说是看电视，其实是姐弟俩赖着聊天，谁也舍不得去睡。短促有力的振动带亮了手机，方若诗看着屏幕上显示的来自遥城的陌生号码，按了接听。

"喂？"

"我是秦享。"

呃……

方若诗明显呼吸不稳："你好……"

"你在哪儿？"

单刀直入的四个字，把方若诗问蒙了，她老实回答："在老家。"

"你……"难得地，秦享不知道怎样说下去。

"有事？"

方若诗压低声音问他，旁边的宋颂察觉出了什么，一个劲儿地在旁边做鬼脸。

"什么时候回来？"

"明天。"

"好！"非常快地回答，"我来接你。"

"啊？"

什么情况？方若诗有点蒙了。

那边仿佛是轻轻笑了声："航班号发给我，明天去机场接你。"

简明扼要，完全不给她思考的余地。

方若诗终于体会到王晓晶今天所说的"老大连反驳的机会都没有"是什么感觉了。

嗯，这真的很"秦享"！

（3）

翻来覆去一晚上，根本没办法睡踏实的方若诗第二天顶着两个硕大的黑眼圈出了门。先去医院看外公，跟他约好下星期再回来看他，才出发去机场。直到上了飞机，她都是一副没睡醒的样子，打着哈欠闭上了眼睛。

短暂的飞行夹杂着机舱里的各种声音，可想而知，根本睡不踏实。

于是，方若诗见到秦享的时候，很不自在地揉了揉眼睛。

秦享接过她手里的行李袋，领着她朝停车场走去。

不算近的一段路，一个长腿迈开，大步往前，一个在后面紧紧跟着。

也许是察觉她跟得有些吃力，秦享放慢了步子，等她。

他应该是从办公室直接过来的，身上还穿着工作时的正装。

只是……他不冷吗？

方若诗看了看他身上单薄的衬衣西服，在冷风里裹紧了自己的大衣。

秦享解开车锁，替她开了副驾驶的门，她也不扭捏，利落地坐上去。然后他绕到另一边，先拉开后座的门把旅行袋放进去，再拉开前门坐进驾驶位。

方若诗一直偏着头看他，不敢看眼睛，只能把视线定在他的上半身。他单手解开了顶住脖子的衬衣纽扣，骨节分明，手指修长。莫名的，方若诗就想起他第一次到她家时，她碰到他的手。

那一瞬间的感觉仿佛还在手上，干燥的，带着温热的体温。她舔了下唇，转开了视线，去拉安全带。

秦享发动了车，没有着急开走。

他转过头，看着方若诗把安全带系好。大衣的帽子蹭乱了她的头发，她用手一拨，露出冻红的鼻尖。

秦享默默调高了空调的温度，脱掉西服外套扔去后座。

方若诗心里有疑惑，从昨晚就闷在心里，这个时候再憋不住了，小心翼翼地问出来："是有工作着急找我吗？"

秦享正在松袖扣，没料到她会这样问，偏过头来看她："不是。"

"那你……来接我，是有其他事？"

"也不是。"秦享回过头去看车前方，纤长的睫毛轻轻扇了扇。

方若诗彻底蒙了，完全不知道是什么状况。

秦享拉下手刹，打了方向盘很快开出去。

"我的目的很单纯，"他打了转弯灯，车子弯出一条大大的弧线，"就是你说的那样。"

嗯？

方若诗转过头来看他的侧脸，等着他说下去。

而他仿佛已经说完了自己想说的，没有再开口的意思。

我说的那样……

到底是哪样儿啊？

她咬着唇转回头，跟他一样看向前挡。

不知过了多久，方若诗的头有些昏昏沉沉起来，她突然听到秦享说了三个字，一下就清醒了。

他说："来接你。"

"哦……"方若诗抠了抠衣服拉链，"谢谢。"

一路再不多话，秦享把她送到了小区楼下。分别时，方若诗接过秦享递来的旅行袋，跟他道谢。

秦享站在门边，一手撑着车窗，一手探进去摸出一个烟盒来。

一根烟抽出来夹在指尖，他歪着头，准备点火，却又把打火机放下。他瞧着她，抬了抬下巴："方若诗，你知道我在做什么吗？"

方若诗盯着他鞋尖的目光往上移，正好对上他那双黝黑的眼睛。

她舔了舔被冷风吹得有些干的嘴唇，点头："知道。"

他做的一切都直接明了，他的企图，她感觉得到。

也许是没料到她如此坦诚，秦享反倒措手不及。他点燃了烟，轻轻吸了一口，再侧过头去吐出一圈烟来。

方若诗看他偏过去的侧脸，几缕灰烟从他的眼前飘过，他眨了眨眼睛。卷长的睫毛在动，看得方若诗不由得心底一叹：美翻了的侧颜！绝杀！

秦享看她往大衣里缩了缩，指了指楼上的窗户："上去吧。"

方若诗站着没动，定了定神，对上他的眼睛："你想说什么，一次说完吧。"

她看到秦享的眼底映着自己的剪影，小小的一簇闪着光。

她继续说道："我不太习惯……模模糊糊的。"

想了半天，她用了这样一个词，也不知道有没有表达清楚。

"嗯。"秦享又吸了一口烟，隔着朦朦胧胧的几缕烟看她，"我在追你。"

方若诗低下头，咬住快绷不住的唇线，剧烈的心跳声震着她的胸腔。

她抬起头来，眼睛亮亮的，直视着秦享。

秦享扔了烟头，回视她的目光。只见她冲着他笑，眉眼弯弯的，带着光。

"我接受。"

不可否认，方若诗是喜欢秦享的。

在这样一个深冬的夜里，一个让她颇有好感的男人送她回家，明知他带着满满的企图心，却让她丝毫没有反感，内心反而充满安定。就像一个长途跋涉的人回了家，安安稳稳住下之后再也不想折腾了，就想赖在这儿，一步都不想挪。

星期三，方若诗回公司销了假。坐下没一会儿，老大找了过来，让她去一趟弦乐团的办公室。

36层，秦氏集团的顶楼，方若诗还是第一次上来。

电梯门打开，一个年轻小伙子迎上来："请问是方若诗小姐吗？"

方若诗点点头："是我。"

"我是秦享老师的助理李默，请跟我来。"

走廊上是紧闭房门的房间，两个相邻房间的门之间要走上很多步，可以想见每个房间都比楼下的办公室大不少。

她很好奇，东瞧瞧西看看。

李默见她有兴趣，轻声介绍："左手是大提琴室，右手是中提琴，前面分别是低音提琴和小提琴，还有录音室和其他一些演奏室。"

走廊尽头，李默叩开棕色木门，请她进去。方若诗走进去，秦享正坐在办公桌前。

看见她来，秦享朝她招了招手。

秦享的办公室很大，进去之后就是一面贴墙的大书柜，旁边立着一架木梯，踩在上面可以够到最顶层的书。书柜前面是他的办公桌，琴架和琴谱在书桌的对面。琴架后面有一扇小门，上面挂着一个"请勿打扰"的牌子，方若诗猜测是他的休息室。

她在办公桌前站定，看着秦享推给她一台笔记本电脑，上面插着U盘。

"这是弦乐团的一些资料，你先看看。"

屏幕上是一个打开的文件夹，里面还有很多个分门别类的小文件夹，里面有文档，也有录音和视频。

秦享从旁边拖了一把椅子过来，让她坐下来看。

对于方若诗这个音乐门外汉来说，什么弓弦类、弹拨类这些专业名词实在深奥,她只能硬着头皮看下去。

秦享坐在她旁边的椅子上,看见她轻轻皱了皱眉。

"有问题?"

方若诗把笔记本电脑掉了一个方向,朝着秦享,她拿鼠标晃了晃屏幕上的一行字。

"什么是狭义弦乐、广义弦乐?"她舔了舔嘴唇,轻声问道。

秦享看着她粉红的舌尖在红唇上一扫,突然觉得口干舌燥起来。

他把手捏成拳头抵在唇边,清了清嗓子:"广义弦乐包括吉他、扬琴、曼陀林、月琴、柳琴、阮、琵琶、二胡、三弦、马头琴、古筝等等,它们大多属于民族弦乐乐器,分为有品弹拨、无品弹拨和台式弹拨。我的弦乐团就是狭义上的弦乐,只配备大提琴、中提琴、小提琴和低音提琴。懂了吗?"

他第一次说这么长一段话,还是为她解释专业知识。

可方若诗还是似懂非懂。

见她支吾着没答话,秦享点了点"狭义弦乐"几个字:"我这里只有四种。懂了?"

他眼睛一眨,睫毛跟着轻轻一刷。

不知道为什么,虽然没看到他咧开嘴,可方若诗感觉他在笑。

于是,她鬼使神差地点了头。

这个时候,文静的电话来了。方若诗接起来:"师姐。"

"听说你前两天回老家了,出什么事了?"

"外公腿摔断了,我回去照看两天。"说完,方若诗下意识地看了一眼秦享。

秦享也在看她,眼里神色不明。

方若诗觉得不自在,稍微侧过身子小声地回答着电话那头的问话。

"做过手术了,接下来需要静养。"

"我每周回去一趟看一眼,反正也不远,我就多跑跑吧。"

"我今天已经回公司上班了,对,现在就在公司。"

"什么?来办公室找我?我……那个,不在……"

还没等她说完,只听"嗒嗒"两声,是手指轻叩桌板的声音,她转过头。秦享指了指她的手机,勾勾手指。

方若诗把手机递过去,听见他沉稳有力的声音响起。

"堂嫂,是我。若诗现在在我这儿……是的,有些宣传方面的工作需要她帮忙。"

很快,秦享挂了电话,把手机递回来。

方若诗接过手机,手机壳上滚烫的湿度烫着她的手。她看着他似笑非笑的脸,嗫嚅了一声:"你刚刚叫我什么?"

秦享俯下身,撑在她的椅子扶手上:"若诗,有问题吗?"

浓密的睫毛垂在她眼前,像是蝴蝶的翅膀。方若诗盯着他的眼睛,反复舔舐自己的嘴唇,连呼吸都停滞了。

秦享的嘴角慢慢向上,翘起一个不小的弧度。

"或者,你希望我叫你女朋友?"

他甘洌如泉的声音带着笑,仿佛叮叮咚咚流过山间的溪水。

方若诗走出秦享办公室的时候,额角还在隐隐跳动。

她叹了口气,点开了师姐的微信,压低声音说道:"刚从秦享办公室出来,现在头还是晕的。"

"怎么了?他打你了?"师姐的语音回得很快,也很不正经。

"师姐!"对这个没一点正形的师姐,方若诗是拿她一点办法都没有,只得耐着性子解释,"看了一些专业资料,完全陌生的领域。"

"吃得消吗?"

"吃不消!"方若诗斩钉截铁。

那边又是一阵笑,方若诗觉得头更疼了。

她抚了抚额,有些无奈:"师姐,你知道吗?你的小叔子他犯规！"

"犯规？"

"是啊，"方若诗按亮了电梯下行的按键，接着说道，"他知不知道他随便眨眼睛的危害很大啊！别人都是壁咚、摸头杀，他这算什么！睫毛杀吗？"

估计是觉得还不解气，她追加了一条语音："睫毛杀睫毛杀睫毛杀！"

电梯来了，她直接走进去，按了自己的楼层。

而在离她刚刚站的位置五米远的地方，秦享的身影被光拉得长长的。本来追出来是想问她什么时间回老家的，却意外听到她的另类评价。

什么？睫毛杀？

这个词倒是挺新鲜的！

秦享的嘴角噙着一抹笑，两枚小酒窝在脸颊上熠熠生辉。

（4）

周五中午，接到秦享微信的时候，方若诗正准备去食堂。

"晚上一起吃饭？"

"恐怕不行。"

"有事？"

"我订了回成都的航班。"

"那现在下楼，带你去吃饭。"

方若诗捏着手机出了办公室，乘电梯下到一楼，在集团大厦的门前找到了秦享的车。

"我只有一个小时的时间。"方若诗一边系安全带，一边说道。

秦享踩下油门，开出去："来得及。"

既然他说来得及，方若诗也不再多问，安心跟他去了吃饭的地方。

预订好的小饭店，靠窗的桌上已经摆好了几盘菜，想来是他事先打过招呼的。

每道菜都尝过一遍之后，方若诗朝秦享比了个大拇指："地方不错，菜非常好吃。"

秦享正在舀汤，闻言抬眼看她。

见她嘴角带笑，喜滋滋地望着自己，他脱口而出："没你做的好吃。"

方若诗接过他递来的一小碗菌菇汤，瞥他一眼。秦享低着头，正心无旁骛地专心吃菜。

她也不接话，拿小勺送了一口汤到嘴里，却听见秦享问她："星期天回来吗？"

方若诗点点头："回来。"

秦享点开手机，看了一下，若有所思道："成都有个交流会，开完会我们一起回来。"

还不等方若诗反应，他又补充道："我让李默给你订票。"

"可是……我已经订好往返票了。"

"退掉。"

方若诗有些摸不准他的意思，试探性地问："是……需要我做宣传稿？"

秦享看着她，认真道："能跟你多待会儿。"

她想说什么，却又不知如何表达。这是她第一次听他解释，还是如此单纯美好的原因。

她不自觉地看向他，笑了。

秦享坐在对面，眨动着睫毛，一副坦坦荡荡的模样。

方若诗就在他一眨不眨地盯着她的此刻，情不自禁地朝他伸出了手。

秦享愣了下，探出手掌捏住她的指尖。方若诗很快握住手掌，将他的手指都收在自己的掌心。

她握着他的手，摇了摇："心有灵犀。"

映着窗外的阳光,她笑得特别灿烂。

秦享没料到会是这样,嘴角的笑收都收不住。

方若诗盯着他脸颊边的酒窝,感觉到彼此紧握的手,笑容更深了。

离开小饭馆的时候,方若诗跟在秦享身后。前面有一群人拥进店堂,秦享挡在她前面,下意识伸手去牵她。碰到她手的那刻,秦享明显感觉她往回缩了一下。他没给她过多思考的时间,也没给她逃跑的机会,一把握住,拉着上了车。

坐上车之后,方若诗才敢去看他。某人的嘴角上扬得十分明显,仿佛有天大的喜事。

方若诗歪着头凑近,揶揄他:"很得意?"

秦享斜她一眼,笑道:"某人刚才不是很勇敢吗?"

方若诗知道他指的是她在饭桌上主动去握他的手。

她舔了舔唇:"不是男朋友吗?碰一下怎么啦!"

"呵……"秦享笑出声来,带着被她亲口承认的快意,十二万分的愉悦。

出差的事很快批下来,方若诗一下班就背着大挎包出了办公室。秦享有个采访,脱不开身送她。她登机的时候给他发了条微信:"走啦。"

还没等她找到座位,秦享的回复到了:"周一见。"

有人惦记,也惦记着一个人,这对方若诗来说有些陌生的感觉突然就回来了。

自从上段恋情结束之后,她便再没有试过去惦记一个非亲属的异性。可是当她在给秦享发消息的时候,这种隐隐期待又忐忑的心情却让她抑制不住心悸,又分外踏实。

飞机落地之后,宋颂接了她回伍溪。

外公没什么大碍,观察了几天就出院回家静养。

方若诗到家的时候,他老人家正跷着石膏腿在等她。

"嘿,我们诗诗回来了!"

吃心望享

"外公，怎么样？腿感觉好点了没？"方若诗握住外公伸过来的手。

"好多了！"外公笑眯眯的，拍了拍她的手，"看到你回来就全好了！"

"噗……"停好车进屋的宋颂正好听到这句，笑道，"那您赶紧到地上来蹦跶蹦跶！"

外公顺手抄起拐杖，作势要打他："皮子又痒了？"

宋颂往旁边一闪，贱兮兮地讨饶："不是我姐回来了，看您高兴，逗您玩嘛！"

"少废话，快带你姐去吃饭！"

方若诗钩住宋颂的脖子，一蹦一跳地去了餐厅。

"你这次回来待多久？"宋颂接过柳姨舀好的饭递给表姐，"周末两天？"

"下周在成都有个会议，可以多留几天。"方若诗接过碗筷，说了下工作安排。

宋颂竖起食指，朝她"嘘"了一声："小点儿声，爷爷听到真得扔了拐杖蹦起来！"

方若诗被他逗笑，斜了斜身子去看客厅里看电视的老人。

"对了，舅舅、舅妈呢？"方若诗回来就没见到人。

"散步去了。"

方若诗"嗯"了一声，看到刚刚开机的手机亮着绿色的信号灯。微信显示有三条信息，她点进去，是秦享的名字。

秦享："到了吗？"

秦享："晚点了？"

秦享："落地给我电话。"

宋颂在抱怨舅舅舅妈的虐狗日常，她却没心思再听，抓起手机去了后院。

电话很快接通了，秦享的声音钻入耳朵。

"到了？"

"我忘记开机了……"她低着头,用鞋尖踢着台阶,"你吃饭了吗?"

"还没,你呢?"

"正在吃。"

"那你吃吧。"

方若诗听他几个字几个字地说着,好像早已习惯了他的惜字如金。可是如此家常平淡的对话,在这个雾蒙蒙的冬日夜晚,敲打着她的心。

那边看她没有挂电话,轻轻笑了声。

方若诗在他的笑声传过来的瞬间,脑海里马上浮现出他的样子。

秦享很少笑,一笑起来就露出两枚小小的酒窝,格外招人。

她也跟着笑起来,小声说了句:"那我挂咯……"

一转身,宋颂正咬着筷子倚在门边,笑得特别狡诈。

"姐,老实交代吧!"

"交代你个头!"方若诗一把推开他,快步往回走。

宋颂歪着头跟在她身后,看自家姐姐慌不择路地坐回去,差点打翻一碗汤。

外公听到响声,朝这边吼:"臭小子,你又在惹事!"

"不是我!"宋颂叼着筷子喊,"是我姐她……"

话未出口,方若诗便举了筷子朝他手背上一敲。

"哎哟!"

"又怎么了?"外公有些不耐烦了。

盯着方若诗瞪大的眼睛,看着她反常的举动,宋颂了然于心地挑了挑眉,扬声道:"没事!"

周一很快就到了,方若诗特地起了个大早,坐宋颂的车赶到交流会的举办酒店。

秦享前一晚已经到了,她循着他留给她的房号上了楼,敲了敲他的房门。

　　说不紧张是骗人的,她站在门口等待的一刹那,把所有可能的情况都想了一遍。

　　会不会时间太早了,秦享还没起?

　　万一他正在洗澡,她要不要一直站在门外等?

　　如果……

　　还没等她想清楚,门从里面打开了。

　　秦享穿着整洁的白衬衣,手里拿着琴弓,显然刚刚在拉琴。

　　"我在门口怎么没有听到琴声呢?"方若诗跟着他进了屋。

　　秦享把小提琴和琴弓放好,转身出来,道:"想听我演奏?"

　　漫不经心的问题,被他问得别有深意。方若诗看他从套房的卧室走出来,摇了摇头。

　　"不想?"秦享嚼着笑看她。

　　她的脸上立刻染上一片红晕,低声回答:"想。"

　　秦享走到她面前,抬起她的下巴:"想什么?"

　　"嗯?"

　　这个男人太知道自身的优势了。

　　那双眼睛望着她,长长的睫毛像被按了暂停键,堪堪停在方若诗的眼前。

　　来了!

　　睫毛杀又来了!

　　方若诗咬住下唇,眨了眨眼睛。

　　她看见他的喉结轻轻地上下一滚,低低的笑声从鼻腔溢出。

　　秦享的手松开她的下巴,揉了揉她披在肩头的黑发。

　　结果,秦享并没有带方若诗去参加交流会,留她在自己套房里上网看电视。

　　方若诗索性窝在房间里打游戏,什么"连连看""消消乐",乱七八糟的游戏玩了一圈之后,才发现肚子饿得咕咕叫。

　　她推开窗户试了试外面的温度,立马打消了出去觅食的想法,披了围巾去酒店餐厅吃饭。

她点的鱼香肉丝和炒时蔬很快上了桌,看上去还不错。

一筷子下去,油汤清亮而不腻,加分;肉丝均匀,滑而不老,加分;青菜水嫩,火候精准。仅凭这两道川菜里最稀松平常的菜式,这家五星级酒店的餐厅就能得90分。

方若诗满意地边吃边点头,完全没有注意到远处角落的一道目光。

很快,有人走了过来。方若诗抬起头,看向桌前的一小片阴影。

不看不要紧,看清来人后,她立马抓起放在桌上的手机和房卡想要离开。可饭菜才刚上桌,不吃多可惜,况且完全没有落荒而逃的必要。

她假装挪了挪手机和房卡的位置,朝来人点了点头。

"好巧,没想到会在这里看见你!"

"好久不见。"分手后再无交集的两个人,在这样的地点重逢总觉得怪怪的。

"介意我坐下聊两句吗?"闫宁成指了指她旁边的座位。

方若诗头也没抬:"请便。"

虽说是和平分手,可一想到原本快要结婚的人却分道扬镳,心里还是难免不舒服。

方若诗跟闫宁成是高中同学,却比他低一个年级,两人先后考进了遥城大学,成为学校里引人艳羡的一对情侣。大学时代的爱情总是逃不过毕业的难题,早一年毕业的闫宁成回到成都求职就业,方若诗毕业后留在了遥城,进了秦氏集团。闫宁成专注于自己的事业,对方若诗渐渐冷淡,甚至在同事生病时嘘寒问暖、端药送水,却对自己的女朋友漠不关心。终于,在坚持了一年半的异地恋之后,心灰意冷的方若诗提出分手,而闫宁成连争取都没有争取一下,就异常平静地接受了她的这个决定。

从此,相爱五年的恋人退出彼此的生活。

闫宁成看出方若诗的冷淡,有些自嘲地笑道:"我突然很怀念大学在食堂帮你补习高数的情景,那都是很久之前的事了,你都忘了吧?"

没料到他突然提起这个,其实方若诗没忘。

大一下学期的期中测试,她的高数考得特别差劲。闫宁成盯着她的卷子,很久都没有说话。她提心吊胆了半天,终于想到一个办法,谄媚地掏出专业课卷子想要找补回形象。结果闫宁成挥挥手,说道:"我知道你专业课好,我不看专业卷子。"那个时候,她觉得他冷着一张脸训她的模样特别酷,也觉得自己有这么帅的男朋友简直就是捡到宝了。

可是现在……已经是物是人非。

方若诗不想和他过多纠缠,只想着吃完饭赶紧离开。闫宁成没察觉,继续忆往昔、看今朝,夸夸其谈。

方若诗并不想了解他的近况,已经听得有些不耐烦了。

也许是心里有气,方若诗向服务员招手埋单的动作大了些,披在肩上的围巾滑了下来。闫宁成赶紧靠过来,替她拾起围巾,并且十分体贴地为她重新披上。

从包间走出来的秦享刚好看到这一幕,他掏出一根烟慢悠悠地点上,饶有兴致地向他们这边看过来。她旁边的男士掏出钱包埋单,而她伸出手作势阻拦,也碰到了他的胳膊……

"秦老师?"李默唤了他一声。

秦享叼着烟回过头来:"走吧。"

由于网络故障,方若诗暂时无法用支付宝结账。闫宁成再次把钱递出去,服务生看了一眼方若诗,迟疑着没有接。

方若诗有些急了,把钱再度推回去,转身将房卡递给餐厅服务生:"我住这间房,麻烦你等我一下,我上楼去拿钱包。或者你跟我上去结账也可以。"

服务生核对了房卡信息之后,终于松了一口气。他向方若诗说道:"女士,我们可以把账单记入这间房的消费,您退房时一并结算。"

方若诗点点头："麻烦了。"

她转身，抿了抿唇，朝闫宁成说了声"谢谢"。

"若诗，你不用跟我这么客气。"闫宁成说道。

"我回房间了。"真是一分钟也不想多待。

"我送你。"

方若诗转过头来，客气地拒绝："不必了。"

"若诗，我们当初是和平分手，你这样就没意思了。"闫宁成的话说得直接，也有些不客气。

方若诗突然就笑了，这是她自见到闫宁成的第一个笑容："我只是单纯怕我男朋友误会。"

毕竟，不是谁都可以像闫宁成那样不怕女朋友误会去关心体贴他人的。

"男朋友？"闫宁成没想到会是这样的情况，苦笑，"我们分手才半年，你这么快就有了男朋友？"

方若诗连嘴角都没放下，继续看着他："不然呢？"

闫宁成沉默了。

是啊，不然呢？要她为失恋哭得死去活来，拒绝每一个追求她的男人，为他守身如玉一辈子吗？

方若诗转身，快步离开，只留闫宁成一个人呆立原地，哑口无言。

回到房间，方若诗找了条毛毯盖在身上。或许是对刚刚发生的事情心有余悸，她发泄般地发了一条朋友圈。

发完之后，她舒舒服服地窝在沙发上刷微博。

"小吃心"很久没更新微博了，粉丝们还在上一条微博里呼唤着她。

抽个时间拍个菜谱吧。

方若诗半合着眼想着，看哪天做菜的时候让宋颂帮忙拍几张照片吧。

就这么想着,也不知道怎么就睡着了。一觉醒来,天色暗沉,看看时间,已经下午四点了。

秦享还没回来吗?

方若诗坐起来,捏了捏睡得有些麻的胳膊。

"醒了?"

秦享从洗手间走出来,他的声音也由远及近。

"你什么时候回来的?"方若诗揉了揉眼睛,"怎么不叫我?"

身边的沙发凹下去一大块,随之而来的是一阵浓郁的烟味。

方若诗有些不适应,咳嗽起来。咳完之后,她试探性地问:"交流会不顺利?"

"没有。"

"抽了很多烟?"方若诗继续问他。

"嗯?"

方若诗戳了戳他的肩膀,再把手掌凑在鼻尖扇了扇。

秦享点点头:"想事情。"

"很棘手?"

秦享侧过头来,看见她屈起腿,把头搁在膝盖上,一张红通通的脸露出来。

当方若诗睡得不知时辰的时候,他在会议室心不在焉,一想到那个男人替她披上围巾的亲密动作,他就觉得心里有一团火在烧。

可是现在,她红着脸,眉眼弯弯地看着他,他一点儿火都没有了。

"唉……"秦享默默叹了口气。

"中午看见你了,"秦享从烟盒里抽出一根烟来,"在餐厅。"

"啊?"方若诗瞪大眼睛,问,"你怎么没叫我?"

秦享点燃打火机,看了方若诗一眼,又"啪"的一声把火熄灭。他把烟扔到茶几上,面无表情地说道:"怕打扰。"

"打扰什么?"见秦享仍是一副冷冰冰的面孔,方若诗回过味儿来，"哎，你不会是看到闫宁成了吧？"

"闫宁成？"秦享重复了一遍名字。

方若诗点点头，咬着指头小声道："遇见你之前的那位……"

"之前那位？前男友？"

方若诗点了点头，跟他复述了一遍中午的来龙去脉，还翻出自己的朋友圈给他看。只有一句话：不抱怨，不恶言相向，也不纠缠。

秦享别扭了一下午的心情总算放晴——原来是"不纠缠"先生。

他的表情变得实在太快，方若诗终于反应过来："就为他，你抽了一下午的烟？"

"嗯。"

"就为他，你刚刚对我冷冰冰的？还阴阳怪气地说什么'怕打扰'？"

"嗯。"

方若诗彻底无语，推了他一把："你不知道直接问啊！"

秦享撇了撇嘴，一脸不自然。

"你……你……"方若诗本来想数落他一通，可是话到嘴边又咽了回去。

男朋友难得这样一回，挺那什么……可爱的。

方若诗又瞧了秦享一眼，他正摆弄着刚刚丢回去的那根烟。

她伸手，一把抢过他的烟，假装凶巴巴地说："下次再这样，烟全没收！"

秦享抿着酒窝笑起来，摸摸她睡得毛毛糙糙的头发，说："整理一下，带你去吃好吃的。"

"哦，可……"方若诗舔了舔嘴唇，"这是我的老家啊，你确定你知道哪儿有好吃的？"

"去了就知道。"

实际上，秦享确实不知道哪里有好吃的，不过是让李默在网上查了下，随便找了家看起来还不错的新派川菜。

味道怎么样另当别论,反正景色是独一份的。

一栋大厦的顶楼,一整片落地窗映着满城的灯火。方若诗托着腮帮子,望着窗外的夜景惊叹:"你真的知道啊!"

秦享没作声,夹了一块鱼肉正在剔刺。他专注于盘子里的鱼块,那些尖刺被他的刀叉慢慢剥离了鱼肉。放下刀叉,他换了筷子,把鱼肉夹到方若诗的碗里。

鱼肉在灯光下亮着米黄色的光泽,像是穿了一件薄纱的姑娘,身段柔软,躺在雪白如玉的瓷碗里。

方若诗把他剔好的鱼肉送进嘴里,点了点头:"很嫩,很入味!"

秦享这才动手给自己夹了一块。仍然是用刀叉去剔鱼刺,他那双拉小提琴的手好像有魔力,不一会儿就剔出一块完整又漂亮的鱼肉。

方若诗不禁"哇"了一声。秦享看了她一眼,笑着把鱼肉又夹给了她。

被伺候得舒舒服服的人低下头看那块鱼肉,不好意思地笑了:"女朋友的专属福利吗?"

秦享的小臂在餐桌上撑起一个小小的三角形,他认真又笃定地回答她:"你的专利。"

(5)

原计划交流会结束就回遥城的秦享,被同会的老教授留下来参加周五的活动。

方若诗在笔记本电脑上收着电子邮箱里的稿子,听李默在跟秦享反复确认。

"这周在遥城有一个杂志专访。"

"推到下周。"

"时间恐怕来不及。"

"采访提问发电子邮件,我回答完了回传他们。"秦享点了点额头,补充道,"另外,向他们杂志开放一次乐团的排练。"

"好的。"李默记下秦享叮嘱的事项之后,问道,"明天的机票退掉之后,预订周六回遥城的航班,可以吗?"

秦享瞄了一眼缩在沙发上的人,道:"周日吧。"

李默走了之后,方若诗递了杯水给秦享。

"行程变动?"

"临时有个音乐学院的小提琴比赛。"

"哦……"方若诗点点头,"是去当评委吗?"

"算是吧。"

直到星期五,方若诗坐进音乐学院的音乐厅,她才知道,秦享所谓的去当评委是怎么一回事。被众星捧月般迎进厅里,不跟其他的评委坐一起,而是专门辟了一块地方出来给他。

李默看了看坐在特邀嘉宾席的秦享,叹了口气:"不知道秦老师怎么想的,之前明明已经拒绝邀请了,又突然同意。"

方若诗坐在李默左手的位置,离秦享所在的前排大概有五六排的距离。

"为什么?"她问。

"他说是在交流会上碰到了相熟多年的老教授亲自相邀,他不好拒绝。可是,这种学生的小提琴比赛秦老师已经很多年都不参加了。"

"是吗?"方若诗有些不解。那……是为什么呢?

"以秦老师的知名度和他在业界的咖位,实在没必要做这种既无名气又无利益的比赛评委。"

"这也算是给弦乐团做宣传嘛,说不定还能吸收点优秀的人才呢!"方若诗抬了抬下巴,"你看,学校领导多重视啊!"

"弦乐团的招新和人才引进有非常严格的标准和机制,除非参赛的学生真的是天资聪颖、天赋过人,否则很难满足乐团的招新条件。"

"那秦……秦老师干吗还来当评委?"

"人好呗!"李默又叹了口气,"别看秦老师平时话不多,其实非常……怎么说呢？你懂我的意思吧？"

方若诗点点头，她当然知道。通过近段时间的交往，如果说她有多了解他，她并不认为。可是她完全明白李默的意思，这个不多话的男人是个好人，有一颗特别温柔的心。

不过，李默说的秦享的知名度……

方若诗掏出手机，默默在搜索框输入了"秦享"两个字。不一会儿，搜索出的页面吓了她一大跳。她随便点进一个网页，满屏的介绍让她愣住了。

台上是一个男生在拉琴，方若诗看着他拉动弓弦的手臂，满脑子都是秦享的简介：

十六岁，帕格尼尼国际小提琴大赛金奖；二十一岁，柴可夫斯基国际小提琴比赛金奖；二十五岁，英国皇家音乐学院教授，是该院有史以来最年轻的教授……

想着想着，手机在衣兜里振了一下，是微信提示。

秦享："好听吗？"

方若诗向前张望，只能看到他挺直的脊背。她回复道："好听。什么曲子？"

秦享："捷克作曲家弗朗蒂切克·德尔德拉的《纪念曲》。"

方若诗："这个男生拉得很好。"

秦享："嗯。不如我。"

这就是秦享，直白又诚实。

方若诗捂着嘴笑起来，她已经习惯这样的他了。

秦享又追了一条消息过来："它还有个名字叫《回忆》。"

回忆……

舒缓优雅的曲子还在继续，方若诗闭上眼，慢慢地沉浸在音乐里。

她的脑海里出现的是与秦享为数不多的回忆，跟他相处的每一分钟，都值得回味记忆。

中场休息的时候，音乐厅里陆陆续续来了很多人，挤满了走廊和过道。

方若诗听见他们身后的学生在窃窃私语，秦享的名字是提到最多的。

"我去，谁招了这么多人过来？"

"秦享的名字一报出去，谁能不来！"

"我老公绝对的颜好腿长、技术一流！"

"咦？你怎么知道他技术一流？你试过？"

"呸呸呸！污死了！我说的是专业技术！"

"不过你男人乐团上次发的那个视频确实惊艳啊！"

"是吧是吧！早叫你关注了！我现在每天打开微博第一件事就是刷秦享弦乐团。"

"……"

后面还在讨论，方若诗已经从震惊到震撼了。现在的女孩子已经开放到可以公开YY偶像是自己的……老公了？

方若诗望着前排的男人，他正在跟几个评委商讨什么，一脸严肃。

不一会儿，他朝后排望过来。

身后的女生尖叫起来："啊啊啊啊啊啊啊……他看我啦！我老公看我啦！"

秦享看到了他要找的人，招了招手。

后面又是一阵尖叫："老公冲我招手了，快看看我够不够美！"

训练有素的李默头顶三根黑线站起来，快步朝秦享跑过去。简短交代之后，李默从侧门出去了。等到颁奖的时候，李默才猫着腰进场，手里提着黑色的琴盒。他没有回位置，就在秦享身后找了个位置坐下。

方若诗心里有了猜测，身后的女生替她说了出来："哇，我老公要表演吗？天哪！我值了！"被后面的女生一口一个"老公"念得有些烦躁的方若诗转过身，竖起食指朝她们比了个"嘘"。

终于安静了，台上开始颁奖。等到颁完所有奖项，秦享被主持人请上了台。不需要过多的介绍，台下已是沸腾一片。

秦享朝台下点头致意，举起小提琴拉起来。没有伴奏，没有其他乐器配合，只有一把小提琴。

左手手指在琴弦上自由游走，右手操纵着琴弓从各个角度滑过琴弦。一个个音符从他的手指间流出，一段段旋律从舞台涌向音乐厅的各个角落。

他垂着眸，修长的眼睫毛微微向下，随着旋律的流转轻轻颤动。

方若诗屏息凝神，在激昂的旋律中只听得到身后不断响起的抽气声。

一曲终了，全场起立，掌声雷动。

这是方若诗第一次听秦享的现场演奏，完全不同于视频里看到的弦乐团演奏。

秦享穿着惯常的黑色西服，一个人笔挺地站在舞台中央，却并不显孤独，他的身后仿佛有千军万马在咆哮在奔腾。

方若诗被他的琴声深深折服，也终于明白了他所谓的"不如我"是什么意思。

等到跟各方寒暄一通之后，秦享才脱身离开，一上车便把手机扔给了方若诗："导航。"

还没有从他拉琴的震撼中回过神来的人傻愣愣地看着他："去哪儿？"

"你家！"

"哦……"好像有哪里不对，方若诗挠挠头，"去我家干吗？"

"看看你从小长大的地方。"

秦享说得云淡风轻，方若诗舔了舔嘴唇，红了脸。

她虽然有点害羞，但到底还是觉得他的想法不错，在他手机里的地图输入了"伍溪古镇"。

等她设好目的地,一抬眼,瞥见窗外的李默,轻声道:"李助理还没上车呢!"

秦享看了一眼窗外的人影,淡淡地说道:"他下班了。"

方若诗想也没想,说道:"那正好邀请他一起去我家玩。"

秦享的手指在方向盘上叩了两下,接着按开车窗,只一个眼神,李默立刻到了跟前。

"秦老师,什么事?"

秦享手肘撑着窗框,道:"我女朋友邀请你去她家。"

"哈?"李默愣住了,"女朋友?"

女朋友!在哪里?他下意识往四周搜寻。没人啊!

他有些疑惑地看了看秦享,后者一副气定神闲的样子,依然一下一下叩着车门,完全没有解释的打算。他试探性地重复一遍:"秦老师,你说的女朋友……"

秦享错开上身,朝方若诗所在的副驾位置看了一眼。

再回过头来看李默,他正朝车内探头,大概是想找方若诗求救。

而方若诗,脸红地缩在车里,一副生无可恋的表情,完全不敢看他。

李默好像明白了,眼前这一幕充分证实了他的猜想,这不可思议的猜想!

他再次看了眼面前这个男人的眼神,含蓄的、笃定的,甚至含了点戏谑的笑意。就算刚刚还搞不清状况的他现在也明白了。

出于保住饭碗的心态和对自身人身安全的考虑,李默果断拒绝:"不了,不了,我还有事。"

方若诗自打听见他在助理面前说出"女朋友"三个字就涨红了脸,瞥见李助理落在她身上震惊的目光,脸颊不免又热上几分。

"走了。"秦享一踩油门,车直接飙了出去。

方若诗望向后视镜里那个越来越小的李助理,战战兢兢地点开了导航。

李默在车屁股拐弯消失的那刻,才终于从震惊中缓过神来:这个不食人间烟火的天才小提琴家恋爱了？！

在去往伍溪的路上，方若诗思前想后，最终还是点开了宋颂的微信。
方若诗："今晚有客人来家里，请柳姨多准备一个人的饭。"
宋颂："咦？什么客人？"
方若诗："……"
宋颂："男的女的？"
方若诗："男的。"
宋颂："男朋友？"
方若诗："少一点套路，多一点真诚。"
方若诗："姐姐现在需要你的帮助。"
方若诗："麻烦帮我跟柳姨打声招呼。"
宋颂："那爷爷呢？"
方若诗："也打声招呼，就说我有朋友要来做客。"
宋颂："那我爸妈呢？"
方若诗："一样。"
宋颂："姑姑、姑父呢？"
方若诗："你有完没完？！"
宋颂："他们刚进家门，我对天发誓。"
方若诗："你不是在上班吗？哪里买的望远镜看到的？"
宋颂："出完外勤回家了。"
方若诗："……"
突然觉得秦享做了一个错误的决定，方若诗有些无奈地把手机拍在腿上。
"怎么？"
秦享话音刚落，方若诗的手机振动起来，是爸爸的来电。
"诗诗，听说你要带男朋友回家？"
方若诗知道自己被宋颂坑了，却无力反驳。

"是男朋友吗？"爸爸的声音听起来有些急切。

"是。"方若诗索性一闭眼，承认了。

"怎么这么突然？"

爸爸可能被这个消息吓到了，不止爸爸，应该是她把全家人吓到了。

"我没有别的意思，之前没听你提起，觉得太……"方爸爸在想措辞，看样子情绪波动很大，"挺好，挺好！"

方若诗叹一口气，对着电话小声道："爸爸，您会不会太激动了？"

"爸爸是高兴，怕你还想着那个谁……好了，不提了，现在好了，太好了！"

"人都还没见着呢，您就说好，未免也太主观了吧！"方若诗笑道，偷偷瞟了一眼开车的人。

秦享抿着嘴角，右脸颊的酒窝浅浅的，他在笑。

"我刚到家就听到这个消息，能不惊喜吗！"爸爸还在那头激动。

方若诗淡淡回了句："不是惊吓就好……"

知道他们正开车回来的方爸爸叮嘱了两句"开慢点，注意安全"之后，便挂了电话。

挂断之前，他还说了一句话："待会儿见。"

待会儿见……

待会儿……见……

方若诗没办法冷静了。

（6）

电子语音提示已经进入伍溪古镇，方若诗的心被紧紧地攥起来。紧张、忐忑，不知所措，上一次有这种感觉还是跟前男友分手之后给家里打电话的时候。

时隔半年，她就带着新男友上门，是不是太快了？

秦享替她解开安全带，捏了捏她的手："不用担心。"

方若诗看着他放松的模样，兀自松了口气："这句话好像应该我来说，结果反倒是你安慰我。"

秦享示意她下车，可人却坐着没有动。

方若诗深呼吸了下："等我一下。"

"有我呢！"

秦享清浅的笑声就在耳边，方若诗却没了往日欣赏的心情。

想到连日来的安排，她渐渐意会到秦享的真正意图。她瞪了他一眼，嗔道："都怪你！假公济私！"

仍然是抿着酒窝的浅笑，秦享清清朗朗地看着她："我很高兴，你有身为'私'的自觉。"

得了，下车吧。反正都栽在这男人手上了！

还没到家，方若诗就看到宋颂站在门口招手。

她白了他一眼，哼了一声。

宋颂这个人精立马狗腿地抱住表姐，惨兮兮地装哭："姐，我被爷爷阴了！他抢我手机，看了我俩的聊天记录！"

方若诗一肘子捣在他肚子上："行了，打招呼。"

宋颂老远就瞧见了秦享，一身笔挺的西服外面裹了一件潇洒的风衣，气度不凡。他牵着自家姐姐从远处走过来，踏在石板上的每一步都带着说不出的贵气。

宋颂伸出手，自我介绍："姐夫好！我是宋颂，方若诗的表弟。"

"你好，秦享。"

握手之后的宋颂赶紧把人迎进门。

方若诗和秦享一进去，一屋子坐在客厅沙发上的人都望向门口，站了起来。

方若诗看这阵势，笑出声来："这是要列队鼓掌欢迎吗？"

只有外公坐在沙发上，跷着他那条打着石膏的腿，朝他们招招手："快过来。"

方若诗钩着秦享的手,拉他到了客厅里。从外公开始,一个一个地介绍过去。平时寡言少语的秦享竟然跟着一个个叫了过去,除了她的父母以外,其余全跟方若诗一样的叫法。

家里开了空调,呼呼地往外吹着热风。方若诗的脸颊微微泛起红晕。

"宋颂,把我的棋盘拿出来,我跟小秦来一局。"外公发了话,宋颂立马去办。

"诗诗,"外公又出了声,"我好久没吃你煮的饭了。"

方若诗知道外公是要把自己支走,无非就是几个长辈想跟秦享单独谈谈。

秦享朝她微一点头,方若诗便起身去了厨房。罢了,兵来将挡,水来土掩。

秦享要是这点儿事都处理不了,也不会主动提跟她回家这一茬了!

给外公送了棋盘的宋颂偷偷摸进了厨房,凑到方若诗跟前挤眉弄眼:"姐,哪里找来的姐夫啊?挺帅的呀!"

"哟!这姐夫叫得挺顺口啊!不嫌牙酸?"方若诗洗了手,甩了他一脸的水。

宋颂不接这茬儿,狗腿地抱住她:"姐,想吃你做的凉拌茄子。"

原来是为这个叫"姐夫"的!方若诗系好围裙,斜他一眼:"大冬天的哪有茄子啊?"

"大棚的,我已经买回来了!"

这都准备好了,敢情是把她给架上去了。

"你忘记外公说过的话吗?要吃当地当季的蔬菜水果。"方若诗提了提他的耳朵。

"偶尔为之嘛。"宋颂捂着耳朵,笑得见牙不见眼,"姐,求你啦!"

小时候就爱撒娇,长成一米八的小伙子了还这样。方若诗笑着摇了摇头,她也还像小时候一样拿他没办法。她捏了捏宋颂的脸,说道:"去准备吧。"

"得嘞!"宋颂一蹦,笑得特别狗腿,"姐,还需要准备什么?"

"五花肉和红萝卜。"

"哟呵!外公的最爱!"

厨房里,方若诗带着宋颂准备红烧肉和拌茄子。

客厅里,秦享却在看到那副棋盘的时候傻了眼。

他想过象棋、围棋和国际象棋,唯一没想到的就是眼前这盘——跳棋。旁边坐着方若诗的父母和舅舅、舅妈,几个人都一副看好戏的模样。

秦享抿了抿唇,在棋盘的圆洞里认真地摆上弹珠。

"小秦,你会玩吗?"

秦享点点头。

"我们家只有一种规则,就是一子跳。"

秦享摆了两颗珠子,在一条直线上,中间空了两格,他从第二颗弹珠顶上跳过去,落在对应的空了两格的地方。

"可以这样跳吗?"

方爸爸和方妈妈对视一眼,笑了笑。

外公摆了摆手:"不可以。只能单珠跳,可以连跳,但不能等距离跳。"

秦享正襟危坐:"好。"

兴许是没怎么下过这种跳棋,秦享一来,就被外公逼着几颗珠子都只能默默往前推一格。

可是越到后面,大家才慢慢注意到,先前看似被外公逼得走不动棋的秦享,其实是在为后面珠子的连跳铺路。

等秦享的十颗弹珠全部跳入对角的阵营时,外公的珠子还有一半落在棋盘中央。方若诗站在沙发后面偷偷看了一会儿,见秦享赢了,高兴得跳了起来。

外公拿眼瞪她:"丫头,能给我留点儿面子不?"

她搂住外公的肩膀笑:"外公,我从小您就喜欢拿'不能跳等距离'这招来赢我,今天又来,可惜呀,秦享没让您得逞啊!"

被她看穿的外公不反驳,闷声笑了笑,对着秦享说:"循序渐进,有勇有谋!小伙子,不错!"

外公操着一口四川话,怕他听不懂,刻意放慢了语速。

秦享微微颔首:"多谢外公承让。"

天色渐渐暗下来,晚饭开席。方若诗戴着隔热手套把红烧肉端上了桌。

宋颂眼馋得不停咽口水:"外公,今天我们可都是沾您的光了。"说完,他叫住秦享,"享哥,你尝尝我姐做的红烧肉,保证你一辈子都忘不了!"

外公作为长辈首先动了筷,第一块红烧肉夹到了秦享的碗里。秦享知道,这是方若诗外公对他的认同和肯定。

他郑重地朝老人说道:"多谢外公。"

"好了,吃饭吧。"外公笑眯眯地发了话,一家人才拿起筷子吃起来。

秦享话不多,吃饭的时候话就更少了。但是只要有人问他,他都停下筷子,认真倾听、回答。所以默默地,印象分挣了不少。饶是方爸爸和方妈妈这样不露声色的家长都分别给他夹了三次菜。

方若诗看在眼里,心里的大石头终于落了地。

饭菜很可口,向来自律的秦享添了第二碗饭。

舅妈看到,不禁问他:"小秦,不晓得饭菜合不合你胃口?"

秦享放下碗,认真答道:"非常好吃。"

看他正儿八百回答问题的样子,方若诗觉得好笑。

她不想他再端坐着没办法轻松吃饭,指了指他面前的干饭,转移话题:"这个干饭在四川叫沥米饭,也叫甑子饭,'zeng'念四声,吃起来会比电饭煲煮出来的米饭更香。"

秦享看她一眼,"嗯"了一声。

吃心望享

方若诗又指了指他筷子上的红萝卜，逗他："这个呢？香吗？"

秦享继续回答："很香！"

方若诗满意地点点头，继续说道："红萝卜烧肉是我们家冬天里最喜欢吃的一道菜。四川有句话是这么说的'红萝卜，抿抿甜，看到看到要过年'，是不是很形象？"她眼睛亮晶晶的，歪着头看秦享，完全不惧长辈的目光。

秦享点点头，问她："红烧肉有甜味，是因为吸收了红萝卜的甜吗？"

"一半一半吧。这五花肉煮好以后切成小块，不要直接下锅烧。要先把冰糖小火炒化，再下肉块炒出糖色，加姜蒜花椒和八角，喷一点白酒，加生抽，接着下红萝卜、盐、高汤，慢慢煨软。最后出来的这锅既有颜色，又有味道，再吸收了红萝卜的精华，自然'抿抿甜'咯。"

她说得俏皮，四川话夹在普通话里跟他解释，一桌子的人都被她逗笑了。

晚饭过后，外公看了会儿电视就回房间休息了。舅舅和舅妈照例饭后散步，宋颂回了房间打游戏。方若诗和妈妈在厨房里泡茶水，客厅里只剩下方爸爸和秦享。

"你爸肯定是想跟小秦单独聊聊，所以支走了咱俩。"方妈妈往茶壶了倒了水。

方若诗探了探头，什么都听不见，只透过廊门上的玻璃看见秦享认真倾听的侧影。

"你爸爸怕你像上次一样，在大学不动声色地谈了个男朋友，再不动声色地分了手，最后落得自己伤心难过。"方妈妈在茶壶底垫了块湿布，接着说道，"诗诗，你交什么样的朋友我们无权干涉，但是作为父母，总是怕自己的女儿吃亏受伤的。"

"我知道，妈妈。"

方妈妈替她拢了拢脸颊边的头发："所以秦享必须过这关。"

方若诗点点头。

看今天大家的反应,秦享恐怕是已经把关卡过得差不多了。

"好了,我回房间整理样本了。你看着你爸,别让他聊太晚。"

方若诗目送妈妈回了房,自己端着茶壶往客厅走。

刚到廊厅门口,爸爸的声音就传了出来,从露出一条缝隙的房门内。

"二十八岁在我看来还是毛头小伙子。"

方爸爸的话带着轻轻的笑声,仿佛只是一句玩笑。可在秦享听来,却是别有深意的。

他放下手里早已凉透的茶杯,郑重道:"叔叔,我明白您的心情,但我是抱着非常明确的目的跟若诗在交往。"

"什么目的?"方申卓看向面前的年轻人。

秦享听到方爸爸的问题,不知怎的突然记起堂嫂说过的话——方若诗和前男友是准备结婚时突然分手的……

结婚?

呵!

秦享轻轻抿起了嘴角。

"成家。"两个字,他说得很轻,却足够让对面的中年男人听清楚。

他从不隐藏他的目的,也从不掩饰他的行为,一切都摊开来,坦坦白白。

方爸爸看见秦享眼底的认真,这一份坚定给了他一颗定心丸。他拍了拍秦享的肩膀,笑道:"知易行难,希望你不后悔。"

秦享还维持着刚才的那份坦白,道:"请您放心。"

"吱嘎!"

门被方若诗推开,她端着茶壶走进来。

"给你们添热茶。"

简简单单的一句话,被她说得很快,甚至有些发颤。

方爸爸冲女儿笑道:"冲了一晚上,都没茶味儿了,不喝了。"

说完起身，走了。

秦享也起身，和方若诗一起将方爸爸送出了客厅。

方若诗关了廊门，靠在墙边，眼睛直直地盯着秦享看。

"你都听见了？"秦享笑了，幽深的眸里盛满星光。

方若诗点点头。他毫不掩饰的企图心，她全听见了。

方若诗问："为什么？"

她心底有太多的问题，可话到嘴边，却只问出这三个字。

也不知道他听懂没有。

秦享轻叹口气，靠在她身边，低声道："到了我这个年纪，再去谈一场山长水远的恋爱太耗费心力了，我想要稳定的家庭和温馨的生活。而这一点，我相信你也有共识。"

"你才二十八岁，很年轻，何必这么着急被绑住？"

"我怕再遇不到一个女人像你一样……"他转过身面朝她。

方若诗的眼睛一闪一闪，她望着他，感觉他的手搭上自己的腰。

秦享手下一使劲，迫使方若诗挨得更近，不得不用手撑住他的胸膛。

他低下头，睫毛微扇，右手抚上她的脸颊，拿手指轻轻地、一下一下地刮着她的侧脸。

方若诗心如擂鼓，半边脸都僵了，不停舔着嘴唇，像是困在沙漠里的旅人。

秦享轻轻笑了一声，温热的嘴唇压下来，印在她泛着水光的唇上。他清澈的嗓音第一次透出一丝低哑，他蹭着她柔软的唇瓣，哑声道："……像你一样，让我心甘情愿走进婚姻。"

第三章
豌豆尖圆子汤&匈牙利狂欢曲

（1）

四川的冬天难得有太阳，透过薄雾的阳光洒在院子里，花草和鱼池都镶上了好看的金线。

方若诗是在小提琴声中醒过来的。

她知道秦享每天都要练琴，也看到李助理昨天将琴盒放在了车上。

只是没想到，昨夜晚睡的人竟然雷打不动地早起，在她还呼呼大睡的时候已经开始了每日的早课。

迷迷蒙蒙中，方若诗套上外套，推开窗户。

秦享站在院子中间，旁边坐着方若诗的家人。

所有人都不像是专门在听他拉琴，外公拿手在椅子上轻轻合着拍子，爸爸和舅舅在旁边喝茶，舅妈和妈妈在帮柳姨择菜，宋颂嘴里咬着油条。可是每一个人都默契地没有说话，认真地倾耳聆听，提琴声在院子里流淌，就像是空气。

这是一天中最美好的晨光，带着清早湿漉漉的露气和柳姨烧的蜂窝煤的味道。

秦享不再站在高高的音乐厅舞台，他静静地立于市井小院中，被她的家人围着，是最平凡最温柔的模样，浑身却散发着最耀眼的光芒。

方若诗推开房门的那刻，秦享刚巧停在最后一个音符。

他顺着光线看过来，卷长的睫毛盛满浅金色的光，像每一次他看她的时候,像每一次他的"睫毛杀"。

他放下琴弓,问她:"吵醒你了?"

方若诗摇摇头,笑他:"开演奏会呢!"

一大家子人笑起来。

外公第一个鼓起掌来:"小伙子拉得好!"

"去洗漱、吃早饭吧。"方妈妈拍了拍方若诗,"秦享也还没吃呢,就被你爸爸叫着拉一曲。"

被点了名的方爸爸憨憨地笑两声,道:"小秦想回房练的,我觉得院子里比房间空气好。"

方若诗也不拆穿他,笑着去牵放好琴的秦享:"说的也是。"

很快,方若诗洗漱完毕,宋颂已经把早饭移到了院子里的小桌子上,晒着太阳喝豆浆。

秦享就坐在宋颂身边,拿筷子夹着油条,吃得斯斯文文的。

方若诗挨着他坐下,用手挑了一根往豆浆里一蘸,再提起来咬住。

吸饱豆浆的油条带着独特的外酥里软的口感,嚼在嘴里特别香。

一滴豆浆溅到她脸上,秦享抽了张纸巾,替她擦掉。

方若诗笑一笑,又蘸了一次,递到他嘴边:"试试?"

方若诗从小就喜欢吃油条蘸豆浆,她可以一次吃好几根。

但她不确定秦享习不习惯这样,看他刚才握着筷子咬油条的样子,格外拘谨。她就想试试,试他敢不敢这样豪放的吃法,试他敢不敢咬她吃过的。

秦享左手扶着她的手腕,嘴巴一张,狠狠咬掉一大段。

方若诗笑意更深了,弯着眉眼问他:"好吃吧?"

"嗯。"

没有再多的话,简简单单一个音调从鼻腔里溢出。

方若诗却咬着剩下的半根油条,笑得肩膀一抖一抖的。

宋颂在一旁看不下去了,拎着根筷子敲起碗来:"喂!喂!一大早就虐狗真的好吗?"

方若诗挑了一颗煮鸡蛋推过去,鸡蛋咕噜噜滚到他面前:"你的狗粮!"

秦享看着宋颂气鼓鼓离开的背影,笑着摇了摇头。

"昨晚睡得好吗?"方若诗轻轻戳了戳他的酒窝。

"不好。"

非常干脆直白的回答,把只是象征性询问他的方若诗说得愣住了。

家里的客房平常都由柳姨打扫,昨晚收拾出来给临时到来的秦享。方若诗估摸着是房间不大有人住,怪冷清的。

"那你今晚睡宋颂房间吧,让他去睡客房。"方若诗一边剥鸡蛋,一边说道。

"不是房间不好,"秦享敛了笑意,看着她,"是因为……"

"什么?床不舒服?暖气不够?"

"因为……想你。"

太阳冲破云雾,大把大把的光线落下来,落到秦享的头上,落到他的眉眼里,落到他抿着的嘴唇上。

方若诗别开眼,低下头,小声埋怨:"一言不合就撩妹是从什么时候开始的?"

秦享偏过头,凑近她:"从你。"

喂,还有完没完了!

方若诗头埋得更低了,耳边都是他呼吸间的热气,烫红了她的脸。

吃完早饭,方若诗领秦享出门去逛。

因为是周末,古镇上的人比平常多,连他们家在古镇这么偏的角落都有人找了过来。

看到有人从小巷子出来,还是高大英俊的帅哥,有妹子赶紧跑上来借问路搭讪。

秦享不等妹子问完，及时打断："我不是本地人。"

妹子不知哪儿来的勇气，继续问："帅哥，你是哪儿的人？不会跟我是老乡吧？"

秦享皱了皱眉，回头去看方若诗跟上来没。

还没放弃的妹子抛出各种问题死缠烂打，秦享不耐烦了，一个冷冷的眼神抛过去。

妹子终于闭上了嘴，默默地往一边站了站。

"怎么了？"

是方若诗的声音。

秦享感觉自己得救了，拽住她的手便大步往前走去。

"什么情况啊？"方若诗被他弄得莫名其妙，捏捏他的手掌。

秦享揉揉眉心，不想再复述一遍，只简单解释："问路。"

"哦……"方若诗若有所思地回头，妹子还傻傻地站在原地，望着秦享的背影。

方若诗朝她眨了眨眼，转身拖着秦享跑起来。她特别得意，大衣的衣角飘起来，像鼓风的翅膀。一直跑到一个小小的门面前，她才停下来。

秦享看她大口喘着气，有些好笑，道："怎么不跑了？"

"到了呀！"

方若诗冲他笑，轻轻朝屋里喊了声："婆婆……"

一个年老的妇人走出来，腰上系着围裙，看见她，笑得皱纹堆满了脸。

"诗诗回来了啊！"婆婆拿起一块毛巾，擦了擦手，一抬眼，看见她身后的秦享，笑眯眯地问："是你带回来的？"

"是啊！"方若诗敲着玻璃柜，指了指里面的几个搪瓷大碗，"婆婆，我要一个搅搅糖，两包龙须糖。"

婆婆看了看秦享，也不知道是觉得小伙子好，还是应承方若诗的话，连声答道："好好好！"

秦享倚着门框听她和婆婆聊天，不过就是小时候她和宋颂经常来吃糖的事。四川方言说起来少了普通话的绵软温柔，却自有一派清脆爽利。虽然不全听得懂，他却在方若诗抑扬顿挫的语调里勾了唇。一转眼，方若诗已经递了两根小竹棍到他面前，竹棍上面还有一团黏糊糊的糖。

"尝尝，我小时候最爱玩这个了。"

"玩？"秦享看她舔了舔糖，"不是吃的？"

方若诗"扑哧"一笑，给他演示起来。

她一手捏一根小棍，慢慢搅着糖转起来，她一边搅一边把糖拉长拉短，时不时再舔上一口，十足的小女孩模样。

秦享瞧着有趣，又指了指她手指上钩着的袋子："这里面，是什么？"

"哦，这是我另一个最爱。"方若诗把小竹棍一合，把小手指伸出去。

秦享接过来，把里面用白纸包的小方块打开，里面是一丝一丝的须状物体，外面裹着米黄色的粉。

"这是龙须糖，现在好多都裹成一颗一颗的卖了，只有婆婆这里还是原来那种，一丝一丝摊开来，外面裹着黄豆面。"方若诗一边搅着手里的糖，一边介绍，还不忘"安利"秦享，"尝尝吧，很香的。"

很香……是他这两天听得最多的两个字。

米饭，很香；红烧肉，很香；红萝卜，很香；豆浆，很香；油条，很香……现在是，龙须糖，很香。

秦享捏了一丝扔进嘴里，很快，糖丝在嘴里便化掉了，只余淡淡的豆香在舌尖。

"确实很香。"秦享点点头。

"小伙子，这是我的传家手艺哟！以前诗诗小时候，我就说要用糖丝丝把她骗到我家来当孙媳妇儿，现在只有干瞪眼，遭你娃娃捡到宝了！"

婆婆操着地道的当地口音，秦享只听懂了"诗诗""孙媳妇儿""捡到宝"这三个词。

他朝婆婆点点头，道："是我捡到宝了。"

别看方若诗大大方方地带他走街串巷，真到和熟人说起这种话来，她的脸皮却薄得跟纸一样，一点就着。

此刻红了脸的她跟婆婆道了再见，拖着秦享的袖口飞快地跑了出去。

一路吃一路逛回家，方若诗累得瘫在沙发上不想动，握着手机刷微博。

她特别关注的"秦享弦乐团"官方微博发布了一条内容，是秦享昨天在音乐学院拉琴的照片。

方若诗点开图片，看了一眼。

真是很帅啊！

怪不得婆婆刚刚夸她眼光好！

她突然想起什么，戳了戳旁边看新闻的人："你昨天拉的那首曲子叫什么？"

"昨天？"秦享从电视上移开视线，看着她，想了想，"音乐厅那首？"

方若诗点点头："特别燃！特别让人热血澎湃！"

"He's a pirate."非常纯正的英式发音。

方若诗觉得自己心脏开始乱跳了，她揉了揉心口："Pirate？加勒比海盗？"

"嗯，电影主题曲。"秦享补充道。

怪不得觉得耳熟。

"那你拉这首曲子的用意是什么？"方若诗追问。

不同于上午被陌生人堵住问话的烦躁，此时的秦享特别耐心。

他不答反问："海盗做什么？"

"抢劫啊！"方若诗顺口答，"可我还是不明白。"

海盗、抢劫，到底有什么意义？

"女朋友第一次看我现场表演,我得以曲明志。"

以曲明志?

方若诗看了看自己身上和手边,没有任何价值贵重的物品。

"那你想抢什么?我这儿可什么都没有。"

秦享哑然失笑,指了指她的心口,用只有他们彼此能听见的音量,说道:"我只要你。"

(2)

待在古镇的两天,轻松又悠闲。一大家子人聚在同一个屋檐下吃饭、聊天,偶尔方若诗和宋颂打嘴仗,惹出一院子的笑声。

秦享看了眼院子里忙碌的人影,这久违了的家庭生活,带着俗世的烟火气,特别温馨。

方若诗悄悄攀上他的肩头,看了眼他面前的笔记本电脑:"杂志采访?"

"嗯。"

"这是什么问题?为什么会问喜欢吃什么?"方若诗指了指电子采访稿的最后两行。

手指带着微微的凉意蹭过秦享的脸,只一秒就被握住。

秦享捏着她冰凉的手指往掌心里握了握:"专业访谈之外的业余调剂。"

"那你等一下答,我先把问题抄下来。"

秦享点头答应,任她对着手机打字。

方若诗捧着手机朝他笑道:"我们各自回答,答好来对答案。好吗?"

"听上去很有意思。"

方若诗笑嘻嘻地退回客厅,认真答起题来:

过年吃饺子吗?不吃饺子。

元宵节吃甜元宵还是咸元宵?当然是甜元宵。

西红柿炒鸡蛋放糖吗?坚决不放!

吃肉粽还是甜粽？花生糯米甜粽子，蘸蜂蜜或白糖。

吃咸豆花还是甜豆花？咸豆花！

最讨厌的事？

这个问题……

方若诗想了想：如果只能选一个的话，那就是讨厌一个人吃饭，一大桌人热热闹闹的才吃得香。

她很快答完了，站在院子台阶上问秦享："你答好了吗？"

秦享招手，示意她过去。

方若诗蹦蹦跳跳地冲过去，把手机扔给他，自己对着屏幕看起来。

秦享的答案非常简单，充分说明了他的个性。

所有的问题的下面，他敲了一行字：

不，甜，不，甜，咸。一个人吃饭。

方若诗照着问题一个个看过去……

她愣愣地扭头去看答题人，秦享正握着她的手机笑。

这原本只是她一时兴起的小游戏，只是为了更多地了解他，是真的很随性的。

可是，当方若诗看到秦享和她一模一样的答案时，她还是震惊得合不拢嘴。

秦享拍拍她的脸蛋，脸颊边的酒窝格外明显。

他问她："你想说什么？"

"我们……"

默契？

心有灵犀？

……

方若诗觉得这些词都无法形容她此刻的心情，她默默地看着秦享，不知道说什么。

秦享清如泉水的声音低低的，带着意想不到的轻快："我们……天生一对。"

好吧……

她竟然无言反驳。

不过，也不需要反驳。

这是她最期望的答案。

看似平行线的两个人，因为乱七八糟的理由有了交集，这本身就是件不可思议的事。如果还能在相处之中找到那么多难能可贵的相似之处，这简直就是意外之喜了。

天生一对……

方若诗对着满屏的"天生一对"，有些后悔那天把她和秦享的问答发上微博。

"小吃心"的这条微博只有两张图片和一句话："两份答案，天生一对。"后面跟了一个非常可爱撒娇的小表情。

结果，评论和转发都疯了，呈几何倍数增长。

今天上班一看，数字还在不断攀升，而且所有的评论都保持一致的队形，全部是这四个字：天生一对。

真是自作孽不可活，秀恩爱的后果就得自己承担。

方若诗退出微博，叹了口气。

王晓晶听到声音，敲了敲她的桌子："我觉得你自从出差回来就不太正常。"

"呃……哪里不正常？"方若诗下意识反驳，"文章照写，稿子照收，内刊照做。"

王晓晶撇撇嘴："可是，你看着看着稿子就会莫名其妙笑起来，要不就像刚才一样突然叹口气。这可一点儿也不正常！"

"哪有……"方若诗有些心虚地缩了缩脖子。

"你敢说不是！你跟我男神出差回来就魂不守舍！不会是被潜规则了吧？"王晓晶朝她眨了眨眼。

潜规则……

听到这三个字，方若诗心里有种说不出的诡异感。

"咳咳……"她假装清了清嗓子，重复了一遍晓晶对秦享的称呼，"男神……"

她突然想到音乐学院那群疯狂的粉丝，笑道："知道你男神去学校被叫什么吗？"

"什么？"

方若诗凑得更近些，悄悄告诉她："老……公……"

"哗！胆子忒大了，我同意了吗！"王晓晶翻了个白眼，咬牙切齿。

方若诗笑倒在她肩膀上："那你这样，你男神知道吗？"

"他知不知道不重要，我默默爱他就好。"

听着别人叫自己男朋友"老公""男神"，甚至是开玩笑说"爱他"，方若诗的心里不知是什么滋味。

她突然很想试探一下，看秦享的这些迷妹会不会在意她的存在。

"亲，说不定男神有女朋友了……"

"咦？"王晓晶转了转眼珠子，视线落到她的脸上，"你是不是知道什么？"

方若诗被看得心慌，连忙摆手："我不知道！"

"掩饰，如此慌乱地掩饰，哼哼……"王晓晶微眯着眼睛看她，一双眼睛仿佛两盏探照灯直直照过去，"还嘴硬说你们之间没有问题？"

说完也不等她反应，王晓晶一边看着她一边吹着口哨退回自己的座位。

方若诗继续整理邮箱里的稿子，不同部门发过来的风格迥异的文章，却没有一篇能让她集中精神。

算了，既然她决定和秦享在一起，那么纠结"旁人是否知道""秦享粉丝对她什么看法"这些问题，毫无意义。

方若诗很快又点开手机发了一条新微博。

图文并茂，是宋颂那天缠着她做的拌茄子。

"两根茄子去皮蒸熟,软到用筷子一戳就烂的程度,晾凉后用手随便撕成条。盐1/4勺、花椒面1/4勺、香油1勺、生抽2勺、老抽1/2勺、醋1勺、辣椒油或青椒酱2勺,搅匀后淋到茄子上,撒葱花。"

非常简便的菜谱,适合上班族的快手菜,又特别开胃下饭。

很快就有了评论,方若诗选了几条有代表性的回复了。

又去刷"秦享弦乐团"的微博看了看,还是那张照片,可是转发和评论数据已经非常吓人了。

这年头,果然干什么都要看脸!

方若诗改了一下午的稿子,临下班的时候,才感到肩膀有些酸。

她活动了几下肩膀和脖子,确实僵了,于是默默点开了微信上一个名叫"小师妹"的头像。

小师妹是方若诗所住小区里中医理疗馆的年轻女中医,因为自小师承父亲学习各种中医知识,又在一众师兄姐妹中年纪最小,所以大家都叫她"小师妹"。方若诗经常去理疗,跟中医馆的人混熟了,也跟着大家一起叫。

今天,方若诗一下班就进了中医馆,小师妹一边按着她的肩颈,一边啧啧道:"若诗姐,你是又写了多少篇稿子啊?肩颈肌肉僵成这样!"

"估计是它们在抗议我很久没来了。"

"对哦,你好久没找我玩了!"小师妹说着,手下不自觉加重了力度。

方若诗嘶了两声,没叫痛,继续说道:"最近事太多了。"

"喊……"小师妹撇了撇嘴,"我前几天还看你在微博上秀恩爱呢!"

秀恩爱……

"哪有!"方若诗想也没想反驳。

"那个什么'天生一对'的,瞎子也能看出来有情况啊!"

"那你为什么还没瞎……"方若诗弱弱地回了句。

"因为我还没看到绯闻男主角啊！"小师妹拿起预热的刮痧板在自己的手掌上试了试温度，一笑，"姐，交代吧，跟我就别藏着掖着了。"

方若诗趴在理疗床上，一动不动："遇到一个感觉不错的男人，交往看看。"

小师妹八卦兮兮地凑近她，问："有照片吗？"

"我微博最新关注的账号。"

方若诗刚说完这句话，就感觉背上的刮痧板没动了。她抬起头来，看见小师妹飞快地戳着手机屏幕。

"我去！"小师妹炸了，一脸花痴地捧着手机，就差舔屏了，"若诗姐，是不是美人儿的桃花运都特别好啊！"

小师妹瞥了她一眼，方若诗皮肤白皙，眉眼弯弯，笑起来甜甜蜜蜜的，特别招人喜欢。

"真是的，你看你之前那个男朋友也是很帅很……"

她话未说完，方若诗一个眼神扫过来。

小师妹嗫嗫嚅嚅地收了话，带着谄媚的笑容举了举手里的刮痧板。

方若诗重新趴好，叹了口气："帅有屁用！"

"那你为什么每个男朋友都找帅哥！"

"不是我找的。"

"哈？"

"我是被动的……"

小师妹气得扔了刮痧板："姐，我今天可以罢工吗？"

方若诗乐不可支，伸手拉她："好了，下次给你介绍。"

"呃……不用了……"

这回换方若诗奇怪了，她仰头看过去，小师妹满脸通红，一个劲儿地往她肩胛骨使劲。

看这样子是不需要她操心介绍了，小师妹有心上人咯！

"你不跟帅哥约会吗?"小师妹突然问一句。

方若诗披着浴巾,坐起来:"保持适度的个人空间对我来说很重要。"

"不想每天腻在一起?"

方若诗认真想了想,不可否认,她挺愿意跟秦享待在一块儿。而且,在伍溪的时候他们几乎整天都在一起。

就算是他们各自有事情做,对着电脑处理工作不说话,只要一抬眼看见他,方若诗也感觉心里美滋滋的。

(3)

秦家老宅的饭厅灯火通明,刚刚结束巡演回家的秦享父母正在吃晚饭。

秦享陪坐在一旁,听他们讲新年的工作安排。

饭吃到最后,秦享母亲宁晴一本正经地向儿子邀约:"新春音乐会可以请秦享弦乐团吗?"

心不在焉的秦享,听见她问话,抬起头来。

宁晴年过半百,仍是一头乌黑头发,精神焕发,没有一点儿老妇人的颓唐。一双跟秦享像极了的眼睛熠熠发光,卷翘的睫毛若有似无地扇了扇。

"可以,安排一下。"

见儿子答应得如此爽快,秦享的父亲秦佑天笑道:"你的档期这么空?"

秦享没说话,只轻轻"嗯"了声。

这时,宁晴揉着肚子朝人抱怨:"一回家就能吃到管嫂做的饭菜,真是太幸福了!"

在秦家工作了几十年的管嫂一听,乐了:"喜欢吃就多在家待着,我变着花样儿给你做。"

"那我拉琴可得腆着肚子了!"宁晴笑起来。

"什么事笑得这么开心?"

秦家大伯父从楼上下来，后面跟着秦磊和文静。

秦佑天等三人都落了座，给每人递了杯茶："开完会了？"

秦磊握着茶杯，触到滚烫的杯壁，朝杯子吹了吹才放到文静的面前："小心烫。"

文静朝他笑了笑："好。"

秦享别开视线，一扭头，正巧看见自己父亲拉着母亲的手。

不知道刚才说了什么，父亲轻轻摩挲着母亲的手指，而自家老妈不知怎的，脸上竟染了几分红晕。

冷不丁地，秦享觉得自己被撒了两把狗粮。

他突然理解了方若诗的表弟宋颂，明白他当初面对自己和方若诗的心情了。

一想到方若诗，他就不自觉弯了嘴角，点开微信发了条消息。

"在做什么？"

没有动静。

秦享抬头去看家里的另一只单身狗——大伯父，只见那只老单身狗丝毫不受影响，认真地品着茶杯里的好茶。

手机在桌子上振了振，方若诗的消息回了过来："想我了？"

后面是一个非常俏皮的挑眉表情。

"是。"

直截了当，是秦享一贯的作风。

发完这个字之后，他突然特别想见她，想看她舔着嘴唇朝他笑的样子。

桌子上的人还在聊，至于说了什么，他全然不在意。

只见堂哥搂着堂嫂，母亲靠着父亲，两对夫妻在跟大伯父聊天，浑然不觉肢体语言透露出来的亲密。

秦享皱了皱眉，想结婚了。

"咳咳……"他清了清嗓子，其他人停下来看他，"近期如果没别的计划，我想安排你们见一个人。"

秦佑天和宁晴第一时间开口："谁？"

大伯父也捏着茶杯在看他。

秦磊看了看秦享，眉头微皱，一脸的郑重其事。他跟文静对视一眼，最先反应过来："女朋友？"

秦享看了他一眼，没点头，也没摇头。

可是，"女朋友"三个字仿佛一颗微型炸弹，将一时沉寂的气氛迅速点燃。

宁晴朝秦享的位置靠了靠，惊讶道："你交女朋友了？"

秦享还是万年不变地"嗯"一声表示回答。

"确定了？"秦佑天问道。

尽管在跟他确认，可是大家都知道，以秦享的性格，若非真的认定对方，他是不会贸然提出见面的。

而且如此慎重，当着全家人面说出来，认真程度可想而知。

秦享知道他们在想什么，很快说出了下一句，非同凡响的一句话。

"奔结婚去的。"

此话一出，全家震惊。

宁晴坐不住了，问得格外急切："我跟你爸去巡演前，你不是还没女朋友吗？这次回来你就要结婚啦？"

"小婶，您先别激动，让秦享给我们介绍一下吧。"秦磊给她添了茶水，安抚她先坐下。

文静也趁机帮腔："对，先听听看姑娘的大致情况。"

秦享看了堂哥堂嫂一眼，蹦出四个字："你俩认识。"

哈？

这回三个长辈的目光转到秦磊和文静身上，可是毫不知情的二人一脸迷茫。

"谁啊？"

两人异口同声地问。

"方若诗。"

啊！

"若诗?"文静瞪大了眼睛,跟秦享确认。

　　得到肯定答复之后,文静捂着嘴"扑哧"笑出声来,秦磊也是一副恍然大悟的表情。

　　秦家大伯父见自己儿子、儿媳知道内情,发了话:"怎么个情况?你俩说说吧。"

　　作为方若诗的师姐,文静自然承担起介绍的责任。

　　从方若诗的年龄、籍贯、毕业院校、工作,再到爱好、性格、脾气,文静把自己知道的通通讲了一遍。

　　秦佑天听完之后点了点头:"听起来还不错。"

　　秦磊见小叔首肯之后,赶紧替秦享说话:"挺好的小姑娘,工作能力强,生活能力也很强。"

　　"你怎么了解她的生活能力的?"大伯父一向深沉稳重,此刻也忍不住了。

　　文静怕大家有误会,连忙解释:"因为若诗做菜很好吃,所以我跟秦磊经常去蹭饭,秦享就是上次跟我们一起去人家里吃饭认识若诗的。"

　　一听到"做菜好吃",宁晴兴致又提了起来:"她比管嫂做的菜还好吃?"

　　"嗯!"久未开口的秦享终于发出了声音,掷地有声地回应了自己的母亲。

　　"呃……"文静瞟到由远及近添茶水的管姨,"不是一个菜系,管姨做的菜好吃,若诗做的川菜也很好吃!"

　　大伯父好像想起了什么:"你俩有时候不回家吃饭,说要去朋友家,就是去那个女孩儿家吃饭吗?"

　　秦磊和文静没出息地点了点头。

　　秦佑天见状,和自家大哥一起笑着摇了摇头。

　　宁晴看着自己儿子,打趣道:"所以你是喜欢吃她做的菜?"

　　知母莫若子,妈妈这句问话的真正含义,秦享岂能不明白?

　　他并没有直接回答妈妈,只是说了这样一句:"我对她一见钟情。"

一见钟情……

多么笃定的四个字。

在相见的一刹那,便注定了。

在几十年前一见钟情定下终身的秦佑天和宁晴相视一笑,对秦享笑道:"安排时间吧。"

大伯父也笑着上楼回房了。

只剩文静还有些不敢置信,因为她之前没有从若诗那里得到半点儿消息。

"你跟若诗在一起多久了?"她问。

"有一段时间了。"

"还有,你刚刚说的结婚是什么意思?"

面对文静的追问,秦享揉了揉眉心,扔下一句话:"等我的好消息。"

见他如此信心十足,秦磊不禁笑着问他:"需要我们做什么?"

"对,我们可以帮你!"文静跃跃欲试,"以我跟若诗的交情,我做助攻一定非常完美。"

谁知秦享并不打算领情,朝她拱拱手:"多谢堂嫂,只是……"

顿了顿,他说:"在这件事情上,我更相信,我跟她的感情。"

什么意思?是说他跟若诗的感情更好吗?

眼见妻子就要发飙,秦磊急忙拦住,同意了秦享的意见:"好吧,我跟文静不插手。"

文静愤愤不平,捶着秦磊的肩膀小声抱怨:"明明是我介绍他们认识的,他为什么这么拽?!"

秦磊顺了顺文静的头发,安慰她:"所以,交情也好,感情也罢,是他娶老婆,总得自己去努力呀!"

(4)

距离秦享发出必胜的誓言已经过去一段时间了,秦享除去在弦乐团的时间外，基本上都跟方若诗待在一起。

特别是像这样的周末，凛冽的风从窗外呼啸而过，刮得窗玻璃呼呼作响。

秦享坐在方若诗家的沙发上，看着电视上正在介绍自己父母的音乐节目，听着厨房时不时传来的叮叮当当的做饭声，他的心里胀满了某种说不清道不明的情感，是他自小渴望拥有的，来自于家庭的小温暖。

作为知名的小提琴家和大提琴家的儿子，秦享从小就习惯了父母常年在外的日子，也习惯了他们因为交流、演出，一家人聚少离多。虽说父母恩爱，对他也十分疼爱，可是只能在电视、报纸杂志和网络上见到父母的感觉实在算不上百分百的温馨。

这个和谐幸福的小家始终缺一点儿人气。

然而此刻，他走到厨房门口，闻到零星飘来的香味，如此真切的尘世烟火，实实在在充斥在他的身边。那个在厨房打转的身影，只要他一伸手，就能抱个满怀。

"要帮忙吗？"

"嗯？"正在准备晚饭的方若诗一时没反应过来。

秦享已经卷好了袖子，洗了手，指着菜板上的蒜瓣，问："要切吗？"

方若诗在洗菜，扭过头去看他。

基本上，只要没有工作、不开演奏会或者不是参加正式场合，秦享的衣着都非常简单随性。

今天，他穿了件线衫，照例是冷酷的黑色，却不知为何周身散发着特别温暖的气息。

秦享把蒜切成均匀的薄片，整齐地码放在菜板右上角。

"够吗？"

"够了，剩下的切成蒜末。"

他把刀面和菜板平行，迅速砸向蒜瓣。手起刀落，蒜瓣滚得到处都是。

方若诗没忍住，笑出声来："秦大师，咱能专业点儿吗？"

"不是这样拍的？"秦享皱着眉捡起四散的蒜。

"我来吧，您歇着。"

只见方若诗把大瓣儿的先切成小块，再和小瓣儿的放一起，用刀面压住，拿手掌使劲砸几下，蒜裂开后，用刀刃"哐哐哐"一剁，蒜末搞定。

两盘硬菜上桌之后，方若诗拿出电磁炉摆好，用小锅煮着半锅开水。

"啊！"方若诗一声惨叫，"我网购了酒，忘记拿了。"

"放哪儿了？我去拿。"

方若诗关了电磁炉开关，道："快递放物管那儿了，我跟你一块儿去吧。"

两人一起下楼，方若诗拎着酒从物管办公室走出来。

远远地，秦享倚着栏杆在抽烟，明灭的火星在看见方若诗的那刻瞬间按灭。

他迎上去，不等方若诗开口，默默接过她手里的酒。

老实说，方若诗在出来之前想过要不要把酒递给秦享提，可是走出来之后又觉得不过两瓶酒而已，不必那样矫情。索性算了，什么也没说。

两瓶酒本身不重，可是在秦享把它们拎走的那一秒，仿佛有什么东西从方若诗的心上卸去了重量。她心里的想法、她期待的事，不需要多余的言语，他都能知道。

这是对方若诗来说最致命的一击，轻而易举击中她内心最柔软的部分。

她加快脚步跟上秦享，想也没想，一把挽住他的胳膊，甜滋滋地靠在了他身上。

回到家，那半锅开水此时还残留一点儿热气，方若诗重新按开电磁炉。

她把调好盐和淀粉的肉馅儿加了一点儿水拌匀,搅上劲,再往锅里放了几片秦享之前切的蒜片。在水将开未开之时,她调小火力,用勺子快速将肉馅舀成圆形往水里一送。水一烫,肉丸滚入锅中。

等到肉丸都浮起来,下一把嫩绿的豌豆尖。开水里一烫,等到水再开的时候,加几滴香油和一小撮盐,关火。

清香四溢的汤飘着袅袅香气,在饭厅里打着旋儿。

"肉丸汤?"

"嗯。"方若诗把汤倒进大大的汤碗里,隔着层层热气,笑道,"用四川话说,是豌豆尖圆子汤。"

她用秦享早已听惯的四川话说出来,是家乡话里最脆生的吐字方式。

秦享抿着唇角朝她笑。

方若诗见到他的酒窝,心里别提多美了,更得意了:"这碗汤没什么高深的技巧,就是肉好、劲足,做出来的圆子肉就香……"

"啊,不对,"想了想,方若诗改口,"其实是有技巧的,盐、淀粉和水的比例一定要掌握好!"

"比例是多少?"

她狡猾地一笑:"家传绝学。"

秦享心领神会,点点头:"是传女不传男吗?"

"你信?"方若诗舔着嘴唇看他。

秦享夹了颗肉圆子,悠悠道:"我们生个女儿可以继承吗?"

方若诗顺嘴一答:"可以呀。"

等到她反应过来,秦享正噙着酒窝望着她笑。

方若诗的脸唰地红起来,赶紧埋下头吃饭。

可是秦享的目光实在太灼人,迫使她不得不抬起头来。

"笑什么笑!"她板着一张红透了的脸冲秦享吼。

秦享握着筷子不说话,翘起的嘴角怎么也放不下。

他状似不经意地说:"我能吃一辈子豌豆尖圆子汤了。"

方若诗舔了舔嘴唇,想说什么,却又一个字都讲不出来,只能顶着红得像番茄的一张脸继续吃饭。

吃饭之前,方若诗让秦享随便放点小提琴曲。

此时的曲子深沉又华丽,带着明显的热烈狂欢。

方若诗越听,脸越红,只好拿手扇着风,假装汤很烫的样子。

为了岔开话题,她点了点他的手机:"这是什么曲子?"

"《匈牙利狂欢曲》。"

"你拉的?"

"不是。"

"为什么放这首?"

"随机播放。"

"哦。"

Yes!岔话题成功!

方若诗终于不用太窘迫了。

没想到秦享却来了兴致,慢悠悠地夹了几根豌豆尖,道:"我倒觉得这首曲子很应景。"

嗯?

方若诗抬头,对上他黑亮的眼睛,像黑夜中夺人的星光。

"怎么不说了?"被吊起胃口的方若诗忙不迭地问他。

还是那抹若有似无的笑容挂在嘴边,秦享竖起食指在唇上压了压:"恋爱中有些美好的妙处,是不应该与人分享的。"

"包括我?"

"包括你。"

"自己偷着乐?"

秦享非常坚定地点了点头。

"那好吧。"

方若诗放下筷子,去厨房洗了两个小酒杯出来。

她拆开刚刚拎回来的酒,斟了两杯,推了一杯到秦享面前。

她握着精巧的白瓷小杯,举起来:"如你所愿,为恋爱中美好的妙处干一杯。"

秦享捏着杯子轻轻跟她碰了下:"为……"

他停下来,像是在组织措辞。顿了一秒钟,他举了举杯,改了口:"如我所愿。"

饭厅里,低度花果酒散发着淡淡的酒味,裹挟着花香和甜酒的清润,在热气弥漫的屋子里暗自发酵。

秦享带着矜贵的微笑,眼睛直勾勾地望着方若诗,将杯中酒一饮而尽。

今年,遥城的冬天特别冷。

方若诗送秦享到楼下的时候只裹了一件红大衣,冷风灌进脖子里,冻得她直哆嗦。

秦享搂了搂她:"回去吧。"

"嗯,那你打车走,别开车了。"方若诗怕他忘了喝过酒,叮嘱道。

秦享点点头,推着她回身。

隆冬的夜晚没人愿意待在室外,小区院子里只有他俩的身影被月光拉得很长。

秦享看着红色身影一步步走远,没来由的喉头一紧。

"方若诗……"

那个红影立刻停下来,转身看向他。

夜深人静的夜晚,除了风声,听不到一点动静,秦享的心里却奏着吃饭时听的那首狂欢曲。

欲言又止一晚上的话又到了嘴边,秦享深吸了一口气,冰冷的空气像一针强心剂直直扎入身体。

"方若诗……"他又叫了声。

嗯?

方若诗疑惑地看着他。

认识至今,秦享甚少叫她的全名。两人独处时叫名字的情况很少，非要叫的时候也是叫"若诗"居多。

像今天这样连名带姓叫她，还是第一次。

方若诗觉得奇怪，往回走了两步，抬眉问他："怎么了？"

"我从来没隐藏过我的欲望和目的，从一开始我就看上你了！"

没料到他冷不丁冒出这句话，方若诗有点儿诧异，却还是忍不住笑了。

"我知道。"她点点头，披在肩头的头发滑过脸庞。

"所以……"难得地，秦享停下来。

"所以？"方若诗茫然地望着面前的人，这个刚刚催着她快点儿回家的男人。

他好像有点儿紧张，面容严肃，眉头微皱，握拳抵在唇边清了清嗓子。

"方若诗，我们结婚吧。"

刚刚还揣着手看他紧张的红色身影顿时愣在原地。

方若诗条件反射地"啊"了一声，意识到什么之后，震惊地捂住了自己的嘴巴。

她不可置信地看向秦享，浓重的夜色下，只有浅淡的灯光像一层糖霜，薄薄地洒在他的身上。

他没有再说话，双手插在裤兜里，照旧是那副倨傲清冷的模样，可是脸颊却浮现出淡淡的红晕。

方若诗咬着唇埋下头，想在这冰冷的夜里找回自己的思维。

可是，丝毫没有头绪。

她又抬起头，目光再次落到秦享身上。

这个向来清贵傲气的男人着急起来，迈开腿朝她一步步走近。

最后，秦享在她面前站定，明明紧张得要命却故作镇定，眼睛一眨不眨地盯着她。

一，二，三，四，五，六，七，八……

时间一分一秒过去，秦享的心悬到了半空中。

方若诗望着他扑闪扑闪的睫毛，突然咧着嘴笑起来。

"好呀。"

声音清脆动听,轻巧的尾音在浓重的黑幕里滑出好远好远。

如同等待了无数个候场,秦享终于等到了方若诗的答案。简单两个字的应承像一双温暖的手,把他的心拽了回来。

他一把将方若诗搂住,怀中的人埋着头在笑。

红色羊绒大衣把她的脸庞映得格外娇艳,唇红齿白,笑颜如花,在寒风瑟瑟的隆冬美得那么动人心弦。

第四章
腊香肠煲仔饭&第24首随想曲

（1）

要说方若诗被求婚，不蒙是假的。只是还没等她回过神来，方爸爸和方妈妈就抵达了遥城。

方申卓、宋川琳教授作为业界专家，受邀出席三日后在遥城大学举办的地质研讨会。

在外是响当当的地质学家，回到家却不过是最寻常普通的父母，会当着女儿的面，把从老家带来的风味特产全都堆在桌子上。

"这是今年新灌好的香肠，川味和广味都给你带了些。"

"哦，对了，你柳姨还给你装了两块盐肉。"

"还有萝卜干什么的，我也不知道她到底准备了多少东西。"

"我跟你妈就一个行李箱，她还另外装了这个小行李箱，全是让我们带给你的吃的，塞得满满的。"

……

爸爸和妈妈一样一样地交代，一件一件地往外拿。

该放冰箱的，该放食物储藏柜的，方若诗分门别类地收拾起来。

等收拾好了，方若诗赶紧把晚餐端上桌。

紫砂锅文火慢炖了一下午的鸡汤，鸡肉被炖酥了，筷子一戳就烂。猛火快炒的土豆丝，浇了一勺老坛里的泡菜水，酸酸辣辣的。还有一盘炒青菜，是用最简单的蒜泥和盐炒出来的。

宋川琳尝了几根土豆丝，冲闺女竖起了大拇指："不错，跟你外公炒的一模一样!"

"是吗？是吗？爸，您尝尝看！"

被称赞的方若诗特别得意，给爸爸盛了一碗鸡汤。

方申卓喝了一口汤，再吃了一朵香菇，道："汤很鲜，香菇吸收了鸡的精华，口感很好！"

得到两位教授表扬，方若诗满意地吃起饭来。

"以后哪个臭小子娶到我们诗诗，简直是八辈子修来的福气！"

方爸爸无心的一句玩笑提醒了方若诗。

她干笑了两声，打算说点儿什么，关于"那个臭小子"的问题。

"那个……"话到嘴边，她却犹豫了。

"对了，你今天怎么没叫秦享过来吃饭呢？"

显然，宋川琳也想到了那见过一面的"臭小子"。

"他最近在准备新春音乐会，一直在排练。"

"看他什么时间有空，一起吃个饭。"

"哦。"

方若诗顺嘴答道，继续用筷子戳着碗里的鸡肉。

该交代的总要交代，该来的也总要来。

她深吸一口气："爸爸，妈妈……"

"嗯？"

为了慎重起见，她放下筷子，坐得比平时端正一百倍。

"我有事情跟你们说。"

"哦？"方家父母难得见自己女儿如此一本正经地跟他们说话，都停下筷子看向她，"什么事？"

"那个……我跟秦享……"方若诗整理着自己的思路，想要拼凑一个完整的句子表达出来。

殊不知，自己爸爸却因为这半句没说完的话慌了神。

"怎么了？闹矛盾了？"方爸爸有些着急，语气里带着自己都未察觉的焦虑。

"没有，没有！"方若诗连连摆手，"我们很好，很好！"

"那就好！"方爸爸放下心来，心里又升起另外的疑惑，"那你说的是什么事？"

方若诗抿着嘴唇，目光在父母身上飘来飘去。

她这一看不打紧，直把凡事潇洒的宋川琳看得紧张起来。

"诗诗，不管发生什么事，我和爸爸都永远在你身边。"

方申卓看着女儿，点点头。

"那个……我和秦享……"方若诗看了一眼爸妈，埋下头，迅速说出了后半句，"我们打算领证。"

"领证？"爸爸妈妈异口同声。

方若诗没有抬头，轻轻"嗯"了一声。

方申卓和宋川琳对视一眼，交换了一个老夫老妻才懂的眼神。

方爸爸瞬间get到老婆的意思，问道："是谁先提出来的？"

"秦享。"答完，方若诗又补了一句，"我同意了。"

方爸爸又和方妈妈对视了一眼，叹了一口气："说实话，我不意外秦享的决定，毕竟在伍溪的时候，他向我提过。可是，你呢？你认定了？"

方若诗抬起头来，看着自己的爸爸，郑重地点了点头："认定了。"

"他值得嫁？"

"值得。"

方申卓和宋川琳看着一直目光灼灼的女儿，她眼中的坚定比任何时候都明确。

"好吧，看来真得约个时间见一面了。"

原本以为会听到反对声音的方若诗，不可置信地问："你们不怪我？"

"怪你干什么？"方妈妈笑着问她。

"我这算闪婚吧……"方若诗底气不足。

方爸爸哈哈笑起来："我和你妈妈走南闯北几十年，什么没见过,你这算什么闪婚啊!"

方妈妈也跟着笑,笑过之后,她才认真道:"做父母的无非是希望自己的孩子幸福,不管是闪婚,还是爱情长跑,只要你能幸福,我们都不会反对。"

"我跟你妈妈观点一致。"方爸爸抬起手,摸了摸方若诗的头,"并且,我和妈妈相信你,相信你能为自己负责,为自己的幸福负责。"

听了爸妈的话,方若诗忐忑的心情终于平复。

她又恢复了自己的调皮本性,笑嘻嘻地开玩笑:"你不怕我嫁错?"

"你以为我白比你多吃几十年饭吗?我不会看人识人吗?秦享要不是好人,我能允许你俩交往吗?我能让他娶你吗?"说完不解气,方爸爸还敲了女儿几下。

方若诗捂着敲红的额头,直呼痛。

吃完饭,一家三口又聊了会儿,爸爸妈妈就回房间休息了。

方若诗洗了澡,躺在床上,点开微信,戳了秦享的头像。

方若诗:"排练完了吗?"

发送成功,没有立即得到回复,她估摸着秦享在忙,就去刷微博了。

好久没更新了,她挑了一张今晚的餐桌照发到微博上。

小吃心:铛铛铛!炒鸡简单绝无失败之菜谱——炖鸡汤。半只土鸡洗净斩大块焯水,新鲜香菇或者干香菇泡发十朵或者二十朵随便你,和姜片、蒜片一股脑儿扔砂锅或者炖锅里,水没过鸡肉大火烧开撇去浮沫,转小火慢炖。还要加其他的吗?喝的时候碗里放盐,吃的时候可以配一碗蘸料。炖到什么时候算好?看你喜欢肉紧实一点还是酥烂一点。厨房零经验值最适合,零压力,零失败,你值得尝试!哦耶!

方若诗好久没发这么耍贱卖萌的食谱了,自己都觉得搞笑。

屏幕上方提示有秦享发的微信,她点开一看。

"刚到家。接到爸妈了?"

看见"爸妈"两个字,方若诗偷笑起来,手指却在屏幕上敲下两个字:"表脸(不要脸)。"

可是对于秦享来说,这两个字毫无杀伤力,他继续调戏方若诗:"除非你不嫁我。"

方若诗舔了舔唇,心道:这就吃定我啦!才不让你嘚瑟!

她迅速反击:"如果我不嫁呢?"

秦享没有回话。

不会生气了吧?

这很明显是玩笑话呀!

方若诗又追了一个问号发过去。

还是没有回应。

这下,她坐不住了,急忙拨了秦享的电话。

等待接通的那几秒,她预设了无数种情况,可是等到秦享的声音从听筒里传出来时,她却什么都不敢想了。

"我是开玩笑的。"

"嗯?"

"微信上说的那句话是玩笑。"

"什么话?"秦享那边传来窸窸窣窣的声音,"我在换衣服,没来得及看。"

"那就不要看了,我去撤销……"

"打电话就为了这个?"秦享的笑声低低的,像是就在耳边。

方若诗挨着手机的半边脸烫起来,"嗯"了一声。

"你等等。"

……

估计是衣服没穿好吧,方若诗耐心等着。

"好了。"秦享说道。

"哦,对了,忘了跟你说,我向家长坦白从宽了。"

"需要我做什么?"

"他们要见你。"

"正好,两家人一起吃顿饭。"

方若诗听到这句话,本能地"啊"了一声:"这跟我预想的情景不一样啊!"

"你想的是什么?"

"你接受我爸妈的检阅,被他们轮番吊打。"

"这样对未婚夫?"

未婚夫……

一种被调戏的感觉油然而生。

已经当机的方若诗嗫嗫嚅嚅地开口:"说好虐你的……两家人一起吃饭,不就是连我一起虐了吗?"

"我叫堂哥堂嫂陪你。"秦享笑了一声,报出助阵嘉宾。

"唉,大势已去!"

秦享全然不理她的夸张表达,打断她:"另外,你微信上说的我看到了。"

"啊?"

"我只能告诉你……"

方若诗赶忙解释:"都说了是闹着玩的啦!"

"没有'如果'。"

"为……为什么?"

"因为我要娶的人,是你。"

嘤嘤嘤!

一言不合就求婚!一言不合就表白!

最重要的是,为什么还是会一言不合就被撩到?!

方若诗把脸埋进被窝里,闷着声跟秦享道了再见。

(2)

既然说好两家人吃顿见面饭,秦享立刻着手安排。时间就定在方若诗父母的研讨会之后，秦享父母的新春音乐会之前。

自从确定了双方家长见面后，方若诗就一直在思考送秦享父母什么礼物。

好在她每次回老家都会淘一些地方特色浓郁的小玩意儿，所以很快，她就从柜子里找到几块好看的蜀锦方巾。

方爸爸走过来的时候，正好看见柜门大开，各色物品散落一地。

"在找什么？"

方若诗指了指那沓方巾："在挑送给秦享妈妈的礼物。"

"挑好了吗？"方爸爸坐下来，把一盒茶叶放到了她面前。

方若诗眼睛一亮："这是什么？"

"你打算送秦享爸爸什么礼物？"方爸爸瞄了闺女一眼，又朝茶叶瞟了瞟，"这个拿得出手吗？"

方若诗跳起来，搂住自家老爸叫起来："啊！爸，您是许愿神灯吗？！"

方爸爸被晃得招架不住，把茶叶递到她面前："拿去孝敬未来公公吧。"

没料到自家老爸来这么一句，方若诗红了脸。

低头接过茶叶，她不由得惊呼起来："你把压箱底的好茶都贡献出来啦！"

茶叶是用米黄色的宣纸包起来的，非常古朴简单，封口的地方用糨糊粘起来，印了红章——蜀茶。

一看就知道是爸爸物色的好货。

方若诗越看越喜欢，缠着爸爸撒娇："爸，还有吗？再给我点儿呗。"

方爸爸大手一挥："没了，等明年的春茶吧。"

啧啧啧！

尽管方若诗没挖到更多的好茶，但这意外的收获让她哼着歌在屋里转圈。

"那我就挑这块方巾给秦享妈妈吧。"方若诗选出一方素净淡雅的卷草纹蜀锦,拿礼品袋装起来。

方爸爸一边摇头,一边朝方妈妈走去,嘴里碎碎念:"女大不中留啊!"

亲爸,不是您让我"孝敬未来公婆"的吗?!

方若诗哭笑不得。

约定见面的时间转眼到了,方若诗怀着忐忑的心情走进秦享订好的饭店包厢。

推开门,秦享和父母站了起来。

虽然有爸爸妈妈在前面压阵,方若诗还是感觉到心"突突突"地蹦到了嗓子眼儿。

秦享今天穿了正装,挺拔的身姿慢慢靠近。

他先跟方申卓和宋川琳打过招呼,之后便牵了方若诗去自己父母面前。

"爸、妈,这是方若诗。"

"叔叔、阿姨好!"方若诗露出一个得体的微笑,把手里的礼物递上去。

接下来,在秦享的介绍下,双方父母正式见面。

两个家庭都十分和谐幸福,两对家长也都相当理智开明,所以一顿饭吃下来,一桌人非常愉快。

最令人高兴的是,秦享和方若诗在双方家长的祝福下把婚事定了下来。

月影婆娑,一行人走出饭店。

秦享妈妈宁晴专门把方若诗拉到一边,从包里取出一个首饰盒。盒子非常精美,用宽边丝带系了一个优雅的蝴蝶结。

借着微弱的灯光,方若诗辨清丝带上的字母:MIKIMOTO。

她脑电波指示自己的第一反应是拒绝,然而看到秦享妈妈脸上的笑容时,她又觉得接受才是正确的。

也许是方若诗的表情出现了一瞬间的犹疑,宁晴笑着搂住了她的肩。

"秦享说聘礼他自己准备,可我作妈妈的总得送你点儿什么吧。不要想着怎么拒绝,坦然接受就好。这是我和秦享爸爸送给你的见面礼,也算谢礼。"

方若诗困惑了,她看向搂住自己的秦享妈妈:"谢礼?"

宁晴顺势将首饰盒塞到她的手中,微笑着说道:"若诗,谢谢你给秦享一个家,一个为他亮一盏灯、让他吃一口热饭的家。"

方若诗的眼睛闪着光,她终于明白了秦享着急成家的原因,她也终于知晓了这份礼物的分量。

她捏着首饰盒,回身紧紧抱住了秦享妈妈。

很快,方若诗挽着宁晴的手臂走出来。

秦佑天和方申卓谈到两人非常感兴趣的一个话题,决定找个地方继续聊会儿。宁晴和宋川琳自然夫唱妇随,跟去作陪。

剩下秦享和方若诗,顺着街沿慢慢往回走。

"你想哪天去领证?"

秦享突如其来的提问把方若诗给问住了,她掏出包里的手机,点出皇历,看了看:"9号吧。"

秦享看向她的手机屏幕:"宜嫁娶?"

"嗯。"

秦享牵着她的手紧了紧,轻轻笑了:"好。"

方若诗瞄了一眼自己被握住的手,若有所思地说:"那我提前去请假。"

"不用。"

"为什么?"

"有工作。"

啊?

既然有工作,刚刚为什么还定这天?

方若诗想着解决办法，正准备重新选一个吉日，只听秦享低低的声音响在耳边。

"我带你出外勤。"

方若诗这才反应过来："假公济私？"

秦享狡黠地眨了眨眼睛。

"打着宣传工作的旗号去领证？"

"啪！"

秦享打了个响指，揉了揉她的头发："我说过，我很高兴你一直有身为'私'的自觉。"

方若诗朝他吐了吐舌头。

"还有一个问题，"秦享停下脚步，看着她，问道，"婚后住哪里？"

这确实是个问题。

之前他们已经达成共识，不回秦氏老宅住。可是，秦享和方若诗各有一套公寓，婚后如果再各居一处就显得不合适了。

方若诗认真想了一会儿："住我那儿吧。"

见秦享看着自己没说话，她解释："我家各种厨具、炊具比较齐全，如果住你那儿的话，不论是搬锅过去或者是重置一套，都比较麻烦。另外，我的生活用品和衣服鞋帽比较多，收拾起来比较累。所以……"

"还是我搬过来比较方便。"秦享替她说出了总结陈词。

这真是说到方若诗心坎上了。

她钩住秦享的小臂，踮起脚，亲上了他的下巴。

萧瑟的北方吹得人鼻尖发红，方若诗亲完就拖着秦享跑起来。

她跑得很快，不给秦享任何反应的时间，迅速穿过街道跑回了自家小区。再拉着秦享冲进电梯，回了家。

关上家门，方若诗来不及换鞋，蹲在玄关大口大口地喘气。

秦享拉她站起来，靠在自己胸膛。他的胸膛轻微起伏着，带着跑步后加快的心跳。

方若诗全身的重量都交到秦享身上，任他的手臂环住自己。

等她平复下来，不再那么喘了，秦享才稍微拉开一点距离，捧着她的脸笑。

方若诗用手戳了戳他脸颊边的酒窝："你最近好爱笑。"

秦享没回应，只用拇指摩挲她的唇。

滚烫的手指和温热的唇瓣相碰，这样的触感让方若诗想起在伍溪那晚的吻，秦享和她的第一个吻。

她闭上眼睛，舔了舔嘴唇。

秦享笑着，吻下去。

（3）

元旦夜，新春音乐会在遥城音乐厅拉开帷幕。

小提琴家秦佑天、大提琴家宁晴携手合作多年的搭档们，为遥城人献上了一台精彩绝伦的演奏盛会。

更令人觉得值回票价的是，鲜与父母同台的小提琴家秦享带领弦乐团的演奏家们，联手奉上美妙的音乐。

特别是返场表演时，当宁晴手挽一身黑西服的秦佑天和秦享走上舞台时，这场音乐会的气氛攀升至顶点。

宁晴手扶大提琴坐在中间，丈夫和儿子分立左右。一家三口都是高颜值、高水准的提琴演奏家，拉奏的曲子却是最低难度也最应景的——《新年好》。

方若诗和父母受邀，欣赏了一场震撼人心、赏心悦目的音乐会。在音乐会结束之时，一家三口情不自禁地起身，与全场观众一起鼓掌欢呼。

散场后，方若诗和父母走出音乐厅，秦享的电话来了。

"走了吗？"

"嗯，刚出音乐厅。要等你吗？"

"不用，我一会儿跟团员去聚餐。"

"好。"方若诗顿了顿，问道，"我让李助理带进去的鸡腿卷吃了吗?"

"若诗吗?"是秦享妈妈的声音。

咦?

电话那头好像换了人。

"若诗,饭团真好吃啊!"从宁晴的声音可以听出,她正在吃。

"您喜欢就好。"

"特别好吃,演出一结束就被抢光了!"

"下次我再做给您吃。"

"一言为定!好了,我不跟你说了,有人抢我的饭团了!"

电话那头热热闹闹的,方若诗以为会挂断,却没想到,秦享又把手机接回去了。

"你成红人了。"秦享轻描淡写地说。

方若诗一头雾水:"什么?"

"大家都在打听,是哪家的外卖这么好吃。"秦享的声音带着浅浅的笑意,传进她的耳朵里。

被表扬了!

方若诗的心里美滋滋的。

她想起秦享还没回答她的问题,于是又追问了一遍:"好吃吗?"

"人间美味。"

秦享挂断电话,只看到桌面一片狼藉。

方若诗准备的八个大饭盒,全部四散在桌子上,而里面已经没什么东西了。

一群刚刚还高雅的演奏家,此时全都毫无节操地舔着手指、打着嗝儿。

秦享早料到若诗送过来的盒饭会吸引很多吃货,可没想到他还是低估了这群吃货的战斗力。

不,是群狼!

李默把偷藏的半盒饭团悄悄递过来:"秦老师,我给你留的。"

"谢了。"

"快收好，别被人抢了！"李默咂吧了下嘴，仿佛在回味，"若诗的手艺太好啦！"他冲秦享比了个大拇指，然后嘿嘿笑起来，"秦老师，好福气呀！"

秦享点点头，打开盒盖。

小巧玲珑的饭团白白糯糯，上面铺一片海苔。饭团下面是一片酱色圆圈，看不出是什么。

他咬了一口，有肉的口感，还有……蛋？

对了，她刚刚说的"鸡腿卷"就是这个吧。

鸡腿卷咸鸭蛋，好特别的做法，亏她的小脑袋瓜能想出来！

还配了香软的大米饭团，真是有肉有饭啊！

并且，每个饭盒里，都切了好多片黄瓜，解腻、清口，真是没有比她想得更周到的了。

刚想拿手机出来给她发句表扬，就看见乐团的几个人直接朝他冲过来。目标非常明确，冲着他手里的饭盒。

很显然，所剩无几的几个鸡腿卷饭团被抢走。

秦享睨了一眼，抹了抹嘴唇。算了，不跟他们计较，毕竟自己能吃到的机会比他们多得多！

想到自己忙活了大半天的成果被认可，方若诗特别有成就感。

打车回家，她的嘴角一直翘得高高的。

方申卓和宋川琳还沉浸在音乐会的氛围里，不停地夸赞未来女婿和亲家。

方爸爸甚至发出了"感觉自己活得真糙"的感叹，惹得方若诗和方妈妈都笑了。

方若诗挽着妈妈的胳膊："妈，您看今晚给我爸这熏陶！"

"糙老爷们儿附庸风雅，是有那么一点儿酸溜溜。"方妈妈跟女儿打趣自己丈夫。

"唉！"方爸爸叹了口气，"你知道我当年为什么给你取这个名字吗？"

"知道啊！您都讲八百遍了，想让我过上诗情画意的生活。"

方爸爸点点头："没错，若诗若诗，像诗一样美。我当时就想，我的女儿一定要被我捧在手心里长大，不要像我一样脚踩土地、手拿石块。可是……"

"可是什么？"方若诗笑嘻嘻地问爸爸。

方爸爸呷了一口茶，又叹了一口气："当年怎么没让你练个古筝，变成一个出尘的小仙女呀！你看现在可好，整天围着锅边转，惹得一身油烟味。"

听到这儿，方若诗和妈妈再也忍不住，哈哈大笑起来。

"早知道还是应该让你学乐器的。"方爸爸不住叹气，"你看秦享和他爸爸妈妈，气质太好了！"

方若诗跟妈妈使了个眼色：看来，爸爸被刺激得不轻。

本就是说笑，谁也不会当真，方爸爸也一样。他看着喜笑颜开的妻女，笑道："好了，我饿了。"

方若诗起身去厨房，下午还剩下些饭团，赶紧热了热端出来。

浓油赤酱的切片鸡腿垫着白花花的饭团，上面铺着一小片海苔，旁边还备了几片黄瓜。饶是没有胃口的人，看了也能吃下好几个，更何况那些刚刚散场、饿得前胸贴后背的演奏家。

"诗诗，你现在做菜真是'青出于蓝而胜于蓝'了！"妈妈吃着饭团，朝她竖了个大拇指。

"告诉妈妈，怎么做的？"

"黄瓜和饭团都没什么技术含量，主要是鸡腿卷，需要花点儿工夫。鸡腿剔去骨头，用生抽、芝麻油和蚝油调一碗酱汁均匀地抹上去，用牙签在鸡腿上扎很多小眼儿，然后给鸡腿肉按摩一会儿。按摩好之后，腌六个小时或者一晚上入味。第二天，把煮好的咸鸭蛋放在鸡腿上，裹起来。鸡腿小就裹一个蛋，鸡腿大就裹两个。裹好之后用锡箔纸包起来，两头拧紧，中间拿棉线或者橡皮筋扎一下。放进蒸锅里，大火二十分钟蒸熟，晾凉切片就可以了。"

"好别致的做法！配上清爽的黄瓜和饭团，既解了油腻，又饱了肚子，真是一举多得！"方妈妈不得不佩服女儿在厨事上的造诣，"诗诗，你真是天才！"

方若诗挑挑眉，接受了妈妈的赞美。

作为一个美食博主，方若诗肯定不会错过如此好的微博内容。

她选了几张下午刚切好的鸡腿卷和装进饭盒后的摆盘照，放上了微博和朋友圈。

小吃心：妈妈夸我是天才！

方若诗：母后夸我是天才！

微博评论哗哗哗地进来，照例是一顿夸和求做法。

朋友圈也收到好多点赞，秦磊和文静在下面保持队形，留言"求吃"。

只有一条评论，显得格外与众不同。

秦享：求娶。

嘤嘤嘤！方若诗觉得自己脸红了，为了不让爸妈发现异常，她赶紧抱着吃空的碗溜进了厨房。

她又点开朋友圈，秦享的评论下面紧跟着秦磊和文静的回复。

秦磊回复秦享："哟！"

文静回复秦享："秀恩爱呢！"

刚点了一个准备回复，她又看到了李默的留言："我什么都没看见……"

她抿着嘴偷偷笑起来。回不回复呢？会不会又被师姐和姐夫打趣？算了，还是什么都不回吧。

正当她下定决心退出朋友圈时，微信消息跳了出来。

还是秦享，他发了一句话："天才未婚妻在做什么？"

讨厌！

（4）

公历：1月9日，农历：腊月十二，宜嫁娶。

清晨,秦享接了方若诗,开车直奔婚姻登记处。一套程序走下来,两个红本本到手。

照片上,红色背景前,两个穿着白衬衣的人笑得腼腆又斯文。

方若诗摸了摸照片,有一种不真实的错觉。

原本给自己设定过一个人生计划,其中结婚这一项是在二十八岁完成的。没想到计划不如变化,提前了四年完成,挺意外。

秦享看她呆呆地捏着小红本,微弯了腰,凑近她。

方若诗转头看他,人就在眼前。她伸出手,碰了碰秦享的脸。

秦享握住她的手,凑到嘴边亲了一下:"我们结婚了,真的。"

方若诗舔了舔唇,眉眼弯弯地看着他。

秦享的长睫毛在微微颤动,方若诗的手掌慢慢靠近,在他的眼前停住。

秦享快速地眨了几下眼睛,睫毛像刷子一样刷过方若诗的掌心。

手心的热气早被冷风吹散了,这痒痒的触感对方若诗来说却格外清晰、真实。

"汪汪……"两声狗叫传来。

秦享和方若诗循声望去,只见一只吉娃娃甩着小尾巴跑进了他俩刚刚走出的登记处。

巡视一圈,听到主人在门外叫它,再甩着尾巴慢悠悠地走出来。

登记处的大厅里还有很多没办完手续的小情侣,都在笑:"单身狗走错地方啦!"

方若诗也笑起来,眼睛弯成小小的月牙儿。

秦享搂了搂她:"走吧!"

"去哪儿?"

"买戒指。"

对,戒指!

完全忘记这件事了……

来到品牌专卖店,方若诗挑来挑去,都没有合眼缘的。

"没有喜欢的?"

走出第五家品牌旗舰店时,秦享拉住了方若诗。

"都挺好的,只是……"

秦享望着她,示意她说下去。

方若诗舔了舔嘴唇:"只是我想选别致一点儿的。"

"好。"

在商场找到一间小吃店随便吃了点儿东西,秦享和方若诗继续逛店。他们Pass掉N家品牌,走进一家原创首饰店,终于挑到了一款称心的复古蕾丝框架戒指。

"这是独立设计师品牌Cheravir的戒指,这个品牌的风格纤细华丽,略带欧式复古。用K金制作出的首饰造型优美、小巧精致。"品牌顾问一边从柜台里取出戒指,一边介绍。

细细的金色指环托起一个皇冠造型,在皇冠每个突起的尖角上都有一颗小宝石。

见方若诗打量起小宝石,品牌顾问立即做出介绍:"戒指上的宝石用的白欧泊,是一种贵蛋白石。"

"它折射的光看起来像彩虹。"方若诗说道。

"是的。您看到的虹彩现象是贵蛋白石成为宝石最主要的属性,也是欧泊价值的重要参考标准。虹彩现象越强、琢型越完整,价值越高。"

"请拿一枚尺寸合适的给她试试。"

逛了大半天,难得见她对一枚戒指爱不释手。

方若诗也不矫情,把同款的几个尺寸都试了一遍,最后挑了一枚戴起来最舒服的让人包起来。

可是,秦享呢?他要买戒指吗?拉琴方便戴吗?

方若诗的心里冒出好多个问号。

秦享拍拍她的头,朝顾问说道:"请拿一枚K金的男戒,我试试。"

"请问先生喜欢什么款式？"

"简洁。"

很快，店里所有K金的样式简洁的男士戒指都被顾问拿出来，在柜台上一字排开。

秦享朝方若诗挑挑眉："挑一枚。"

方若诗立刻心领神会，在一排戒指里挑了宽度适中，样式素雅的金色戒圈。

她拿出来，举到秦享眼前："这一枚？"

秦享想也没想就应下来："好。"

两枚戒指就这样被选定，放进盒子，被新晋夫妻拎回了家。

上了车，方若诗率先脱掉了厚重的羽绒外套。可是车里的暖气刚打开，温度还没升起来。

为了今天照结婚证上的双人照，她只在羽绒服里穿了一件白色的衬衣，这会儿觉得有点儿冷，又把外套穿上。

秦享很快把车驶出了停车场，没一会儿，车里就全暖和了。

方若诗又觉得热，再次把羽绒服脱掉。

羽绒衣被她一会儿搭在腿上，一会儿又垫在背后，清淡的柠檬黄和纯洁的白色在秦享的余光里晃来晃去。

终于，秦享按捺不住了，他无奈地轻笑一声："让我安心开车，好吗？"

嗯？方若诗不明就里，眨着眼睛看他。

秦享指了指她的衣服。

这回，方若诗总算明白了，她不再穿穿脱脱，也不再折腾衣服，老老实实地把羽绒服抱在胸前。

直到进了小区，方若诗都没有再动，一个人乖乖地靠在副驾驶位。

秦享替她松开安全带，指了指楼上："回家了。"

方若诗终于反应过来：结婚了，今天秦享就正式搬过来住了。

可是家里没有他的生活用品啊？怎么没提前搬点儿过来呢？要不现在去买吧？

她想了想，还是决定开口："那个……你，要不要回家拿点儿东西？"

秦享瞄了她一眼，推开车门。他径直走到后备厢，从里面提出一只手拎包。

方若诗指着他，惊讶得说不出话来："你……你……"

秦享走到她面前，轻声道："拎包入住。"

清澈的嗓音刻意压得极低，伴随着一团团晕开的白雾，仿佛在讲一个不可告人的秘密。

方若诗陡然红了脸，不理他，转身跑进单元门。秦享跟在她身后进了家门，这一路走了多久，她的脸就红了多久。

直到方若诗换好家居服躲进厨房准备晚饭，他才笑着打开自己的旅行包，开始收拾。

对于晚餐内容，方若诗坐在车上想了一路。

每逢节假日和宴请宾客的大日子，四川人的餐桌上总少不了一样菜，那就是——香肠。腊味对于四川人来说是热闹和隆重的象征，是每一个四川人心里无法磨灭的家乡味道。

今天，对秦享和方若诗来说，意义格外不同。结婚的大日子，做一道隆重的带有香肠的菜肴就显得理所当然了。

所以，当方若诗走进厨房时，她的心中早已有了答案。

首先，她把大米淘洗干净，放进塔吉锅里，加1.5倍的纯净水泡上。接着，她从冰箱里取出两节香肠，刷洗干净，上蒸锅蒸十分钟后切片。

趁泡米的空当，她削了两个西红柿，打了两只鸡蛋调匀，做了一锅西红柿鸡蛋汤。

等米泡得差不多了，打开炉火，大火煮十分钟。当大米的表面出现一个个小气孔时，将切好的香肠片均匀地铺在米上。盖上塔吉锅的锅盖，继续大火煮五分钟，沿锅壁淋一圈油，关火。焖十至十五分钟让锅底形成焦黄的锅巴。

焖锅巴的时间，洗几棵小油菜焯水烫熟，然后放在饭上。

最后，她用1勺蚝油、1/2勺芝麻油、1/4勺白糖和1勺凉白开调成酱汁，均匀地淋在饭上。

腊香肠煲仔饭被方若诗拌匀了，分在两个大瓷碗里，散发着浓郁的香气。

秦享收拾好，从卧室里走出来，吸了口气："好香！"

正宗的煲仔饭是用广式香肠和泰国香米做出来的，而方若诗改良成了川版煲仔饭。

川味香肠的麻辣不突兀，是可以和米饭的香糯、小油菜的清爽和酱汁的咸甜融合在一起的。烟熏过的麻辣香肠有一股柏丫特有的香气，是要慢慢品才能尝到的。如同香水有前调、中调和后调，如果香肠也有的话，那前调就是麻辣，中调肉香，后调是淡淡的烟熏过的沉香。

所谓的"唇齿留香"，不过如此。

方若诗见秦享吃完了，递了一张纸巾给他："我可以提个小要求吗？"

"你说。"秦享擦了擦嘴，凝神看她。

"想听你拉琴。"

方若诗的要求提得突然，却直白到令人惊叹。

今天这个日子，确实很适合拉一曲。

秦享不由得会心一笑，抿出一个小酒窝："想听什么？"

"嗯……"提要求的人却犯了难，方若诗摇摇头，"只要是你拉的曲子就好。"

略一沉吟，秦享起身去书房。

不一会儿，他拎着琴盒走出来。

咦？

他什么时候在书房放了一把琴的？

看他从琴盒里把小提琴拿出来,方若诗瞪圆了眼睛。

不动声色,丝丝渗透,直至全面覆盖她的生活。这的确是秦享的作风。

方若诗不得不在内心给他一个大大的赞:秦老师果然好计谋!

没给她太多内心戏的时间,小提琴声响起来。

非常活泼欢快的曲调,跳跃的音符在琴弓和琴弦的配合下,在房间里蹦蹦跳跳。曲子时而轻快时而舒缓,方若诗跟着他的旋律摇头晃脑合拍子,沉醉在琴声里。

一曲终了,方若诗托着腮,像以往每一次秦享演奏完毕一样,问他:"这是什么曲子?"

这已经成了她的习惯,秦享早已熟悉。

"帕格尼尼《第24首随想曲》。"

"帕格尼尼?"方若诗以手抵唇,闭着眼睛想了一下,"我知道,意大利的,对不对?"

难得有一个她认识的小提琴家,秦享摸了摸她的头:"是。"

"据说他的曲子演奏难度很大,是吗?"

看来,是真的了解过。

"是。"

"他的曲子拉起来真的需要很多技巧?"

秦享点头,目光落在方若诗的脸上。

她咬着手指,一脸崇拜地问他:"都是些什么技巧?你刚刚有用到吗?"

垂在身旁的胳膊重新抬起来,秦享一边演示,一边解释给她听:"这个,是琶音……这是连续仿音阶和半音阶……这叫自然泛音与人工泛音……"

秦享专注于手中的动作,熟练地拉弓按弦之间,穿插着非常专业的介绍。

方若诗既沉醉在秦享高超的技巧展示上,又关注着他的每一句讲解。

吃心望享

103

可这一切都没有他这个人更抓她的眼球。他很高，是典型宽肩窄腰的匀称身材，站在客厅中央，仿佛回到第一次敲开若诗家门的情景。却又跟那次完全不同——他沉浸在自己的小提琴世界中，浑身上下都散发着笃定的自信和优雅的气质，看起来闪闪发光。

方若诗不得不承认，她无法抗拒秦享的魅力，仍然像第一次见到他那样，深深震撼。

这一刻，她也终于肯定，不论什么时候，不论秦享站在什么地方，自己终究是会被他吸引的。

即使他不追她，即使他不求婚，她仍然会对他倾心，仍然愿意嫁给他。

"……这是超八度音程，还有这个……高把位快速演奏……"

大约是看出她的失神，秦享停了下来。

他放好琴，走到方若诗面前，捏住她的下巴。

方若诗回神，只见秦享凑在她的眼前，纤长的睫毛随着肢体的动作扑闪，轻抿的嘴唇绷成一条直线。

"不专心？"

糟糕！被发现了……

方若诗正想辩解，却感觉到眼前的人朝她压过来。

秦享用额头抵住她，鼻尖自然而然碰在一起，彼此呼出的热气弄得她脸红心跳。

她伸手抵住他的胸膛，舔了舔嘴唇："我在想……你拉这首曲子给我听的原因，是什么呢？我不认为你想……炫技。"

"不笨嘛。"秦享拿鼻尖蹭了蹭她的鼻头。

"帕格尼尼的随想曲虽然被誉为'小提琴技巧的百科全书'，但我刚刚拉的这一曲叫作《主题与变奏》。在我看来，生活就跟小提琴演奏一样，有幸福美好、简单明确的主题，也就有磕磕碰碰、颇具技巧的变奏。"秦享望着她弯如新月的眸，沉声道，"所以……接下来的婚姻生活，还请秦太太多多指教。"

这是个期待，也是个承诺。

他来不及等他的新婚妻子做出回应，便着急地给这个诺言盖了章。一个轻吻落在唇上，惊得姑娘瞬间瞪圆了眼。

他抬起手掌，覆住她的眼睛，极轻极缓地触碰她的嘴唇。

绵长温柔的吻亲得四周都静下来，只有空调的暖风在呼呼地发出声响。

方若诗觉得热，想脱掉家居服，却舍不得动。

秦享的呼吸带着滚烫的温度，烫红了她的唇、她的脸，也灼热了她的心。

过了很久，秦享才停下来，去拿了今天买的戒指过来。

"我因为拉琴不方便戴戒指，你说你平常做饭也不习惯在手上戴东西，但是，我还是想跟你完成这个仪式，只属于我们两个人的仪式。"

方若诗看着秦享修长的手指探进戒指盒里，取出那枚形如皇冠的戒指，轻轻推进她的左手无名指。

他戴得很慢，郑重其事。

正如他所说，这是一个仪式，独属于他和她的仪式。

方若诗取出属于秦享的那枚男士戒指，缓缓套入他的无名指。

戒指交换完毕，两只手握在一起，两枚素雅的婚戒此刻也如人一般相依相靠。

月色如洗，透过玻璃窗洒进客厅。在满室温柔的情绪里，秦享和方若诗笑得格外幸福。

第五章
蒜苗回锅肉&魔鬼的颤音

（1）

众所周知，秦享弦乐团有一条不成文的规定：所有排练一律不对外开放。是以，当秦享弦乐团向国内顶尖音乐杂志《I MUSIC》开放乐团排练的消息传出后，引起了业内不小的轰动。

今天，秦氏集团总部大厦36层，弦乐团成员照例集中在排练厅进行常规排练。

除了弦乐团本身的录影设备以外，《I MUSIC》团队带来了一台摄影机、两台照相机和两台笔记本电脑坐镇，重视程度可想而知。

方若诗被眼前的阵仗吓得瞠目结舌，撞了撞李默的胳膊："这也太夸张了吧？"

"弦乐团第一次对外开放排练，也是唯一一次。"

"为什么选《I MUSIC》？"

"因为秦老师欠他们一次采访。"

李默在笔记本电脑上点开《I MUSIC》杂志的官方微博，搜到十二月的某一天，指了指："喏，你看这个，本来秦老师是答应做一次专访的，最后改成了电子邮件访问。"

方若诗点开下面的图片，上面的内容正是那期杂志的访问稿件，最下面的内容是几个趣味问答题。

问题有些眼熟，方若诗觉得在哪里看见过，好像是秦享在伍溪做的那个采访稿。当时她玩心大起，还跟他回答了一样的问题放上微博……

"你不知道？"

"啊？"方若诗一脸诧异地看着李默。

李默靠近她，低声道："那天秦老师不是正好在你家见家长吗，秦太太？"

方若诗被他最后三个字吓到了，捂住嘴，眼睛瞪得大大的，道："你……你怎么知道的？"

"秦太太，我是秦老师的助理，请你不要低估我的工作能力。"

"工作能力包括八卦老板的私生活？"方若诗撇撇嘴。

李默摊了摊手，道："身为私人助理，掌握老板的工作和生活状态是必备素养，还请秦太太包涵。"

"嘘！"方若诗抓住他的胳膊，低声道，"不准在公开场合这样叫我！"

"可是……"

"没有可是，否则扣你工资！"方若诗扬了扬下巴，做出一脸狐假虎威的表情。

李默笑着应下："遵命。"说着，他打开微博，登录了"秦享弦乐团"的官方微博。

"今天这个……不发微博吗？"方若诗指了指正在接受采访的弦乐团。

"等杂志出了微博，我转发。"

"真懒！"方若诗在手机上搜出《I MUSIC》的官方微博，点开看了一眼，杂志方面除了一个预告，暂时还没有任何动静。

"不是懒，是策略。"李默把笔记本电脑转向她，"秦享弦乐团开放排练"的话题俨然已经成为微博热搜，"这次是还杂志一个人情，以后仍然坚持'不对外开放彩排'，可是不明真相的同行和媒体会以为我们将排练公开化，所以得等杂志发了相关报道之后，我们再转发，一是感谢杂志的包容和等待，二是对外表态。"

方若诗边听边点头，最后朝李默竖了大拇指："真贼！"

"你老公这一招一石二鸟，在下也十分佩服！"

嗯？秦享的主意？

果然啊！论心思缜密，没人比得过他！

于是，方若诗无比自豪地点点头："多谢夸奖！"

排练已经结束，秦享和乐团成员在接受采访。

方若诗点开微博混时间，没想到却被李默逮了个正着。

"哇，小吃心！你竟然是粉丝过万的美食名博！"

笔记本电脑屏幕上显示的是"小吃心"的个人主页，带黄V的标志和底下"美食名博"的简介让李默惊讶不已。

"不行不行，我得关注你！我身边竟然潜伏着二次元大V，真是太刺激了！"说着，他点开手机微博，用私人账号关注了方若诗。

"行了，别发感慨了，今天的稿子什么时候出来？"方若诗关掉了笔记本电脑上"小吃心"的主页。

"明天给你。"李默重新恢复了工作时的正经模式，"另外还有几个内容也要上内刊，能多留一点儿版面吗？"

"问题不大。"方若诗看了看手机，又看了看采访的进展，"差不多结束了，我先下去了。"

"不等秦老师了？"

方若诗瞪了李默一眼，点开微信，给秦享发了条消息："不等你了，下楼工作去也。"

感觉到手机在裤兜里振了一下，秦享朝方若诗的方向望过来。她走到门边，正好回过头来，两个人遥遥相望。

方若诗握着手机，轻轻晃了晃表示"再见"，秦享几不可察地点了点头。

一回到办公室，王晓晶就溜了过来，八卦的火焰熊熊燃烧。

"我男神的采访结束了？"

"嗯。"

"你天天跟我男神在一起,就不会心动吗?"晓晶搂着方若诗,小声问道。

心动……

要是秦享的迷妹们知道她不仅动心了,还嫁给了她们的男神,会不会提刀来?

特别是她身边这位超级迷妹,会不会是第一个下刀的人?

"咳咳……"方若诗清了下嗓子,推了她一把,"去去去,别八卦了,工作去!"

"啧啧啧,方若诗,你心虚什么!"王晓晶眯起眼睛,把她上上下下打量了一番,"有情况呀!"

"是呀,是呀,有好多情况!"方若诗半开玩笑半认真道。

王晓晶越发觉得她的表现可疑,摸着下巴朝她意味深长道:"绝对有鬼!"

见方若诗不回应,王晓晶特意压低声音说道:"就算你俩真有什么,我也不会把你怎么样的,毕竟你是我姐们儿。可是,其他人我就不敢保证了。"

"其他人?"

"你不知道?"王晓晶神秘兮兮地凑在她耳边,"现在公司里有一个微信群,叫秦享太太团,里面全是秦享的女粉丝,都YY自己是秦享老婆。"

这是什么情况?!

方若诗有点儿被吓到了,她不可置信地问:"你怎么知道的?"

"我也……"王晓晶瞥了她一眼,声音越来越弱,"我也是太太团里的一员嘛……"

嘶——形势比想象中严峻呢!

方若诗突然有点儿后悔自己没戴戒指了!不过,就算戴了戒指也不能说明自己的身份啊!

"若诗,你……你的表情为什么变得这么凶狠?"

"啊……"若诗回过头来,搂住王晓晶,"我只是想起了一句歌词。"

"什么?"

方若诗凑到她的耳边,轻声唱道:"若是那豺狼来了,迎接它的有猎枪。"

"为什么你唱的每一个字我都熟悉,可是连在一起我就不知道是什么意思了呢?"王晓晶有些弄不明白方若诗唱这首歌的意思。

"就字面意思呀!"

"谁是豺狼呀?谁又拿着猎枪呀?"王晓晶觉得自己脑子完全不够用了。

方若诗比了个手枪的样子,眯着眼对准王晓晶:"砰!"

"干吗?我哪儿得罪你了?"王晓晶挡掉她的"手枪",愤愤道。

方若诗笑了笑,没说话,好整以暇地看着她。

王晓晶慢慢转过弯来,被自己脑补的理由吓得话都说不全了:"不是吧?你……你……秦享……"

这么快就猜到了,方若诗耸耸肩,坦然地点点头。

王晓晶的下巴都快掉地上了,瞪圆眼睛,虽然一脸震惊,仍然不忘跟她确认:"你和秦享……在一起了?"

方若诗环顾四周,办公室的其他同事都在忙,没人注意她俩。于是,她心一横,点了点头。

一声抽气响起,她赶紧捂住王晓晶的嘴,冲王晓晶比了个"嘘":"中午请你吃小炒!"

王晓晶原本以为自己只是简单地听方若诗讲讲她的男神,顺便吃点儿他们的狗粮,就能赚一顿午饭,实在是划算之举。没想到,却在吃着食堂小炒的时候听到了比"男神有女朋友"更劲爆的消息——男神结婚了!老婆不是别人,正是和自己朝夕相处的同事,此刻正坐在自己对面的方若诗!

王晓晶的眼睛瞪得圆圆的,她本来叼着的筷子"啪嗒"一声掉在桌子上。

方若诗替她重新摆好筷子,轻笑道:"早知道不告诉你了!"

"疯了，疯了，我要疯了！"王晓晶嘴里不停念叨着，始终无法面对如此震惊的消息。

方若诗不知如何是好，只能不停地把肉夹进她碗里。

王晓晶一把抓住她的手，看了看："你等等，结婚了为什么不戴戒指？"

"不习惯。"

"我男神不怪你？"

"他也没戴……"

"为什么？"

"拉琴不方便。"

说罢，方若诗又往晓晶碗里夹了一块排骨："你为什么在意这种细节？"

王晓晶松开她的手，神情颓丧："因为我现在还不能接受，秦享和你结婚了！这一定不是真的！"

"嘘……"方若诗舔了舔嘴唇，拿出手机，点开相册，递了过去。

王晓晶不明就里地接过来，手机最近拍摄的照片并排在屏幕上，最显眼的一张是两只戴着戒指的手交握在一起的画面。

"这不能算什么！也可以是你和随便哪个男人的！"王晓晶还不死心，继续往前面翻照片。

终于，她闭嘴了，因为她看到了一张结婚证照片，上面是方若诗和秦享在红色背景前照的标准证件照。

"疯了，疯了，我要原地爆炸了！"王晓晶把手机还回来，一边摇头一边深呼吸，"方若诗，一顿小炒绝对抵消不了你对我的伤害！也绝对抚平不了我心灵的创伤！"

方若诗望着眼前把排骨啃得"咔嚓咔嚓"泄愤的姑娘，笑眯眯地说："请你吃一个月。"

"可以！"

"你对你男神的爱这么浅薄？一个月的小炒就抵消了？"方若

诗打趣她。

王晓晶打了个嗝儿："我可以当作是男神请我吃的呀，毕竟这小炒的费用是从夫妻共同财产里掏出来的。"

"好吧，你赢了。"

"唉……"刚刚还执着于一个月小炒的人叹了口气，哀怨地感叹道，"从此以后，我再也不能叫秦享老公了！"

方若诗摊摊手，无奈道："看起来是这样。"

王晓晶咬着排骨，愤愤道："你！如果不是你，我才不会轻易饶过嫁给秦享的小妖精！以后只能看着群里那些不明真相的小妖精叫老公了，而我作为唯一知道真相的人，好孤独！"

过了一会儿，她回过味儿来，问方若诗："你俩既然两情相悦，为什么要隐婚？是秦享不愿意公开？"

方若诗想了想：隐婚？没有吧。

"没有刻意隐瞒，只是觉得没必要大张旗鼓地告知全世界。"

这是她和秦享的婚姻，并不需要其他人的参与。

（2）

秦享最近很忙，好多工作都要赶在春节之前完成。方若诗也忙，春节特刊的收尾工作迫在眉睫，她带了工作回家，一个人在书房加班校稿。

外面下着大雨，打在窗沿和玻璃上，声音很响，以至于秦享进了家门，方若诗都没有察觉。

她端坐在书桌旁，面前堆着几页散着的纸张，手里拿着笔在纸上写字。有时候突然抬起头来，对照电脑屏幕上的文字，手指在键盘上灵巧地敲击。她的侧脸温柔秀美，殷红的唇瓣时不时被舌头轻舔一下，微卷的头发散在肩头，随着她的动作轻微摆动，在灯光的映衬下有一种不动声色的魅力。

这是秦享第一次看方若诗工作，她神情专注，一丝不苟，跟平常的状态截然不同，特别帅气干练，也特别迷人。

滑动鼠标，一不小心碰到手边的水杯，方若诗这才发现水早已没了热气，杯壁冰冰凉凉的。她起身，端起杯子去接水，却被门边的黑影吓了一大跳。等看清了，才捂着胸口松了口气，她不由得嗔道："你怎么进屋没声儿呀？！"

秦享接过杯子，搂住她的腰，把人带进怀里。方若诗顺势靠到他身上，听见他撒娇般的低语："饿了。"

她拍拍他的背："走吧，吃饭。"

炖得软烂的蹄花汤，入口即化，配上海带丝解油腻。秦享连吃两碗，心满意足地呼了口气："我记得成都有很好吃的猪蹄汤。"

"你说的是老妈蹄花？"方若诗给他盛了半碗米饭，递过去。

"嗯。"

"这个跟老妈蹄花不一样。"

秦享看着她一脸求表扬的神情，笑了："你炖的海带猪蹄汤，还有个学名叫'穿过你的黑发我的手'。"

方若诗当然知道这个，用筷子戳了戳碗里的猪蹄："对，你的手。"

被她咬文嚼字打趣，秦享也没有半点儿恼意，继续吃饭。

方若诗见他依然是惯常的潇洒身姿，清清爽爽的，丝毫不因为吃蹄花变得姿态粗鲁俗气，甚至带着出尘的味道。

哼，难怪有那么多老婆粉！

她想起晓晶的话和那个潜藏在公司内部的微信群，看着秦享，酸溜溜地说："你知道自己有很多老婆粉吗？"

"老婆粉？"秦享挑了挑眉。

"有一群粉丝自称是你的老婆，视你为老公。"方若诗为了表示自己不在意，格外耐心地为他解答。

"视我为什么？"

"老公。"

"嗯。"

"就这样？"方若诗抬眼看他，这反应也太平淡了吧，"她们可是叫你老公呢！"

"叫我什么？"

这个人今晚聊天怎么老是不在状态，听不见她说什么！

方若诗好脾气地重复一遍："老公！"

说完，听见他又沉沉地"嗯"了一声。

嗯什么嗯嘛！有什么好嗯的！

咦——好像有哪里不对？

老公。嗯。

他是在答应吗？！

秦享似笑非笑地看着她，眼睛里是狡黠的亮光，嘴角的弧度刚好挂住两枚酒窝。

方若诗羞得脖子都红了，抬起手肘撞过去："讨厌！"

往常都是将碗筷扔进洗碗机洗，今晚为了掩饰那声"老公"的尴尬，方若诗钻进厨房洗起碗来。

秦享倚着门，优哉游哉地跟她聊天。

紫砂锅里还剩了些汤，被方若诗盛出来放进冰箱。她洗着锅，甩了甩头发，叫秦享来帮忙："好痒，帮我把围裙的绳子压到衣领下面。"

秦享单手拨开她的马尾，拉起绳子送到衣领下压好。光滑的后颈一览无遗，秦享眼下是一片光洁细滑的肌肤。他心头一热，埋下头印上一吻。

方若诗本能地缩了缩脖子，转头去看他，热热的呼吸直接从后颈移到了侧脸。秦享因为刚才的动作俯着上身，这时候正好蹭着脸颊过来，抵住她的鼻尖。她觉得有点热，还有一点渴，下意识用舌头舔了舔嘴唇。

这个动作像是按下了开关，秦享帮她拢头发的手掌直接压向她的后脑勺儿，迫使她的唇瓣贴向自己。紧接着，吻像雨点一样细细密密地砸下来，落在她的嘴唇上。

秦享单手托住她的脸，喑哑的声音自喉间发出："以后，你舔嘴唇的样子只能让我一个人看见。"

方若诗被吻得晕头转向，湿着一双手拽住他的衣角，轻声嗫嚅："这是什么霸权主义？"

秦享看着她没说话，拇指摩挲着她的嘴唇。方若诗轻轻推开他，把锅和洗碗布放好，解掉围裙。等她转过身，只见秦享亮着一双眼眸，喃喃低笑："你不知道你舔嘴唇的样子有多迷人。"

方若诗爱舔嘴唇，是她的习惯性动作，不管是得意、高兴，还是紧张、害羞，只要一有点儿小情绪就舔。这时候听到他说，又无意识地去舔嘴唇，想到他刚落下的话音，赶紧抿住嘴角停下来。

秦享眸光一暗，一把搂住她，将人拦腰抱起。方若诗惊呼一声，被秦享抱进了卧室。

领证之后，两人同睡一张床，却谁也没有越过最后的那条线。刚开始，方若诗还忐忐忑忑，后来见秦享没提，也不好意思主动了。

可是此刻，当他抱着她躺在松软的大床上，一下又一下碰触她的嘴唇时，方若诗觉得她的整颗心都化了。她的手摸索着搭上他的肩膀，慢慢滑至他的后颈，在他的短发茬上轻柔地抚摸。秦享的呼吸声越来越急，却只是捧着脸克制地吻她。

感觉他并没有更进一步的打算，方若诗睁开眼睛。秦享的脸近在咫尺，他卷长的睫毛向下垂着，在她眼前微微颤动。她的手指轻轻抚上去，柔软细微的触感滑过指腹，她的指尖过电般麻起来。

微乎其微的动作却带来巨大的触动，似无声的邀请带着致命的诱感，撩动了秦享的心弦。他松开她的唇瓣，一双眼亮得吓人。方若诗咬住下唇，一眨不眨地看着他，湿漉漉的眼睛闪着光。

秦享抿起嘴角，思考说点儿什么来缓解紧张的气氛。

他看见方若诗把下唇咬出了牙印，凑上去亲了亲："今晚的汤，你怎么做的？"

"嗯？"当下的状况提这个问题，显然让方若诗蒙了。

秦享不理会她的疑惑，继续亲她："教教我。"

"猪蹄洗干净斩块,扔进锅里加姜片、花椒粒和水……"感觉到秦享的吻慢慢游走,方若诗停下来。

"继续。"

"水开后撇去血沫捞出来,洒……"方若诗闭上眼睛,慢慢回忆做法,却总是被秦享的动作打断思绪。

"不要分心,继续。"

秦享的声音低沉喑哑,如同此刻的卧房里,没有一盏灯光。

衣服一件件地剥落,她没有心思再去管了,混混沌沌地组织着语言:"猪蹄抹上盐和胡椒拌匀,放进开水锅里,大火蒸二十分钟……"

秦享的指腹带着薄茧,滑过每一寸光滑的肌肤,像在拉弓,也像在揉弦。方若诗几不可察地颤了下,声音跟着抖了抖:"炖锅加满水,等水开了……"

终于完成了巡航,秦享的手回到了最柔软温暖的地方,方若诗不自觉地弓了腰,嘴里碎碎念着:"猪蹄……蒸好了……"

猪蹄……

掌心下绵软的触感让秦享微眯着眼,耳边是似有若无的声音,他埋下头,微弯的嘴角落下去。

方若诗搁在他颈后的手僵了僵,听见一声轻叹:"然后呢?"

"然后,然后……"方若诗感觉全身都烧起来,就像开水,在跳动在沸腾。

黑暗中,秦享的所有动作都在无声进行,却因此让感官知觉无限放大。下一步该怎么做,她快想不起来了。

"嗯?"

一声鼻音,仿佛在提醒她。

"和海带丝一起……"方若诗嗫嚅道,"放进去……"

秦享碰了碰她的嘴唇,喑哑的声音像是在笑:"谢谢提醒。"

他觉得自己就是那锅汤,被旺火烧过一遍。他不着急,文火慢慢煨着。

没有一丝光线的房间,即使如此近的距离,也只能看到方若诗的大体轮廓。但是掌下滚烫的温度告诉他,他的新娘像被烫熟的龙虾,蜷着身子浑身通红。

贴着她的脸,他灼热的呼吸辗转于彼此的唇齿之间,破碎的低吟被舌尖钩住,消散无踪。

方若诗再顾不了其他,在唇齿相撞间,默默回应他的情动。伴随着浮动的轮廓,她搭在他后脑勺儿的手渐渐收紧,深深地攥住他的头发。

冲过澡后,方若诗半倚着床看手机。小师妹有心事,一晚上发了无数条微信,而她直至现在才有时间回复。

收拾干净的秦享从卫生间走出来,换了干净的睡衣,一步步走近,掀开被子躺进去。

一直忙着打字开解小师妹的方若诗起先还没注意,当她安静下来等回复的时候才听到,耳边有连续的曲调小声传过来。她转过头,秦享正按开笔记本电脑,而声音就是他发出的。

方若诗仔细听了听,不自觉地埋下头,红了耳根,因为秦享哼的正是《穿过你的黑发的我的手》。

她知道他是故意的,却偏偏找不出他的错来,但放任他得意扬扬地哼歌一点儿不表态又不太像自己的风格。方若诗就这么踌躇着,突然想到了一个更严重的问题。

纵然不好意思,她还是开了口:"那个……我明天去买药。"

秦享正在收邮件,抬眼看她一下,又低下头去看屏幕。就在方若诗以为他默许的时候,听见他淡淡地说:"不需要。"

"为什么?"方若诗不觉得他现在想要孩子,可怎么说呢?

我还年轻,不想要孩子?我们刚结婚,不适合要孩子?我觉得现在要孩子还不是时候?

她踌躇半天,终于说出一句完整话:"我想多过过二人世界。"

"赞同。"秦享退出电子邮箱,点点头。

"那为什么你不同意我吃药？"

"我做过防护措施了。"不咸不淡，轻描淡写。

嗯？

方若诗不可置信地看向他，笃定得不能再笃定的神情让她备感疑惑："你什么时候戴的？我怎么不知道？"

"大概是你太专注了。"

"胡说！"方若诗矢口否认，可又莫名觉得不对。

秦享笑出声来："专注于做菜的步骤。"

老奸巨猾！

方若诗无力反驳，只好承认："哦……你说得没错。"

（3）

红灯笼高高挂起，中国结悬在路灯下。秦享在键盘上敲完最后一个字，从书房的窗户看出去，红火的过年气息扑面而来。

方若诗在卧室收拾行李，见他出来，立刻举着蓝灰色的羊绒围巾跑过去。

"围巾要吗？"

"很冷吗？"秦享添了热水，走回来，"嗯，拿上吧。"

"羽绒服呢？你穿吗？"

秦享点点头。

"对了，还有帽子，你好像不戴帽子的，可老家霜重，我还是给你装一顶吧……咖啡呢？我不确定你喝不喝得惯宋颂喜欢的牌子，还是给你装一些你平常喝的……我会不会带太多东西了？"

对于第一次去四川过年的秦享来说，感觉既陌生又新奇。作为新晋女婿的他要融入方若诗的生活圈子似乎并不难，他能想象出一家人其乐融融的画面。但令他没有想到的是方若诗的紧张慌乱，比他上次突然去伍溪见她家人时更甚。

他握住她的手，牵她走到电脑旁："帮我看看论文。"

"行李还没收拾完呢！"

"行李交给我，你现在帮我校稿。"秦享指了指电脑屏幕，"这是一篇《g小调小提琴奏鸣曲》的赏析论文。"

方若诗还没反应过来，就被按到椅子上坐下来。

《g小调小提琴奏鸣曲》，又译作《魔鬼的颤音》，是意大利小提琴大师塔尔蒂尼在古典小提琴史上的巅峰之作。很多人被这首曲子的传说吸引，到后来被它大量高难度的颤音技巧震撼，却忽视了它作为一首保持了极强可听性的小提琴奏鸣曲的优美。

秦享的论文专业、严谨，却并不晦涩，方若诗很快就抛开之前琐碎的念头，沉心阅读。等到秦享收拾妥当回房时，她已经拿纸笔做好了批注。

听到他的脚步声，方若诗回过头来，弯着眉眼谄媚地笑。

秦享走近，刮了下她的鼻梁："在打什么鬼主意？"

她吐了下舌头，指着屏幕说道："你这里说'小提琴的顿弓在最后的华彩段造出哭喊的效果，带给听众抒情上的悲壮感'，我想听听这段。"

书房在秦享搬来后特地找人做了隔音，方便他平时拉琴。所以，不论什么时间，都不用担心会打扰到左邻右舍。

此刻，秦享听她讲完，没有立刻取琴来拉。他静静地站在原地，目光深深，好像要把方若诗看进心里。突然，他笑了一下，转身去拿琴。

曲子不长，大约十七分钟，方若诗要听的第三乐章是慢板与快板交替的段落，庄严雄浑的慢板抒情仿佛狂欢后的感叹。她摒弃了这首曲子最引以为傲的颤音技巧，独独选了情感最浓墨重彩的顿弓哭腔，出乎秦享的意料。而这恰巧是他写这篇论文的初衷，让人读懂隐藏在技巧之后的情感，也正是所有弓弦演奏到最后都要回归的灵魂。

一曲终了，方若诗沉浸在旋律最后的情绪之中，久久没有动作。秦享轻抚过她的脸庞，落下一个吻。

方若诗握住他的手，顺势投进他怀里："好听。"

秦享说的却是另外的话题："过完年，让堂哥把你从内刊组调走吧。"

"为什么?"方若诗仰头看他。

秦享亲了亲她额头:"到乐团来。"

"不要。"

"嗯?"

方若诗嘟嘟嘴:"专业不对口。"

"你不想和我待在一起?"

"想。"

"不想天天听我拉琴?"

"想。"

"不想来乐团?"秦享一步步引诱她。

"不想!"她才不上当呢,戳着他胳膊,"秦先生,天天腻在一起你会烦的,夫妻之间也要保持距离。"

"保持距离?"秦享在两人的亲密姿势间,比画了一下,"像这样?"

方若诗推开他,跳到书房门口,朝他挑眉:"这样!"

秦享两步跨到她面前,搂住她的腰,压低嗓音:"秦太太,这才是夫妻距离。"

那条一直捏在手里的羊绒围巾被挂到秦享脖子上,方若诗仰起脸,笑容明媚:"是时候夫妻双双把家还了。"

第二天下午,秦享和方若诗顺利抵达伍溪镇。外公拄着拐等在院子门口,那一头银丝格外引人注目。

"外公……"方若诗跑得飞快,冲到外公面前,嗔道,"怎么不在屋里,外面多冷呀!"

"这还用问!想第一时间看到他外孙女和外孙女婿呗!"宋颂帮表姐拎着包,从后面走过来。

秦享拉着行李箱,也来到跟前,恭恭敬敬地叫了声:"外公。"

"好!好!"外公笑眯眯的,声音洪亮如钟,"快进屋!"

柳姨回家过年了，剩下方妈妈和舅妈在准备晚饭。方若诗领着秦享打完一圈招呼后，留他在客厅跟爸爸、舅舅聊天，自己进了厨房帮忙。

　　说是帮忙，到最后变成了她主厨，舅妈给她打下手，方妈妈无所事事地站在旁边陪她们聊天。

　　这个季节是出蒜苗的时候，鲜嫩油绿的蒜苗被方若诗斜切成段，随后她又把煮过的五花肉片成肥瘦相间的薄片。

　　"煮肉的水还要吗？"舅妈端着锅准备倒掉。

　　方若诗看了一眼，汤色清澈，弃之可惜，于是问道："是第二锅水？"

　　炒回锅肉的第一步就是煮肉，先把五花肉切成大块过水，在这过程中会焯出大量血沫。方若诗从小就听外公说过，焯出血水的汤弃之不用，等到煮不出血沫时，另起一锅开水将肉煮至筷子一插就能扎透的程度即可。这第二锅水吸收了肉的油气和精华，是可以再利用的，比如，煮个菜汤。

　　得到肯定答复的方若诗从菜篮子里拿出一棵白菜和一根白萝卜，扬了扬："想吃什么？白菜汤还是萝卜汤？"

　　"萝卜吧。"舅妈把锅放回灶上，接过萝卜洗起来。

　　"冬吃萝卜夏吃姜。"方妈妈打燃炉火，"你外公最爱念叨的就是这句。"

　　"还有一句，萝卜是土人参。"

　　这确实是外公的口头禅，若诗一学完，三个人都笑起来。

　　"又说我啥子坏话？"外公靠在厨房门上吹胡子瞪眼睛，手里的拐杖朝方若诗指了指。

　　方若诗递了把椅子过去，一脸谄媚地笑道："外公，等会儿您教我做炝鱼吧。"

　　"那你用啥子和我换？"

　　"蒜苗回锅肉和肉汤萝卜。"方若诗眨眨眼，她报出的菜名全是外公当年亲传与她的。

外公满意地点点头，屈起手指敲了敲她额头："炝鱼都教过你好多遍了，还没学会？"

"您的拿手菜看似简单，实则一等一地难啊！"方若诗拖住外公胳膊，撒娇道，"再做给我看一次嘛。"

"好嘛，难得小秦回来过年，我做给你们吃，但是先说好，下次就要你来做了哟！"

"好好好，没问题。"哄得老顽童高兴，方若诗朝妈妈做了个鬼脸。

刚巧秦享进来倒水，将她的小表情尽收眼底。

方妈妈从他手里接过茶壶，添了热水，朝舅妈使了个眼色。舅妈擦干手，对若诗说道："诗诗，这里交给你了，我和你妈出去歇会儿。"

方妈妈挽着舅妈出去前，朝自己老爸喊："爸，你做完鱼赶紧出来。"

外公岂能不明白她俩的意思，可他老人家没应。他捧在手心里养大的闺女，教她煮饭、教她做菜，不是想她终日困于厨房这一隅小天地为男人洗手做羹汤，而是假使她哪天困了倦了想家了，能自己做一道家乡菜，有家的味道陪她。

他看了方若诗一眼，又看了看秦享，张口说道："小秦，跟诗诗一起看看吧。"

"好。"

怪味炝鱼做法相当简单，只需将新鲜小鱼炸至酥脆，淋上调味汁即可。可是炸鱼的火候和怪味酱汁的调料配比，方若诗始终掌握不好。外公着重讲解了炸鱼的技巧，先示范，再手把手教她炸。

"会了？"炸好之后，外公让方若诗尝尝。

方若诗尝了一条，点点头："嗯，会了。"

"蘸水你都晓得用哪些调料，只要配比平衡，调出一个咸辣酸甜、谁也不压制谁的味道就对了。"外公的腿虽然拆了石膏，但还是不能久站，说完便走了。

厨房里只剩下方若诗在忙，秦享搭不上手，只能陪她聊天。

"又一道传家菜？"

"嗯。小时候外公经常带我和宋颂去附近河沟钓鱼，大鱼就做红烧鱼、脆皮鱼或者酸菜鱼，小得没手指粗的鱼就炸酥了吃，通常还没等他炸完，我们已经把盘子里的小鱼偷吃得差不多了。"

方若诗一边说，一边回忆，童年趣事在脑海里浮现，同样挥之不去的还有记忆里的味道。

"不怕我偷学？"

每个四川人家里或多或少都有一些做菜的小秘诀，是属于这个家独有的味道。方若诗夹了条小鱼，蘸了刚调好的料汁，送到他嘴边，嫣然一笑："不怕。"

她眉眼弯弯，目光殷殷期盼："好吃吗？"

咸香的小鱼条入口酥脆，吸饱了糖和醋的甜酸在舌尖打转，咽下之后又是回味无穷的麻辣。

方若诗久等不到他的答案，忍不住尝了尝。

"很好吃。"秦享终于开了口。

方若诗嘬了嘬手指头，道："终于成功了！"说完，又冲秦享笑，"你都不知道这道菜有多难，外公很久都没做过了，每次缠着他多教我几遍，他都笑话我。今天突然松口，还手把手教我，真是太意外了。"

她看了看秦享，他身上的灰色羊毛衫在灯光下泛着橘黄色的光，是这冬日里不多的暖色。她搂住他的腰，小声说道："兴许外公是看你的面子呢！"

秦享弯腰，捏捏她的鼻子："能为你谋福利是我的荣幸。"

方若诗高兴得笑开了花，哼着小曲儿去炒回锅肉。

菜籽油已经煎熟，她把火关掉，油凉到六成温，把姜片、蒜片和花椒粒用小火炒香，接着下切好的五花肉片。

"帮我把最右边的小坛子打开。"方若诗指了指橱柜最下层。

待五花肉煎出油，她从小陶坛里舀出一大勺豆瓣酱，在锅里煸出红油后，再往肉上淋一锅铲生抽，翻炒均匀。

她边炒边问秦享:"豆瓣酱香吧?"

"嗯。"

"豆瓣是川菜之魂,没了它很多菜都会失去灵魂,不好吃,知道吧?"方若诗把肉片拨到一边,把蒜苗倒进去。

"就像我一样。"他突然插话。

"啊?"

"不能没了你。"

方若诗往蒜苗上撒盐的手抖了抖,回头瞥他一眼。

秦享寡言,鲜说如此露骨的情话。方若诗想说话,千言万语堵在心口,只讲出一句,却是风马牛不相及:"该起锅了,我要加一勺醪糟。你知道什么是醪糟吗?"

秦享抿着嘴角笑,两枚酒窝格外显眼。

方若诗睁圆了眼睛瞪他:"到底知不知道呀?"

灶台上有一个搪瓷盅的盖子揭开了,秦享洗了把勺子递到她手里:"知道,甜酒酿。"

"不比喻了?"

她一边揶揄他,一边舀了一勺醪糟进锅里,翻炒了几下,关火盛盘。

秦享没有说话,抬手关了油烟机。他的心被他的姑娘填得满满的,在暖黄的灯光下,他轻轻揽过她的肩膀,将人抱进怀里。

灯火通明,没有油烟和抽油烟机作响的厨房依稀能听到客厅里断断续续的谈话声。

方若诗仰起脸,正好撞上秦享的下巴。倏忽间,秦享低头落下一个吻,温情的、轻柔的,在冬日的夜晚,伴随着尘世最热闹的团圆和最喧哗的烟火。

四川一到冬天就雾气弥漫,月亮透过云遮雾绕的天边洒下一层薄薄的月光。

秦享从洗手间出来时,方若诗正盘腿坐在床上翻影集。听见声响,她回头看,人已经走到面前。

"洗完了？"她戳了戳秦享湿漉漉的头发,顺手把影集塞给他,"看看。"

秦享依言翻开,第一张是方若诗的出生照,小小的人儿被包成一个棕子,眼睛闭起来在睡觉,两道弯弯的眼线,可爱极了。

从小棕子到小豆丁,照片里的小女孩慢慢长大,幼儿园、小学、中学、大学,有了自己的同学朋友,也有了自己的喜怒哀乐。

等等,这个年轻男人是谁？为什么会搂着若诗的肩膀？

秦享的手指在一张照片上点了点,方若诗凑过来。

咦？怎么会有闫宁成的照片！明明把他的东西全部清理掉了！

"啪"的一声,她合上了影集。

"不看了？"秦享一把捏住她的手指,若有所指。

被秦享意味不明的眼神盯着,方若诗索性把影集摊开来:"看吧,看吧,你又不是没见过！"

秦享没看影集,只不动声色地注视着她。

方若诗瞥了他一眼,低下头解释:"因为这张是我们寝室的大合照,所以没有扔掉。"

谁知听完她的话,身边的人依然没有反应,方若诗收起相册,气鼓鼓地嘟囔了一句:"谁还没个前任呢！"

秦享憋不住,笑出声来:"秦太太言之有理。"

哼,那当然啦！哎,前任？这么说来,他承认自己也有前任？方若诗抱着胳膊,拿眼瞅他:"有什么需要交代的,赶紧汇报。"

秦享耸耸肩:"诚如你所言,我也有过一个前女友。"

"为什么分手？"

"人生规划不同。"

"呃……"方若诗一时语塞,不知如何继续这个话题,"好吧,此题过,改日再提审你。"

这些影集放在家里,一直没有再翻,今天不知道是不是因为过年的氛围太喜庆轻松了,情不自禁就找了出来。而对比起上次回家时的惶恐忐忑，方若诗不禁钩住秦享的胳膊，问道："跟你上次来的心情很不同吧？"

秦享想了想："只身犯险和夫妻双双把家还的区别。"

"只身犯险？"方若诗饶有兴味地重复了这四个字，抽出手拍了拍他。

秦享扣住她的手，坐下来："怕被你爸赶出去。"

"那你还敢跟他说什么你想结婚，哪里来的胆子呀！"

"你呀，"秦享拨开她额前的碎发，捏了捏她的脸蛋，"你让我有底气。"

方若诗努了努嘴："哼，就是吃定我呗。"

秦享倾身抱住她，忽闪忽闪的眼睛里有光："对，吃定你了！"

他揽住方若诗的肩膀向后倒去，在她低呼一声的同时将所有声音收进自己的唇齿间。

秦享的吻落下来，带着方若诗熟悉的温度，让她来不及想他话里更多的含义。当她的肌肤被一寸寸点燃，当她蜷在松软被窝里的身体越来越滚烫时，她陷入了莫名的不真实中。

这个她从小长大的房间在他们回来之前被重新布置过，换掉了旧书桌，新添了双人沙发，还在窗玻璃上贴了红色的囍字。特别熟悉，又让她多了一点儿陌生的新奇感。

恍惚间，她轻叹一声。

"怎么了？"

方若诗钩住他的脖子，舔了舔唇："突然有种不真实的感觉，像在做梦。"

"嗯？"秦享加重手下的力度，噙着一抹坏笑，"什么梦？"

没料到他突然使坏，方若诗的手滑下去，在他腰间狠狠一掐。

秦享的睫毛颤了下，轻拢慢捻转瞬化为疾风骤雨，一波又一波地向她袭去，而她也再没力气分清，自己到底是置身真实，还是梦境了。

末了，秦享吻住她的额角，问她："现在真实了吗？"

方若诗已经没有力气回答他的话,只是紧紧攥住他的睡衣,闭着眼小口小口地喘着气。

　　伍溪的夜晚宁静如水,这个装载了她所有青春的房间,在今天正式告别了年少回忆,跟她一起开启了人生的新旅程。

第六章
凉拌折耳根&圣母颂

（1）

除夕当天早晨，秦享照例早起晨练，方若诗一直迷迷糊糊睡到十点才醒。推开门，天上飘着绵绵细雨，屋檐滴着水珠。秦享坐在檐下，长手长脚的，显得身前的高凳格外矮小。凳子上摆了个蒜臼，他正在捣蒜，完全没有听到方若诗渐渐靠近的脚步声，等到肩上一沉，闻到她惯用的洗发水香味，才伸手从后面把她托住。

宋颂在一旁理葱，看见她趴在秦享背上懒洋洋的，撇了撇嘴："姐，你可真能睡，姐夫都起来干半天活了，你还会周公呢！"

方若诗不以为意，凑在秦享耳边小声问："吃早饭了吗？"

"吃过了。"秦享用手背蹭了下她的脸。

"喂喂！"被忽视的宋颂气得站了起来，"我在说话呢，你俩能分一毛钱的关注给我吗？"

方若诗抬起头，给了宋颂自她起床的第一个眼神——白眼。

"到底我是空气，还是我说的话是静音？"宋颂拿着葱，义正词严地跟方若诗讨说法。

方若诗竖起一根手指左右晃了晃，吐出两个字："噪音。"

"我怎么就噪音了，我干一早上活儿了，你当懒虫还有理了？"宋颂气哼哼的样子。

方若诗刚想反驳他，被秦享一把按住："吃早饭去。"

好吧，看来秦老师要出手了。她施施然地往饭厅走去，一边走一边伸了个懒腰。

宋颂看着方若诗的背影，一万个不相信，他急咧咧地喊道："嘿？你就走了？这什么情况呀！"

宋颂纳闷，依照他姐平常的样子怎么也得跟他大战三百个回合才算完的，今天这么快就收兵实在不正常。

秦享把捣好的蒜泥盛进调料碗里，特别平静地说："宋颂，你交个女朋友吧。"

冷不丁，被秦享突然一说，宋颂还没回过神来，只傻愣愣地问他："为什么？"

秦享站起来，拍拍他的肩："有女朋友就不用在你姐和我面前刷存在感了。"说完，他站起来，把蒜泥端回厨房。

我去！这是亲姐夫吗！怼小舅子怼得这么漫不经心，也是没谁了！

方若诗坐在饭桌靠窗的位置，正好看到宋颂气得把葱扔掉的情形，乐不可支。一转头看见秦享走进来，笑嘻嘻地问他："你也吃的米粉吗？"

"嗯。"

"好吃吗？"

"好吃。"

听到秦享的好评，方若诗一双眼睛都笑弯了："我就知道你会喜欢的，米粉可是我外公老家的特色早餐，早上起来喝碗粉，全身都暖暖和和的。"

"外公不是伍溪人？"

"外婆是。"

方若诗挑着自己碗里的米粉，细细长长、白白糯糯的米粉一根根被送进嘴里，配上爽辣鲜香的红烧牛肉，真是不能再香了。

她从碗底夹起一块小油饼，咬了一口，满足地发出一声长叹："油干儿，你吃了吗？"

"吃了。"

"是泡在米粉汤里吃的吗？"

"是。"

"我在遥城心心念念的就是泡了油干儿的牛肉粉,早上吃一碗,真是太满足了!"方若诗舔着唇,每一个字都透着心满意足的欢喜。

秦享被感染了,笑着摸了摸她的头发:"看你这样子,我都想再吃一碗了。"

"吃呀,吃呀!"

在厨房忙碌的方妈妈闻言也笑起来:"要吃吗?我给你冒一碗,回遥城可就吃不到咯。"

"小秦,你还是留点儿肚子给中午和晚上吧。"舅妈也跟着打趣。

"好。"

秦享拒绝了再吃一碗的提议,想起刚刚方妈妈的话,问若诗:"你会做吗?"

吃完最后一根米粉,方若诗擦了擦嘴:"会做呀。"

"妈说回遥城吃不到咯。"

方若诗摊了摊手,气馁道:"油干儿吃不到了,炸油干儿是外公的独门绝技,我不会。"

"快把牛奶喝了,不然待会儿吃不下午饭了。"方妈妈热了杯牛奶递过去,说完她对秦享解释,"回去想吃牛肉粉就让若诗给你做,除了不会炸油干儿,她什么都会。"

"妈,你卖女儿卖得这么实诚呀?"

谁知撒娇不管用,方妈妈揶揄她:"还用我卖?"

方若诗没辙,端杯子喝牛奶,嘴一碰到杯壁,黏糊糊的一层皮就粘了上来,她赶紧移开嘴唇,嚷道:"妈,怎么又有奶皮?"

舅妈一边择菜一边劝她:"奶皮有营养,喝了。"

"您又不是不知道,我从小就不喜欢这玩意儿!"她极力争辩,就是不肯把奶皮吃下去。

正在这时,宋颂理好小葱走了进来,一看方若诗的表情就乐了:"哟,这小时候的恶习还没改掉呢!"

"谁跟你一样呀,一听奶皮是做大白兔奶糖的,一口就咽了,蠢得跟什么似的!"方若诗朝他翻了记白眼。

宋颂被骂了也不恼,一屁股坐下来,拉着秦享就诉苦:"姐夫,你知道吗,这牛奶只要结层奶皮,我姐绝对不喝,非得把奶皮给挑了才喝得下去。你说这都什么坏毛病呀,都是爷爷和姑父给惯出来的!"

方若诗不说话,一脸严肃地盯着奶皮,就是不喝。

秦享看着她不说话,又瞥了眼一脸看好戏的宋颂。他接过牛奶杯,一口把奶皮喝了下去,又递回方若诗手里。

"喝吧。"

方若诗看了看,奶皮果然被他喝掉了。于是,她欢天喜地地捧着杯子喝起来,顺便朝宋颂飞了一个万分得意的眼神。

"我去,这也可以!"单身狗宋颂感觉自己受到了一万点伤害,嚷嚷着,"狗粮塞了我一嘴啊!"

方妈妈和舅妈笑起来,整个家里充满了欢声笑语。

出门采购的方爸爸和舅舅回来了,轮椅上的外公被他们推着在最前面,一进厨房就拿拐杖轻轻敲了敲宋颂:"隔老远就听到你在鬼哭狼嚎!"

宋颂捂着胳膊叫屈:"爷爷,冤枉啊!是您外孙女又不吃奶皮了!"

"我外孙女是你啥子?整天没大没小的!"

宋颂有苦难言,苦着脸都快哭了。

虽然经常跟他打嘴仗,关键时刻方若诗还是会拔刀相助的。

"外公,你们买了什么?"

"买了点儿芋子,我晓得你喜欢,等会儿喊宋颂削了皮,中午烧给你吃。"外公拎了一袋芋头扔到宋颂面前。

"凭什么我姐喜欢吃的让我来削?!"宋颂刚刚体会到一点儿姐姐爱幼的温暖,立马又被自己亲爷爷打击了。

方若诗捂着嘴笑倒在秦享的肩头，被宋颂狠狠瞪了一眼。

谁知又被自己老爸凶了一句："看你姐干啥，刮芋子去！"

宋颂拎着袋子，一万个不愿意："就知道奴役我，我姐她刮一下会怎么样啊！"

"不会怎么样也不要她刮！"

眼见着长辈全都虎视眈眈地监督自己刮芋头，宋颂把小刀往方若诗的方向递了递："姐，刮一下试试呗。"

外公一把拦下来，把他胳膊往回一推，对方若诗说："能不试就不试。"

宋颂收回小刀，认命地削起来："喊，给您惯的！"

这一来一回，秦享是越看越糊涂了，只好问方若诗："有什么故事吗？"

方若诗莞尔一笑："没什么故事，只是，打小外公就不让我碰芋头。"

外公点点头，解释："诗诗的外婆和妈妈都对芋子的那层黏液过敏，她们刮芋子会手麻发痒，很难受。我怕诗诗也遗传了这点，从来不让她碰芋子。"

"你就不怕我过敏？"宋颂刮着芋头也没闲着，时不时地插嘴。

"事实证明你没有啊。"外公斜了他一眼。

宋颂叹了一口气，无比哀怨："不是说我们家的男人刮芋子都不会手麻吗？我们家这么多男人为什么只使唤我？"

"你闲！"

这一家老少互相打趣玩笑，气氛欢乐，秦享止不住嘴角上扬，他凑到若诗耳边说了句："我们家的芋子交给我吧。"

方若诗抿着嘴笑，在桌子底下偷偷握住了他的手。

除夕夜的团年饭每年都不同，今年外公让他们把锅搬到客厅里，大家围在一起烫火锅。一家人一边在红汤翻滚的锅里烫着菜，一边看着春晚聊着天，既热闹又温馨。

席间，被家人问起蜜月旅行，秦享和方若诗相视一笑。

"干吗不直接去度蜜月？"宋颂涮着毛肚，一脸不解，"回来过年又费时间又费钱。"

"春节不就是阖家团圆吗？"方若诗想也不想，脱口而出。

"不是吧？姐夫也跟你想的一样？"宋颂对此颇不以为意，举着啤酒罐问。

秦享跟他碰了碰，喝了一口："传统不能废。"

"那就在家里待够，还蜜什么月呀！是吧？"一喝酒，宋颂的嘴越发贫了。

本来是句玩笑，等着若诗骂他，结果却听他姐说了句："其实我也觉得蜜月可以省了。"

长辈们聊着自己的话题，时不时插两句，听见若诗对蜜月可有可无的态度，这时都好奇地看过来。

秦享收回搭在若诗椅背上的胳膊，端正坐好，说道："你不想办婚礼，我依了你，但蜜月不能省。"

长辈们通通松了一口气。

宋颂竖着大拇指，拍起了马屁："啧啧啧，瞧瞧，我姐夫这觉悟！"

方妈妈拍了拍宋颂的头，笑着道："想当初我们结婚的时候，哪兴什么蜜月呀，结完婚第二天就去了野外，勘查现场就算是蜜月地了。"

方爸爸也想起了往事，脸颊带笑，一个劲儿点头。

外公咂了一口茶，慢悠悠地向方若诗讲道："这么说起来，我跟你外婆结婚那时候还是很时髦的，在老家拜堂成亲之后，拍了结婚照，一路坐轮船旅行，等回到伍溪就发现有了你妈妈。"

方若诗捧着脸，忍不住惊叹："哇，外公，您和外婆好浪漫！"

宋颂开起爷爷的玩笑来："这么说来，我姑姑是蜜月宝宝咯！"

一家人被他的话逗得乐不可支，外公笑得不好意思了，大手一挥："好了，好了，吃完了就搭桌子打麻将！"

最后，宋颂被打发到厨房去收拾锅碗瓢盆，外公、方爸爸、舅妈和秦享坐上了麻将桌，方妈妈、舅舅和方若诗陪在旁边帮看牌。

几圈下来，外公赢得最多，方爸爸和舅妈不输不赢，只有秦享，一个劲儿地往外掏钱。

方若诗坐在他身后，刚开始还以为他不太会打，还帮他出了两张牌。打到后来她就看出来了，他是故意的，他有心让长辈们高兴，于是若诗也就不说话了，默默端茶递水。

外公赢得高兴，突然想起个事，朝刚从厨房出来的人影喊了一嗓子："宋颂，洗了碗顺便把香肠腊肉这些该切的都切了，明天初一，不能动刀。"

"啊……"宋颂一阵哀号，紧接着抱着舅妈假哭起来，"妈，你要给我做主呀！"

"我去吧。"方若诗站起来，扔掉手里的瓜子皮，去了厨房。

没多一会儿，秦享握着手机走过来，原来是远在国外开音乐会的秦爸秦妈发起了视频聊天。

方若诗接过手机，先问好，送上新年的祝福。

秦妈妈却不按常理出牌，省略了寒暄，笑眯眯地问她："你们蜜月去哪儿想好了吗？要不到国外来跟我们一起吧？"

"呃……"方若诗没料到她的问题来得如此直接，拖住秦享的衣服扯了扯。

秦享抿抿嘴，朝着手机说："妈，我们已经定好去哪儿了。"

"哪里？普吉岛？"

"温泉小镇。"

"什么？！不是泰国、马尔代夫，也不是欧洲、新西兰，就待在国内？"

"是呀，妈妈。"方若诗笑起来。

"若诗，我跟你说，"秦妈妈苦口婆心地劝起来，"不要替秦享节约，他很有钱的！"

哈哈，亲妈啊！分分钟揭自己儿子的老底！

（2）

温泉小镇距离伍溪不过两百公里，是近一年来迅速崛起的新兴度假胜地。大年初九，秦享和方若诗在伍溪租了车，一路开到温泉度假区，停在了提前订好的小院门前。小院管家已等候多时，领着秦享和方若诗进入。顺着鹅卵石铺就的小道一路走过去，绿树高低交错，花草造型雅致，一个自带独立温泉的独门别院完整地呈现在他们面前。

入住的第一天晚上，度假区举办了热闹的民俗活动，秦享和方若诗也去凑热闹。在糖画摊前，方若诗眼睛亮亮的，一脸的跃跃欲试。

她舔了舔嘴唇，笑眯眯地说："我想转一个。"说着，轻轻拨了下木片做的指针，木针转啊转，速度慢下来。

方若诗紧张地盯着指针，秦享也埋下头来，视线跟着指针转。最后，指针轻轻滑过龙的区域，停在蝴蝶的图案上。

方若诗有点小失望，毕竟离最大的"龙"只差了很微弱的一点距离，不过很快她就被摊主画的蝴蝶吸引了。摊主画好了蝴蝶，方若诗接过来，满怀期待地舔了一口，甜丝丝的。秦享看她小孩儿似的神情，不自觉地扬起嘴角，那上扬的唇角在掏钱包付完钱后都没有放下。

身穿度假区制服的工作人员举着手机四处拍照，刚巧拍下了这一幕。

秦享和方若诗牵着手继续往前走，捏面人的、猜灯谜的、卖手工艺品的……长长的街道摆满了各式各样的玩意儿，一直延伸到河边。这一路走下来，方若诗没有落下任何一个感兴趣的摊位，每次秦享都要停下来等她很久。

看到河边有人在放河灯，秦享问她："要放吗？"

她探头看了看，猛地点了点头："要！"

"等着。"

方若诗看了看面前蜿蜒的小河,突然拉住秦享:"还是不放了吧。"

"嗯?"秦享疑惑道,"为什么?"

"不太环保。"方若诗指了指河面上密密麻麻的纸灯,摇了摇头。

秦享顺着她手指的方向看向远处若明若暗的灯火,收起钱包。

山河悠悠,夜色漫漫,两人有千言万语要说,却只是静静地看着对方,连呼吸都清晰可闻。

河风卷着湿气扑面而来,方若诗拢了拢被吹散的发丝,秦享揽着她,想起第一次敲开她家门的情形。她迎他进门,舔着嘴唇拨头发,就像此刻。

想到这里,秦享下意识地搂紧她,又在下一秒立马拉开了外套拉链,把她拥进怀里。他今天穿了一件防风外套,轻薄防水的面料沾染上凛冽的寒风,冷冰冰的。他扶住她的脸,按在自己的胸口,滚烫的体温透过羊毛衫传递着源源不断的温暖。

"外套凉。"他跟她说,声音温柔得一塌糊涂。

原本以为腻腻歪歪的蜜月很漫长,谁知一个星期的时间竟过得比春节还快,转眼便是回程的日子。

方若诗泡在温泉池里,怅然若失地感叹:"好不想上班呀!"

秦享闭着眼在养神:"帮你请假?"

"我不能再堕落下去啦!"

"堕落吗?"

方若诗转过头,看秦享微睁开眼盯着自己,用手划了划水:"每天吃饭、睡觉、闲逛、泡汤。"

"是不是连骨头都懒了?"

"对呀,我要充电,我要工作,我要天天向上!"方若诗挥着拳头,信誓旦旦。

秦享握住她的胳膊轻轻一带,若诗整个人跌进他怀里,溅起的水花洒了两人满头满脸。

"吓死我了!"方若诗抹了抹脸上的水,攀着他的肩呼气,"你干什么呀?"

"不是要充电吗?"秦享玩味地看着她,嘴角微抿。

秦享的手掌抚上她的腰肢,稍用力,使她贴向自己。温热的泉水自两人相触的肌肤之间分流而去,顷刻之间,秦享搂着她向下沉,仅剩头部露在水面之上。袅袅雾气弥漫其间,秦享的睫毛上沾满了细小的水珠,像是挂着晨露,晶莹欲滴。

好一个睫毛杀!方若诗舔了舔嘴唇。

秦享看见了,眯了眯眼。非常危险的讯号,像是猎人捕猎,方若诗能感觉得到。

下一秒,她已经被猎人一口衔住,从嘴唇到下颌,从脖颈到肩膀,她被他抱出水面,一点点吻下去。

甫一离开温热的泉水,若诗的上身裸露在冰冷的空气中。她竭尽全力去汲取温暖,紧紧地圈住秦享的肩膀。这个姿势更方便了某人,潮湿的唇瓣从锁骨辗转到了胸前,直接用牙齿将泳衣扯开,连肩带都拉了下来。方若诗自鼻间发出低吟,嘤咛而出的热气一口一口地喷在他的耳际,像撒娇,更似蛊惑。

秦享的吻越来越重,手上的力道也越来越沉,方若诗倒在他的肩头,好似柔弱无骨,却又将他越缠越紧。水下是一浪盖过一浪的漩涡,裹着无数的气泡慢慢向上升腾,在半途又被新的漩涡卷住,积蓄出更深的波纹向水面扩散。

方若诗的肩膀被秦享重新按回水下,池水瞬间将她浑身战栗的冰冷包裹起来,如春水般温暖。她半挂在他身上,任他用浴巾将自己围起来,打横抱进了室内。

本就在温泉池里泡了半天的方若诗被他折腾得近乎散了架,根本没力气再动,由他抱回卧室床上。她枕着他的腿,任他一下一下擦着自己湿漉漉的头发。

迷迷糊糊间,听见秦享问她:"充满电了吗?"

嗯？

方若诗睁开眼，一脸茫然。

秦享的手从她头顶移开，扯开围住她的浴巾，直直覆上她的身体。他骨节分明的手指轻轻划过她的皮肤，轻而易举地勾起她的一阵战栗。

"有电了吗？"

方若诗终于明白他的意思，这人吃干抹净还调戏她，真正的吃肉不吐骨头！她哼唧了两声以示抗议，谁知秦享却变本加厉，更加放肆地游走起来。

方若诗赶紧抱住他的胳膊，连声求饶："满格了，满格了！"

秦享却不吃这一套，到手的猎物岂能让她跑了，再吃一遍才不亏。方若诗见他毫无停手的意思，卷着浴巾就往床的另一边滚去。还没等秦享起身抓她，电话响了，是秦享的。

秦享一看来电是"李默"，按了免提。

"秦老师……"

很奇怪，李默的声音弱弱的，有些底气不足。

他作为秦享的助理已经工作多年，他向来公私分明，绝不会在私人时间擅自打扰，而且还是在秦享和方若诗如此重要的蜜月之行。如非事出突然，抑或是情况紧急，他不会如此。

思及此，秦享也不啰唆，直截了当："什么事？"

"江小姐回来了。"

秦享拽着方若诗浴巾的手指松开来，他拿起手机，关了免提："知道了。"

原本被他牵制住无法动弹的方若诗立刻卷起浴巾爬到床边，一边换衣服一边竖起耳朵听秦享讲电话。不怪她八卦，实在是秦享的反应太不寻常。

看来这个"江小姐"有点儿来头。

不知李默又说了些什么，秦享神色平静，轻描淡写："等我回去再说。"

这个电话时间很短，不超过三分钟，但足够方若诗换好衣服了。秦享瞥到她已经穿戴整齐，跟刚刚出水的样子判若两人，莫名有些烦躁。

"李助理，"他很少这样叫李默，语气更是不耐，"乐团纳新的工作流程你很熟悉，没必要为谁破例。"

现在，方若诗基本可以确定这个"江小姐"确实来头不小了。

而秦享似乎真的动怒了："另外，如非紧急事件占用我的私人时间，我希望这是最后一次。"

到底那位"江小姐"是谁？能让一向拿捏有度的李助理为她挨批，方若诗忍不住腹诽。

等她抬眼，秦享已经挂了电话，正看过来。她走过去，指了指自己肚子："我饿了。"

秦享顺着她的手指往下看，眼神意味不明："秦太太，你会让我觉得自己没有喂饱你。"

方若诗没料到他刚刚还一本正经地训人，这会儿立马变身为狼调戏她，扶额叹道："秦老师，你再喂下去，我会吃不消的。"

秦享难得地笑出了声，蹙起的眉头顿时舒展开来。

远在遥城的李默就没那么轻松了，皱成"川"字的眉头将他的烦躁情绪显露无遗，而他对面的女人丝毫不在意。

李默深吸一口气，公事公办地说："江小姐，很抱歉不能将秦老师的私人电话告诉您，如果您有意加入秦享弦乐团，请发简历到我的工作邮箱。"

他掏出自己的名片推过去，起身准备离开。

"需要吗？我的简历和成绩，秦享和你都很清楚。"

"江小姐，我也是按乐团的章程办事，请不要为难我。"李默用完最后一丝耐心，快步离开了咖啡馆。

鬼知道他今天为什么会来这里喝咖啡！

（3）

李默的本意是让人知难而退，令他没有想到的是上班第一天真的收到了一封自荐书。他感觉自己脑子不够用了，这人是铁了心要进弦乐团了。

"按规章制度办，按规章制度办……"李默碎碎念着，逐条逐项地看着这份简历。

诚然，这是一份相当漂亮的简历，不论是应征者的学历、音乐造诣、个人成就，全都无可挑剔。正如当日所言，李默对这份简历并不陌生。可是他却拿不准，这份对于秦享来说同样熟悉的简历到底能不能通过？

乐团纳新长期在做，而按照弦乐团人才引进的苛刻标准，精品人才更是少之又少。李默心一横，将简历打印出来，敲开了秦享办公室的大门。

当秦享将日程安排翻完之后，一份自荐书呈现在他面前。他抬眼睨了李默一眼，当真仔细看起来。

江意芷，二十四岁，毕业于英国皇家音乐学院弦乐系。

后面的内容不用再看，秦享把简历推回给李默："不过。"

"为什么？"几乎是条件反射地问出口，问完李默就后悔了。

秦享这次连眼皮子都懒得抬："你说为什么。"

"好的，我知道了。"

"录音一室的设备问题什么时候可以解决？"

"检修人员已经到了，我过去看一下。"

李默去盯检修进度之前，在走廊上碰见了来送特刊的方若诗，他像是见到救星一样拖住她："你总算来了，劳苦大众有救了。"

"你这是怎么了？"若诗被他弄得莫名其妙。

"秦老师今天气压太低，就差把我——"李默小声抱怨，用手比了个抹脖子的动作。

方若诗当他是开玩笑，踩着高跟鞋走了。

秦享看到方若诗的时候很意外，按灭了手里的烟头，招手让她进来。

方若诗把手里的几本特刊放到办公桌上，向他摊开了手心。

"什么？"

"下个月的行程安排表。"

"不急，你先看看这个。"秦享把手里的几本节目策划案递给她。

方若诗大致翻了一遍，问道："都是非常不错的策划，你想选哪个？"

"你喜欢哪个？"

"以节目类型来看，海城电视台的《歌曲猜猜猜》很有意思；以明星效应来看，遥城电视台《黄金歌者》的参赛选手都是重量级咖位的明星，很容易吸粉，收视率很乐观。"

"你的建议是《黄金歌者》？"秦享重新将遥城电视台《黄金歌者》栏目组的邀请函和合作意向书翻了翻。

方若诗舔了舔嘴唇，补充道："在遥城，不用出差。"

秦享点点头："听你的。"

"啊？这就决定了？"方若诗几乎不敢相信自己的耳朵，"你确定要听门外汉的意见？"

秦享刮了刮她的鼻尖："老婆的话得听。"

"咚咚咚！"

敲门声打断了两人的交谈。

乐团的大提琴手小胖推开了门，他满脸激动，兴冲冲地说："秦老师，你看谁来啦！"他朝旁边挪了两步，让出身后的人来。

方若诗好奇，朝门口望去——一位年轻的姑娘，安安静静地站在那里，看向秦享。

姑娘很美，长头发，瓜子脸，眉眼细长，像是古画里走下来的美人，特别有韵味。

"江师姐在一楼被前台拦住了，幸好碰到我。听她说她给我们乐团投了简历，我赶紧把人领上来了。"小胖一面把人往办公室里引,一面滔滔不绝地说,"秦老师,江师姐可是我们大提琴界的女神呀,她来了我们团可就如虎添翼了。"

"秦享,好久不见。"

美人声音真好听,方若诗不自觉地多看了几眼。

"小胖,请江小姐去会客室。"

咦?什么情况?

秦享虽然话少,但绝不是不懂礼数的人。依照这位江小姐的话来看,两人应该是旧识,又是同行,理应热情相迎,可是秦享态度疏远,语气生硬,公事公办得过了头。

太奇怪了,方若诗不由得转头看他。

"秦老师……"连小胖都察觉出不对。

秦享看向江意芷,神情严肃:"江小姐,你的简历我们已经收到了,非常抱歉,乐团暂时不纳新。"

"不对吧,秦老师,我们明明很缺大提琴手啊!"小胖皱着眉,一脸困惑,"而且江师姐是非常有名的大提琴家……"

"让我来说。"江意芷保持着微笑,打断了小胖的话,"秦享,是我不够格加入吗?"

"不可能!江师姐的演奏水平是国际顶尖的!"

小胖还真是猪队友啊!

方若诗有些想笑,这明摆着是秦享随口拈来的推托之词,当事人要追问也就罢了,他却当了真。

"那秦老师,你承认我的演奏水平吗?"江意芷眼波流动,细长的眉眼柔情万种。

"江小姐,我非常欣赏你的大提琴演奏水平,只是考虑到乐团今后的发展,你可能不太适合。"秦享拒绝的理由十分官方。

"是不适合乐团,还是不适合你?"

如果听到这里还不明白这两人之间的暗流涌动的话,那方若诗就白活二十多年了。

"我先下去忙了,活动安排我找李助理要。"她把策划案放回秦享面前，转身走了。

高跟鞋踩在地面发出的"嗒嗒嗒"的声响打破了办公室此刻诡异的安静，随后是"咔嗒"一声轻轻的关门声。

"现在可以回答了吗？"江意芷看着秦享收回的视线，若有所指地问。

秦享拉开抽屉，抽出一根烟来点燃，他扯起半边嘴角，从鼻腔里发出一声轻笑："都不适合。"

等李默回来汇报检修进度的时候，江意芷已经走了，只剩小胖站在办公室，一脸的生无可恋。

秦享挥了挥手，让李默把人领出去。

"怎么回事？"李默问。

"我也不知道啊！好好的，我领了个大提琴界的国宝级女神上来，秦老师就不对劲了！"小胖嘀咕着。

"谁？"李默下意识问他。

"江师姐江意芷啊！"

李默一巴掌拍在他头上："合着你是自己作死啊！"

"咋了？"小胖丈二和尚摸不着头脑，挠了挠被拍的地方，"江师姐是我的高中校友，一直占据我们学校风云墙第一的位置，我很崇拜她的！"

李默真的想放弃了，他努力控制自己，搭住小胖肩膀，悄声问道："既然你这么崇拜她，肯定很熟悉她咯。"

"那是当然！"小胖立马挺直了腰板。

"好。"李默接着问他，"那你知道她的感情生活吗？"

"感情生活……这个我知道，她现在没有男朋友，微博上有人问过。"小胖一副胸有成竹的样子。

"那，前男友呢？"李默循循善诱。

"这个我不知道，她没说。"

"看来你对你江师姐还不够上心呀。"

"你……你知道？"

"去吧，记着下次别把人往秦老师面前领了。"

好了，点到为止。李默看着越来越迷茫的小胖走远，不知道他下次还会不会干出今天这种蠢事。

就在李默在门外教育团员的时候，秦享独自坐在办公室抽了两根烟，顺带给方若诗发了一条微信。

"上来。"

虽然他不认为办公室是一个适合解释的好场合，但现在确实是解释的最佳时间点。江意芷在时，他不解释是不想让她把火力转移到若诗身上，现在他解释是想尽量不让若诗生气。

等了很久，方若诗才回了微信："我在忙。"

秦享捏着烟，打下四个字："请求申诉。"

"回家大刑伺候。"

能开玩笑，看来还不算太生气。

只是，令秦享万万想不到的是，方若诗所谓的"大刑"不是审问、不是逼供，是一盘让他欲哭无泪的凉拌折耳根。他一回家就闻到了那刺鼻的气味，弥漫在整个饭厅里。

方若诗端着饭从厨房里出来，笑眯眯地看着他："洗手吃饭。"

自从过年在伍溪尝了一根折耳根之后，秦享再也不想闻到这个味道了。四川人家家户户大啖的美食让一部分外地人避之不及，秦享就是其中之一。

今天，方若诗选的是新鲜带叶的折耳根，比起那种一节一节的白色杆状折耳根来说，味道要淡。一大盘折耳根浇上蒜水、红油、生抽、醋、花椒面和盐调出的料汁，麻辣鲜爽，开胃下饭。

秦享左挑右拣，选了最短最小的一根，迟迟下不了口。

"我坦白从宽好不好？"

方若诗挑了挑眉，温柔地诱惑："乖，吃了再说。"

见方若诗铁了心要让他吃折耳根，秦享不再做无谓的抗争，心一横眼一闭，嚼也没嚼直接咽了下去。

"遥城有卖折耳根的？"秦享喝了一大口汤，好不容易把折耳根的味道压下去。

"菜市场有个阿姨是四川人，专卖家乡菜。"

秦享坐在椅子上，没有动筷子。

方若诗偏过头来："怎么了？"

"你没有什么要问我吗？"

"哦，你想说什么？"方若诗自然明白他的意有所指。

"今天来的人叫江意芷。"

其实从秦享办公室出来之后，方若诗立马用手机查了，关键字"大提琴家 江"输入搜索栏，出来好几页内容。不费吹灰之力，那位"江小姐"的信息都被她掌握了。

"我知道。"方若诗夹了一片肉到碗里，见秦享看着她，于是放下了筷子，"江意芷，十八岁考入英国皇家音乐学院弦乐系，二十三岁研究生毕业，回国前在伦敦爱乐乐团担任大提琴首席演奏。"她觉得有点儿累，靠向椅背，"如果你是要说这些，那就不必了，网上都能查到。"

"她是我的前女友，两年前分手。"

方若诗已经猜到了，可是听他亲口说出来，还是令人有一点儿不那么愉悦的。

她舔了舔嘴唇，故作轻松道："人生规划不同那位？"

"是。"秦享捏着眉头，哭笑不得。

可是，令他更哭笑不得的事还在后面。当他进书房拿书时，书桌上放着的一本琴谱不知什么时候被翻开了，他正准备将琴谱合上放整齐，却意外瞥到了上面的一行小字。

"秦享是个大坏蛋。"

字是用铅笔写的，一看就是方若诗的杰作，多半是在他回来之前气不过随手写的。只是这行字落笔的地方让人很匪夷所思，在《圣母颂》的曲谱旁。

秦享捧着书回到卧室，一脸虔诚："我有个问题。"

吃心望享

145

"讲。"

"为什么大坏蛋要在'圣母'旁边？"他努力憋笑，仍是止不住上扬的嘴角，长睫毛轻轻颤着。

方若诗知道他看见了，她合上小说，一本正经地解释："《圣母颂》的作曲把最美好、最完善、最能给人以崇高意境的圣母形象刻画在庄重的乐思中，表现出自始至终的质朴高贵。曲调悠扬，情感浓重流畅，以虔诚和真挚深深感动人心。到今天，这首《圣母颂》早已突破它原先所要表达的宗教内容，它和人们的世俗感情联系在一起，表现出普通人的一种美好、朴实的感情和愿望。"

"功课做得不错。"秦享笑起来，脸颊抿出深深的酒窝，"可我还是不明白，请秦太太明示。"

"我听过之后，不得不承认这的确是一首不朽的世界经典名曲。可我觉得最有意思的是，整首乐曲沉静优美，没有大起大落的乐章，最后在异常的宁静中渐渐消失、结束。"

秦享点头，示意她说下去。

"我没有别的意思，我只是想说，不论那位江小姐是带着多么崇高圣洁的光芒再出现，她都已经结束了。'大坏蛋'嘛，是我随手写的，没什么特别意义，就是突然想写了。还有问题吗？"

方若诗说完，心虚地舔了舔嘴唇，一双眉眼弯弯的，在秦享眼前扑闪着。

真是越来越佩服她的聪明才智了，秦享如是想，不过……

他摊摊手，一副很无奈的样子对她说："你知道我从不担虚名，只能将'大坏蛋'三个字坐实了。"

窗外夜色浮动，方若诗的惊呼声掩在窗帘后，随之被吞没在遥遥无边的黑夜里。

第七章
腊肉烧豌豆&沉思

（1）

《黄金歌者》节目已经播出两期了，从遥城电视台的反馈来看，影响力大大超乎了所有人的预想。不仅创下同时段最高的收视率，同时也在网络上引发了观众热议。

参赛的六位大咖歌手备受欢迎，还有一位引起观众广泛关注的人就是秦享。作为节目指定的专业伴奏团队，秦享弦乐团得到了几位摄影师的一致偏爱，而作为乐团首席小提琴的秦享又格外引人注目。一场节目下来，十个捕捉歌手的镜头有一半都带着他，更不要提那些专门针对乐队的大特写了。

第一期节目结束，"秦享"两个字就爬上了微博热搜。

"谁能告诉我《黄金歌者》伴奏的乐队是哪支？！急急急！！！"

"拉小提琴的是谁？！太帅了！！！"

"腿长、颜好、技佳，老天爷赏饭吃！"

"我被他的侧颜迷得不要不要的！啊啊啊！他是谁？"

"秦享弦乐团！秦享弦乐团！秦享弦乐团！秦享！秦享！秦享！"

"知道他迟早有一天会被发现！可是他突然间上热搜了还是让我猝不及防！我的秦享啊……"

"谁在叫我老公！秦享是我老公！"

"你就像那黑夜中的萤火虫，一闪一闪的，总会被人找到！啊啊啊啊！"

"作为秦享的脑残粉,我安利了周围所有的人粉他,终于有人识得这颗明珠,我心甚慰啊!"

"老公比上次来我们学校做评委时更帅了!怎么办,我更爱他了,嘤嘤嘤!"

……

一时之间,秦享的个人信息、从业经历被各路人等挖掘出来。网友们羡慕他音乐世家的背景,佩服他在小提琴领域的惊人造诣,更令众人惊叹不已的是他年纪轻轻就已经成为国际音乐舞台上不可多得的一颗明星。

大家寻遍微博都找不到他,最后只好全都跑去关注秦享弦乐团的官方微博,直接让官博涨粉到三百多万。饶是李默和其他跟随秦享多年的搭档,早已习惯他的光芒四射,也被这突如其来的庞大粉丝群惊到了。

今天是第三期节目录制前的彩排,大家在会议室做简单的休息。有些人在刷微博,看见"秦享"二字依然盘踞在微博热搜,忍不住连连感叹。

"秦老师妥妥的吸粉利器呀!"

"几天了,微博热搜就没见下去过。"

"跟着秦享有肉吃啊!"

……

秦享在跟两个小提琴手做最后的沟通,讨论歌曲的演奏和段落安排。他只在他们说到自己的时候抬头瞥了一眼,然后就由得他们打趣玩笑,权当放松了。

因为秦享周末在工作,赋闲在家的方若诗就找了小师妹来录小视频。

"姐,给我来碗银耳汤。"小师妹头也没回地喊。

"小馋猫,活儿还没干完就想着讨吃的了。"方若诗虽然嘴上骂她,人却已经站起来去端银耳汤了。

"马上搞定，你先过一遍，我再做字幕。"

方若诗把碗放到她手边，提了提自己的想法："这次既然是应季食谱，我想做得有春天的气息，让人看了就感觉绿意盎然的。"

"姐，咱做的豌豆相当绿意盎然了，后期简洁明了最好。"小师妹敲下了最后一个保存键。

"也对，单纯追求视觉冲击不明智。"

"你的字体库有更新吗？最近出了几款新字体，很抓眼球。"小师妹咽下最后一口银耳汤，抹了抹嘴。

"我同事前两天给了我几款字体，不过不知道是不是你想要的，你自己看吧。"

视频进行到一半，肥瘦相间的腊肉丁被煸出油来，豌豆被哗啦啦倒进锅里，高汤倒进去。方若诗按下暂停，问她："你来看，豌豆倒进去这里，有点卡。"

"可能是编码格式弄错了，造成输出的视频文件超大，影响了流畅性。"

"确定吗？"方若诗有些意外她的回答，要知道小师妹拍小视频是业余爱好，可她的后期功底很强，弄错编码这种错误应该不会发生的。

"大概是吧。"小师妹摊了摊手，表示无奈，"我这个业余的毕竟不专业。"

"呃……"

"不过，我最近有个想法。"小师妹坐下来，认真说起来，"再兼修一个专业，主攻影视后期。"

方若诗很赞同，示意她继续说下去。

"算第二专业吧，到时候毕业就是双学位了。"小师妹畅想着未来，眼睛里有光。

方若诗挠了挠她的头发，道："那你可有得辛苦咯，毕竟医学生的课程不简单呀！"

"我知道，我不怕辛苦。"小师妹信誓旦旦的，"我从小跟着我爸学中医,现在在大学里也是学中医,我很希望能拓展我的专业,让我的人生有不一样的视野。"

"只要你自己做好了心理准备,我支持你。"

"说到这个我就来气!"小师妹突然就撸了袖子控诉起来,"我爸虽然没说鼎力支持我吧,但也没有阻拦,可是师兄竟然反对起来!"

"你师兄肯定是开玩笑的。"

"不可能!他说得特别认真、特别严厉。"

"他为什么反对?"

按理说,师兄就算不支持,也不见得多反对啊!

"谁知道!"小师妹努努嘴,一脸的不高兴,"他只是师伯临终托付给我爸照顾的,凭什么管我?我爸看他勤勉能干,带他习医治病,他倒好,蹬鼻子上脸管起我来了!他有什么资格?"

方若诗知道这个师兄,是小师妹父亲的师侄,来中医馆多年,一直勤奋好学,是中医传承不可多得的一棵好苗子。

当小师妹连珠炮般抱怨完之后,若诗反倒看出点眉目来,觉得很有趣。

她顺着小师妹的话,随口附和:"是呀!他哪有资格管你呢,明明过着寄人篱下、风雨飘摇的日子,还妄想像男主人管媳妇儿一样管着你!"

"哼!就是!"小师妹还在生气,没有听出若诗话里话外的意思。

"呵呵……"方若诗实在憋不住,笑出声来,"小师妹,上次我说给你介绍,你说不用了,是因为有心上人了吧?"

"你怎么知道的?"小师妹一脸惊恐地盯着她,明明自己没有承认的啊。

方若诗笑笑,不答话,继续问她:"心上人是你师兄吧?"

"谁告诉你的!"

喊,这就是承认咯。

方若诗把后期需要的文字存在了文档里，伸了个懒腰。

小师妹忙不迭地追问："若诗姐，你到底是怎么知道的？我明明没有告诉过你！"

"小妞儿，知道姐是什么人吗？"

什么人？这是什么问题，为什么突然问这个……小师妹摇摇头，觉得不对，又点了点头。

方若诗弹了弹她的额头，说："姐是过、来、人！"

到最后小师妹也没搞懂方若诗是怎么知道她喜欢师兄的，被塞了一大盒豌豆回了家。

小师妹没走多久，秦享就回来了。

秦享原以为自己会因为下午彩排的突发情况倒了胃口，没想到回家看到这盘腊肉烧豌豆时，立刻就被它青青翠翠的绿色吸引了。嫩绿的豌豆完全吸收了腊肉的香味，粉糯可口，特别下饭，他足足吃了两大碗。

方若诗没想到他这么早回家，撑着头看他吃："彩排这么快就完了，我还以为要像前两次一样到凌晨呢。"

"我提前走了。"

"嗯？"

这不像秦享的工作态度。

"现场出了点儿状况。"秦享说完，见若诗仍看着他，只好说下去，"参赛嘉宾擅自加人，要求乐器独奏。"

"这个……应该没问题吧？"

"他带的是提琴。"

"哦，跟弦乐团冲突了。"

"合同对此有约定，节目组尝试沟通，无果。"

"那怎么办？"

"临时撂挑子的事，我干不出来，但我个人退出本期录制以示抗议。"

"好棒！"方若诗拍了拍掌。

她觉得秦享处理得很好，既履行了合同，给了电视台面子，又表明了自己的态度。光是想想他披上西装走人的样子，方若诗就觉得帅炸了。

秦享挑了挑眉："无条件挺我？"

"当然！"方若诗托着腮，一脸谄媚，"这是秦先生的腔调，秦太太不遗余力支持。"

饭厅里满是豌豆的香味，萦绕在秦享和方若诗的周围。

秦享屈起食指抬起她的下巴，吻上去。带着豆香和肉香的一个吻，落在她柔软的嘴唇上，给彼此的唇舌都沾上些许春天的味道。

这尘世多美好，好到让一个高雅的小提琴家走下舞台，好到让他遇到糟心事时只想回家。

自从方若诗在网上搜过江意芷的各路信息之后，每次登上微博总会时不时收到系统的自动推荐，被动接收一些江意芷的消息。

比如说现在她只是想趁午休时间把做好的视频上传到微博，顺便浏览一下其他网友发的内容。就在方若诗下拉页面的过程中，一条关于"美女大提琴家江意芷做客微访谈，和您聊聊古典音乐和大提琴的那些事"的消息就赫然出现在眼前，嵌在她关注的人所发布的内容中间。

这已经是第几次了！

方若诗忍无可忍，再次将鼠标移到内容框右上角的"不感兴趣"上，准备点击。可她转念一想，看看又何妨。

很多关注江意芷多年的老粉丝非常活跃，在提问页面不停地刷问题。江意芷不仅人长得漂亮，专业能力强，对粉丝也格外亲和。对于专业问题见解独到，回答起网友来观点浅显易懂，遇到一些关心她业余生活和感情状况的问题，也都给出了令人信服的官方答案。不愧为大提琴女神，双商颇高。

方若诗草草浏览了几条问答，便退出了。重新进入自己的个人页面，刚刚发布的视频已经有了不少的评论和点赞。很多粉丝对她的第一条做菜视频赞不绝口，纷纷夸赞画面干净、字幕简洁、内容实用、清新脱俗。

小师妹也第一时间转发点赞，还特意在微信里求了一通表扬。

宋颂打来电话，难得的没有插科打诨，把他姐狠狠夸奖了一番，顺便问了问视频是谁做的。

"一个邻居小姑娘。"

"这技术不错呀，前期拍摄和后期剪辑都很牛呀！"

"是吧？我就说一个学中医的姑娘把视频做得这么赏心悦目已经很好了，她老妄自菲薄，觉得自己不是专业出身。"

"姐，这么努力上进的妹子你可得留给我！再怎么说我是专业后期，可以跟她切磋交流，学习一下。"

"切磋交流可以，但是把妹你就歇了吧。"

"为啥？"

"有人了，谁还等你呀！"

方若诗听见电话那头传来的哀号声，心情格外愉悦。

"不过姐，我觉得你的器材还可以更好一些，出来的画质肯定会更清晰细腻。"宋颂一说起专业来，瞬间又变回了正常人，"最近我们公司的供货商发了几款器材过来，有款便携小巧型的很适合你。"

"不要打我的主意，我没钱。"

"姐夫有钱啊！"

"他没空。"

"得，我知道他现在是红人了，我要现在出去说秦享是我姐夫都没人信！"

方若诗一边笑，一边叮嘱他："少招摇撞骗啊！"

"行了，我有分寸。"

她挂了电话一转头，看见身后的同事正在电脑上看《黄金歌者》的网络视频，切到秦享镜头时便发出"哇"的一声感叹。

方若诗默默回过头来，碰上王晓晶在隔壁桌对她挤眉弄眼，她叹了一口气：看来某人真红了。

（2）
　　秦享受邀参加业内聚会，到场嘉宾多是业界同行。他甫一现身就吸引了来自各个方向的目光，连相熟多年的老教授跟他见面，都越过了几层人墙才说上话。
　　众人在寒暄之后自动退回了自己的位置，老教授一面笑他，一面为他引荐了多位音乐界的老前辈。
　　"后生可畏啊，现在连我那个从不碰乐器的小孙女都知道秦享弦乐团了！"
　　"哈哈哈，秦享也算是为弦乐发展立了大功了！"
　　"我们老哥几个现在走出去可有面子了。"
　　"我原本想着秦享在行业内名声响亮也罢了，没想到这次参加个节目全国皆知了。哈哈哈！"
　　"各位前辈见笑了。"
　　"别谦虚，你做得很好！"
　　"要是那些华而不实的人上节目炒作，我定要骂几句的，可你啊我们都了解！"
　　"对啊！你父母跟我们是老相识，你也是我们看着长大的，现在有这样的成绩和人气，我们很欣慰啊！"
　　"这对促进弦乐发展也是很有帮助的嘛。"
　　……
　　李默本是陪秦享来参加，见几人围坐一隅相谈甚欢，便自己寻了一处小角落待着。
　　此时闲得无聊，他拿了手机出来刷微博，正好翻到小吃心的微博，刚点开最新发布的那条视频，手机就自动关机了。
　　没电了，太不是时候了。李默心里想着，默默掏出工作手机，点开微博，在搜索框直接输入"小吃心"三个字。视频很清新，内容简洁利落，是方若诗的风格。他笑了笑，抬起头打量了一眼会场，只见《I MUSIC》的主编正举着杯朝他走过来。他赶紧点了个赞，急忙起身相迎。

"李助理，好久不见。"

"主编，你好。"

秦享弦乐团与《I MUSIC》一直有合作，并且合作过程愉快，双方非常满意。李默与其多次打交道，跟主编的私交也很不错。

主编对秦享弦乐团近来在《黄金歌者》上的表现大加赞赏，顺带调侃了一番秦享在网络上引起的热议。

两人相谈甚欢，丝毫没注意到会场另一边的动静。

秦享与江意芷相对而立，旁边站着为二人牵线搭桥的音乐界前辈。

"江小姐刚刚结束伦敦爱乐乐团的工作回国，有意加入国内的乐团。我看秦享弦乐团就不错，发展快中求稳，思路清晰。我来做个中间人，怎么样？"

"多谢教授美言。我非常崇拜秦享老师，对秦享弦乐团关注已久，非常愿意加入。不知道秦老师给不给我这个机会？"江意芷一身鹅黄色的连身礼服，端着优雅矜持的微笑，即使身处觥筹交错的宴会厅，也始终如一株出淤泥而不染的莲花。

"弦乐团刚刚起步，江小姐抬爱了。"秦享一句话有礼有节，滴水不漏。

"如果江小姐加入，弦乐团的发展将如虎添翼啊！"

秦享瞥了一眼极力想促成合作的前辈，神情淡漠："前辈过誉了。"

接连两次婉拒，极力撮合的那位前辈面露尴尬，在场的人面面相觑。

"最近很多年轻乐团冒了头，我看过不了多久我们这些老头子就该退休了。"跟秦享相熟多年的老教授打起了圆场，提了其他几个在国内崭露头角的乐团，其他人对行业发展的前景聊了起来。

人基本上被引了过去，只剩江意芷孤零零地站在秦享面前。

吃心望享

155

"秦享,你就这么看不上我?"

没了其他人在场,秦享的话再不遮掩,直截了当:"弦乐团庙小,请不起江小姐这尊大神。"

"是怕你女朋友知道我吗?"江意芷挑眉看着秦享。

她的神态过于自信,秦享忍不住嗤笑了一声:"女朋友?"

"上次从你办公室离开那位,你看她的眼神,我太熟悉。"江意芷笑起来,一切尽在掌握的得意。

秦享点点头,似乎肯定了她的话。

"如果你怕引起误会,我可以亲自向她解释。"

"不必要的麻烦不值得她操心。"秦享开口,语气淡得毫无波澜。

此时,送走主编的李默终于注意到了秦享身边的人,快步朝这边走过来。

"失陪。"秦享不给江意芷再说下去的机会,朝宴会厅的侧门走去,李默跟上他的步伐,一道离开。

还没等他俩适应厅外略暗的灯光,就听见背后传来江意芷的声音:"秦享!"

"她懂你吗?"

她的问题紧追不舍,就像她此刻一意孤行的跟随。

秦享点燃一根烟,没有回答。

江意芷再次追问:"她懂你吗?"

秦享掸了掸烟灰,声音平静如水:"我不需要她懂我。"

没想到他会回答,也没想到他会这样说,前一秒还愣怔的江意芷,旋即冷笑起来。

一声低而短促的"喊",有对秦享的嘲笑,更多的是对那个仅打了一次照面的女人的讽刺,到底是怎样失败的感情才不奢望对方的懂得?

秦享没有理会她过于明显的讥笑,满不在乎地吸了口烟,说:"我就是她,她就是我。"

这句话仿佛一台水泵，抽光了江意芷身体里最后一丝力气。她靠着冰冷的墙壁，看秦享一步步离开。

秦享跟女朋友之间到底有多深的感情，她不清楚。

她只知道，她曾是那个跟秦享最亲密无间的人，她懂得他的每一个神情、每一个动作，也懂得他的每一个音符、每一段旋律，她才是能和他并肩而立的女人。原本以为他再找不到如自己一样契合的伴侣，但他的话彻底击碎了她的幻想。

他说：我和方若诗不需要对方懂得，我们就是彼此。

完全不知道自己被人隐形表白了的方若诗第二天一到办公室，就被王晓晶拖到了茶水间。

"你昨晚看微博了吗？"王晓晶看了看四周，确认没人之后悄悄问她。

"没有。"方若诗洗了杯子，准备接点儿水，"又有哪个明星结婚了？"

"不是。"

"怀孕了？"

"不是。"

"没拉窗帘被狗仔拍到恋情了？"

"都不是！"王晓晶全部否认了，指着方若诗斩钉截铁道，"是你！"

"我？"方若诗被袅袅热气熏得眯了眼，"我怎么了？"

"是你老公！"王晓晶急吼吼地掏出手机，点开了微博界面，"秦享弦乐团昨晚点赞了小吃心。"

"什么？！"方若诗不敢置信，就着她的手机往下看。

秦享弦乐团的置顶内容下赫然显示着他昨日赞过的微博。

好在方若诗很快冷静下来，她一边打开自己手机点微博，一边问王晓晶："现在微博上关注的人多吗？"

王晓晶的手抖了抖，说："多。你的粉丝数已经突破十万大关,刚发布的那条视频播放量已经超过了五十万,下面的评论'噌噌噌'地往上升。"

"啧啧啧,我辛辛苦苦经营几年还比不上秦享弦乐团一次点赞!"方若诗笑道,半分玩笑半分认真。

"你看评论,很多在猜秦享和小吃心的关系,看来你俩要被扒了。只是呀……"王晓晶看了一眼热门评论,"现在很多人都在赌你俩关系不一般。"

方若诗眨了眨眼:"我俩关系确实不一般呀。"

"嘚瑟!"王晓晶点了点她额头,"我等着你被老婆粉围攻的时候。"

方若诗回到办公室,给李默发了一条微信。据她所知,秦享弦乐团的官方微博一向由李默管理,并且只跟业内人士、机构或者是有合作的微博进行互动,出现点赞非专业人士的行为实属罕见。

很快,李默的电话就拨了过来:"是我误操作了,当成了自己的私人微博。"

"多亏你手误,我的人气涨了不少。"

"秦老师的意思是听你的,你想怎么处理?"

"不用处理呀,随便呀。网络热度也就一时,一会儿就被别的热点拱下去了。"

"现在网友们已经在扒你和秦老师的关系了。"

"随他们去吧,又不是见不得人。"

"好吧。"

方若诗本以为不过是一件不起眼的小事,没想到却被网络迅速扩散,变成了高居热搜榜第一位的实时热点。

评论的内容也从"秦享和小吃心到底是什么关系""秦享是手滑点赞还是借机公开""小提琴家和美食博主的CP萌萌哒"走向了另一个"扒皮小吃心"的极端。

方若诗坐在职工食堂里,听到周围人对微博事件的热议,有人言语笃定地断言她是个"想借机炒作自己的网红",气得她扔了筷子:"本姑娘要红,有一万种方法,用不着炒作!"

王晓晶重新递了双筷子给她:"跟他们置什么气呀!不过,我觉得事情不像我们想象中那么乐观。"

"怎么了?"

"这个事情在微信群里也传开了,就是我之前跟你说过的公司里的那个'秦享太太群',听她们在群里说,有人在网上扒出很多你和秦享互动的证据,坐实了你们在一起。"

"有什么证据?"

"你等等。"王晓晶掏出手机,翻到微信群里发布的微博截图,念道,"第一,小吃心很早就关注了秦享弦乐团;第二,小吃心在去年十二月PO过两份问卷,一份是手机的,一份是电脑版,还配文'天生一对'。那份问卷被人认出正是秦享当月接受《I MUSIC》杂志访问时回答的问题,且答案一模一样;第三,小吃心没有关注《I MUSIC》的官微,却点赞了杂志所发的一条关于秦享的微博。"

方若诗扒拉着餐盘里的米粒,一时失语。吃瓜群众果然是从不会漏掉任何一丁点儿蛛丝马迹,她不得不服。

"就算证明我和秦享在一起,也没什么呀,不过就是大众情人的幻想梦碎而已,不至于太过激动吧。"

"但是你知不知道,秦享纵横音乐界多年,有多少资深乐迷!随便爆一点他成名前的料,就够你俩受的了!"

"他没有黑料。"作为曾经搜罗过秦享资料的方若诗来说,这一点她很肯定。

"都这种时候你还不忘秀恩爱,我也是服你!"

"他真的没有。"

"完了!"王晓晶举着手机愣住了。

不知道又出了什么幺蛾子,方若诗皱眉看着她。

"资深乐迷刚刚曝出秦享曾有一个大提琴家的女友。"

"是前女友。"对于如此滞后的信息,方若诗只能翻白眼了。

"亲爱的,你最好看一眼吧,小吃心的微博已经被秦享的脑残粉攻陷了!"王晓晶咬着筷子,也觉得不可思议。

方若诗真的吃不下去了,她摸出手机,根本来不及看私信,光是评论和转发的数量就已经超出了她的接受范围。

最热门的评论已经有几万人点赞了,内容是:十八线美食网红小三上位,挤走美女大提琴家!

面对其他吃瓜群众的询问,那网友直接甩出了一张照片,上面相拥而立的人正是江意芷与秦享。相爱过往就在眼前,字里行间又有意无意地将"第三者插足导致二人感情破裂"的矛头,指向了小吃心。

如果仅仅是如同其他网友一般的揣测猜想,不会溅起多大的水花。然而,当事人江意芷的一个点赞,彻底将话题引爆。

仿佛盖棺定论一般,所有围观群众都得出了自己想要的结论:

"刚看了美女大提琴家江意芷的微博,知性温婉有气质。附上链接,戳!"

"我……我老公是瞎了眼吗?为什么放着好好的美女大提琴家不要啊?"

"天,好登对!大提琴和小提琴,配一脸啊!"

"请问小吃心哪里配得上秦享?!"

"也许,我老公只是想换一换口味,没准儿什么时候又换回去了呢!"

"呸!小三!臭不要脸!"

"只有我一个人觉得吃货老公的人设太接地气了吗?"

"高雅小提琴家VS接地气美食博主,为什么我觉得这对CP——萌萌哒!"

"美食网红做的菜看上去真让人流口水啊!"

"老公看我看我!我会做满汉全席!哦,走错场了!"

"看你拍的那条视频,全程不露脸不露声,真是符合你心机婊的作风!"

"微博散发着婊气！恶心！"

"赶紧滚吧！离秦享越远越好！因为你不配！"

……

一条条看下来，方若诗觉得自己的忍耐力明显不够用了。

是什么让这些人在素不相识的微博下撒野？！是什么让他们肆无忌惮地辱骂别人？！又是什么让他们口出恶言中伤别人的？！

王晓晶显然也看完了那些恶毒的评论，愤愤不平："一群暴民！自以为是地站在道德制高点批判别人，知不知道他们连基本的事实都没搞清楚！"

这时，方若诗的手机响了，是秦享。

（3）

方若诗直接上了36楼，耷拉着肩膀穿过长长的走廊。

李默在秦享办公室门口等她，一脸郑重的歉意。不用问，他肯定已经看过小吃心微博下的评论了。

"对不起。"平时那个阳光开朗的李助理沉着脸跟她道歉。

方若诗拍拍他的肩，笑了笑："没事儿，该道歉的不是你。"

"事情是我引起的……"

"所以就请我吃一顿大餐补偿吧！"方若诗打断他的话，推开了办公室的门。

秦享见是她进来，起身走向她。

"生气了？"他问她。

方若诗心里确实生气，但更多的是无力。她不是没见过网络暴力，她见过那些躲在网线那端的键盘侠的伎俩，但当它有一天距离如此近，近到将自己团团围住时，她还是震惊了。当一群你不认识的人冲过来对你拳脚相加时，你除了茫然之外，就只剩下对这个社会深深的失望。

她摇了摇头，投进秦享的怀抱。这是短暂的休息，她知道她还有更多的状况需要面对。

扒出她和秦享之间的特殊关系是第一步，附上秦享和江意芷的前尘往事是第二步，第三步就是比今天更具冲击力的语言暴力。

"现在有三个解决方案：一、李默本人澄清是自己工作失误造成'秦享弦乐团'的误赞；二、我本人证实你的合法身份；三、由你发布我们的结婚证。"

秦享抱着方若诗，说出了刚刚跟李默商讨的结果。

"你猜我会选哪个？"方若诗抬起头，眨着眼问他。

秦享落了一个吻在她的眉间，说："都不会选。"

"你怎么知道？！"

"你让我猜的呀。"

"没错，这三个方案我都不要，我才不要理那些人。"方若诗抠着秦享的衣领，嘟着嘴赌气。

"不委屈？"

"有委屈也不是跟他们诉说的，何况就算我想说，他们也未必要听。"

秦享紧了紧怀里的人，手掌一下一下地拍着她的背，是温柔的安慰，也是无声的支持。

事情在发酵一天之后，在第二天一早朝着更加戏剧化的方向发展了。

小吃心的粉丝们原本搞不清楚状况，好不容易理清之后，面对来势汹汹的网络暴民，除了解释、劝告之外，毫无抵抗能力。

他们说：小吃心关注秦享不过是爱美之心人皆有之。

秦享的粉丝反驳：那她为什么会引起秦享的注意？说明她骚！

他们说：她为家乡菜吆喝，从未收取半分好处。

江意芷的粉丝反驳：那她不遗余力地推广不图名、不图利，她傻啊？！

他们说：小吃心一直安分守己，认真经营自己的微博，从无逾矩行为。

秦享和江意芷的CP粉反驳：那秦享和江意芷这对璧人为何分手？她有那么无辜吗？！

……

无理取闹的程度完全超出方若诗的认知，之前以为不澄清不回应就能让热度冷下来的她显然低估了网络暴民的热情，而此时她如果再想做出回应已然错过了最佳时机。

方若诗坐在秦享车上，一路刷着微博，谁知刚到集团大楼的街口，就接到了师姐文静的电话。

师姐叮嘱若诗避开公司大门，从大楼侧门进入，秦享将车从停车场的出口开进去，堂哥已经安排了安保人员接应。

事情完全朝着不可控的方向发展，方若诗来不及思考更多，只能照师姐的吩咐行事。

走到临近公司大门的那条路上，她看到楼下围满了人。很多迷妹举着字牌高喊秦享的名字，还拉了"力挺秦享，抵制小三"的横幅，甚至有一帮粉丝面戴口罩、手拿皮掇子用力戳着印有"小吃心"的纸牌。

保安有序地排成两队，一队站在围楼粉丝的面前，保护着秦氏集团大楼；另一队为不明真相的集团员工们开出一条上班的通道。

一边是带着哭腔"秦享不要和小吃心在一起"，一边是铿锵有力的呼喊"江意芷江意芷江意芷"，两种声音传进方若诗的耳朵里，分外刺耳。

突然，有一个人冲进人群，将一架小提琴重重地摔到地上，琴弦断裂，琴身四分五裂。他大声朝楼里叫骂："秦享，渣男，脚踏两只船的贱男人！"一时间，围观粉丝的情绪被煽动到了顶点。

"渣男！渣男滚出！"

"他不是！秦享不是！"

"小吃心才是贱人！"

"不许冤枉秦享！"

"禁止道德绑架！"

……

围观粉丝的哭骂声、安保人员喝止的声音、同事的议论声和拍照声交织在一起，像是一幕荒唐、可笑的超现实主义剧目，让方若诗呆在原地。

秦享站在办公室的玻璃窗前，高高的36楼把楼下的人拉得格外模糊。

办公室内线电话响起来，李默的声音传了过来："秦老师，江意芷的电话，是否接入？"

"不接。"秦享想也没想，直接拒绝。

"她说有非常重要的事情找你，是关于'小吃心'的。"

秦享目光一闪："接进来。"

很快，听筒里出现了江意芷的声音。

秦享直截了当地问道："什么事？"

"小吃心就是我那天在你办公室见过的人吧？"

"这就是你所谓的'重要事情'？"秦享似笑非笑地问她。

"以我对你的了解，如果她只是不相干的路人甲，你早就发声明了。"江意芷胸有成竹地说。

"没别的事，我就挂了。"秦享没有时间跟她兜圈子。

"秦享，如果我在网上公布我俩的爱情故事，你说会不会感动好多人？"

"江小姐不必拿过去威胁我。"她不是秦享的秘密，只是方若诗知道的前任而已。

江意芷笑了一下，声音依然温柔如水："我只是好奇，如果网友们认为是小吃心介入了我们之间的感情，那么，大家会是什么反应呢？"

"这么看来，是你在网络上带节奏，把矛头指向小吃心的。"显然，秦享已经从她的话里得出了结论，但他还是要问个明白，"为什么？就为进我的弦乐团？"

"没错，我想加入你的弦乐团。"

"我拒绝。"秦享斩钉截铁地回答她。

"于公,以我现在的知名度加入有利于乐团的国际声誉;于私,我可以停止向外界传播我们曾经相恋的事,并且引导大众停止'小吃心是小三'的猜测。所以,不论是对乐团还是对你,都是利大于弊的。"

"那我倒想问问,放弃伦敦爱乐乐团,回国加入刚起步的小乐团,对你而言,有利吗?"

"秦享,你不用拿话激我,我知道你还在生气。"江意芷打断了秦享的话,继而说道,"当年,你认为回国发展是非常重要的机遇,而对于我来说留在伦敦进入爱乐同样是机会难得。如今我回国,也是因为看中了国内乐团良好的发展势头。"

秦享不置可否,轻笑一声:"是呀,你一向会审时度势,理应找一个更有发展潜力的乐团加入。"

"你以为我是因为想要重修旧好,所以一而再再而三地纠缠你吗?你错了!我只不过是看上了秦享弦乐团这个平台,它作为目前国内发展势头最好、最有潜力的乐团,完全可以带动我事业上的二次腾飞。"

"我还是那句话,我这里庙小,你另谋高就。"

"不惜牺牲你女朋友的名声也要拒绝我?"

"拒绝!"

秦享挂断电话,强压愤怒,打开了今天的微博热点。

楼下发生的事情还没扩散到网上,此刻占据热搜榜单的是一位自称是秦享和江意芷多年老粉的姑娘所写的长微博。她详细描述了秦享与江意芷当年如何两情相悦、相知相爱,到了"非君不嫁,非卿不娶"的地步。如今小吃心第三者插足,不仅拆散他俩,让二人感情破裂,还从中作梗让江意芷这样一位享誉国际的大提琴家无法加入秦享弦乐团,实在令人大跌眼镜。

毫无疑问,这是一份有分量的爆料,从时间到事件都无比吻合,让人深信不疑。如果说之前的言语攻击算是客气的话,这篇长微博一石激起千层浪，很多被秦享和江意芷的爱情感动的人纷纷加入到讨伐小吃心的行列中来，诋毁和谩骂在评论里激增，也让那些情绪激动的粉丝聚集到了公司楼下，为江意芷打抱不平。

秦享点燃一根烟，一口一口吸起来。文中所言几分真几分假，他再清楚不过。

的确，江意芷认识他时刚满十七岁，一个学习大提琴的懵懂少女遇到了那一年刚刚拿下柴可夫斯基小提琴大赛冠军的秦享，不用想这也是一个青春悸动的爱情故事。他和江意芷情投意合，交往多年，甚至在他成为英国皇家音乐学院最为年轻的教授的那年，江意芷也考上了该院弦乐系的研究生，从此以后，他们成为皇家音乐学院最著名的恩爱情侣。

至于分手……

秦享又点了一根烟，猩红的火点跳动着。

两年前的那个冬天，伦敦特别冷。以至于他在江意芷说出那句话时，被冻住了。

她说："秦享，我们分手吧。"

隔了很久，秦享才找回自己的声音："是因为John吗？"

本以为江意芷会否认，却不想她点头承认了："是。John能让我进爱乐乐团，你能吗？"

"我能，你相信吗？"

"我只相信我自己。"

"那你就不该跟他在一起！"

"他能让我做首席。"

"意芷，我们回国成立一个弦乐团，你做我的大提琴首席。"

"你知道的，我不想回国。"

"那我们一起留在这里。"

"秦享，你留不留在这里，我不知道，但我是一定要留下来的，不是和你。"

太冷了，嘴唇不受控制地哆嗦，秦享在努力维持镇定，他问她:"值得吗?"

"只要能成功,一切都值得。"

"即使失去我?"

江意芷有没有犹豫,秦享已经记不清了,可是她当时坚定的目光像火星一样刺痛了他。

她斩钉截铁地说:"即使失去你!"

微弱的火光慢慢燃烧到秦享的指间,烫得他一颤,从回忆中醒过来。

脑残粉围攻秦氏集团大楼的消息还是传到了网上,随着现场图片和视频的曝光,舆论的焦点再次指向小吃心。小吃心迟迟不出面做出解释,很多她的死忠粉开始动摇,甚至有人直接粉转黑。

王晓晶在公司跟她实时播报微信太太群的各种言论和观点,几乎全是踩她是小三的。小师妹也知晓了她的状况,带领同学、朋友和中医馆的师兄弟姐妹们在微博上跟人争论、辩解,连远在四川的宋颂都打来电话,为力挺她加入骂战,和网络黑子们大战,可是收效甚微。

方若诗彻底隔绝了二次元的消息,两耳不闻窗外事。秦享却没办法,他的工作计划排到了明年,跟电视台的合同也不得不履行。只是在录完《黄金歌者》后,他拒绝了多家媒体的采访。记者不死心跟了出去,却在门口被一大拨粉丝拦住了。

虽然李默事先得到消息告知了秦享,然而通往停车场的路线却让他不得不和粉丝们打了个照面。原本因为没有采访到秦享而打算放弃的记者们,此刻全都重新燃起了希望。他们知道,不论今天秦享走不走得出这栋大楼,他都必须做出回应。

"秦享,说几句吧。"

"对啊,说几句吧。"

"网上的传言到底是不是真的?"

有记者开始撺掇起来。

"江意芷是不是你的前女友？"

"你现在是和小吃心在一起吗？"

"你们现在是什么关系？"

"你们同居了吗？"

问题一个接一个，一个比一个犀利。

粉丝一边喊着"不要回答，这是他的私事"，一边又劝他"不要被小吃心那个狐狸精骗了"，场面几近失控。

最后，不得不出动了电视台的所有安保人员，才为秦享开出了一条通道去往停车场。

"秦享加油，秦享加油！"

"秦享，我们永远支持你！"

粉丝们带着哭腔的加油一声盖过一声，听在秦享的耳里却如针刺一般。他抿住嘴唇，神情凝重，悄悄朝李默使了个眼神。

秦享拉开车门坐进车里，李默将人群挡在了门外。

"各位……"他朝大家示意安静，"请保持理智，不信谣不传谣。"

"如果网上都是谣言，那秦享方面的解释呢？为什么迟迟没有给公众一个交代？"在场的记者提出了质疑。

"各位恐怕要失望了，我们从未想过解释，因为我们相信法律自会给公众一个交代。"说完，李默坐进副驾驶位，然后吩咐司机开车。

为了防止有人跟踪，秦享的车开回了秦家老宅。

难得地，秦家大伯这么晚了还没睡，望着疲惫不堪的侄子，叹了口气："大伯出面帮你打点一下，如何？"

秦磊递了杯水给秦享："公关部和法务部二十四小时待命，随时听你差遣。"

秦享靠在沙发上揉了揉眉心："不必。"

"那你打算怎么处理？"

"已经请律师在做取证工作了。"

大伯父站起来，拍了拍他的肩："别让若诗受委屈。"

一个小时之后，李默开着堂哥秦磊的车从老宅的后院驶出，在遥城的外环线兜了一大圈后，又开回到了秦家。另一边，秦家司机开着秦享大伯的车从无人蹲守的路径将秦享送回了住处。

一番折腾之后，秦享到家已是夜里十一点，方若诗没有睡，正在厨房熬樱桃酱。明亮的厨房里，方若诗浅浅的人影拓在地板上，微微晃动的炉火映出她恬静的脸庞，像是一阵暖风吹进秦享的心里。

他慢慢地走到方若诗的身后，在一明一暗的光线下抱住她，像是拥抱了一整个春天。

方若诗关了火，靠在他怀里，一下一下轻轻拍着他的胳膊。

酸酸甜甜的樱桃酱在厨房里弥漫，他们怀抱着彼此的温度，内心都是从未有过的安宁与满足。

"用来吃三明治的吗？"秦享终于抵挡不住樱桃酱诱人的香气，开口问道。

"都可以。"

"除了抹面包，还有什么吃法？"

"最简单的，也是我小时候最喜欢的，兑水喝。"

"来一杯。"

皮薄水嫩的四川樱桃是老乡阿姨特意给方若诗留的，从四川摘了立马运到遥城来。一勺樱桃酱被温水冲入杯底，一些果肉被冲开漂在水里起起伏伏。方若诗凑在杯口闻了下，酸甜可口的味道，是每个四川人春天的念想。

樱桃水送进书房时，秦享正在接电话，电脑上开着邮箱在接文件。她瞥了一眼，竟然是一份取证材料。

秦享毫不避讳，坦言之："追查IP、微博举报、律师取证都在有条不紊地进行。"

方若诗很惊讶，她以为他们已经达成了共识，不理会疯狗乱咬人，没想到秦享私下做了这么多，非常科学有序的万全之策。

"我能看看这份材料吗?"

方若诗关闭了小吃心的微博评论,刻意不再点开微博看那些令人生气的言语。秦享弦乐团的官微也暂停了更新,他们都用无声的拒绝来抵抗这场莫名其妙的网络暴力。几天时间过去了,按理说应该过了热点发酵期了,可是王晓晶和小师妹还是提醒她暂时不要理会网上的闲言碎语。

她突然有点儿好奇,除了说她是"小三""贱人""配不上小提琴家"以外,那群暴民还能作出什么妖来?

秦享把椅子让给她,自己端了樱桃水喝起来。

非常全面的材料,所有网络喷子的过激言论都被收集了起来,特别是几个颇具影响力的微博ID。

等等,这是什么?江意芷?

方若诗放大了截图,屏幕上出现了江意芷接连点赞的微博,点赞的内容是资深乐粉爆料秦享和江意芷的相爱过往。

方若诗坐不住了,她倒是想看看,一个前女友是站在什么立场来加入这场网络八卦,又是以什么观点来抨击秦享的合法妻子的。

方若诗点开几天未登录的微博,搜索到江意芷的页面,看到她点赞的提示已然不是自己刚看到的那条。最新的点赞显示:一位网友翻出她前段时间的微访谈,其中有一个问题是问她为什么放弃爱乐团回国的?她承认"是为某个人回遥城来的,被撮合与他同台合作,最后很遗憾错过了"。

对照着这个答案和江意芷回国后参加的表演安排,细心网友发现她录制的那期《黄金歌者》,秦享并未出现。从已有的画面来看,秦享弦乐团在场并有字幕介绍,可弦乐团的首席却没有一个镜头,画面里也找不到秦享的身影。

按照前几期节目组摄影师对秦享的偏爱程度来看,没理由他在场而不给镜头,并且是在"昔日旧爱今日同台"这样一个新闻爆点出现的时候。这只能说明一点,秦享当期并未参加录制。而从江意芷的话来看,并非她不愿与秦享同台,而是因为其他原因导致昔日爱侣阴错阳差无法再同台合奏。

一时之间,吃瓜群众又脑补了很多画面,并且编出一幕小吃心阻挠秦享上台演奏的戏码,以此推断出秦享的毫无原则与小吃心的贱人本性果然是"贱人配狗,天长地久"。

方若诗再大气淡定也不过是个姑娘,看到这句评论被千万人复制粘贴时,内心的震惊和愤怒让她瞬间酸了鼻子,眼泪在眼眶里打着转滚下来。

秦享洗了杯子进书房看见的就是这一幕,他那个凡事乐观淡定的妻子眼睛红红地掉着泪。他心里一紧,像是被人扼住了呼吸。

方若诗紧紧盯着屏幕,想起秦享提前结束录制回家的那晚,原来那个临时加入的独奏是江意芷,眼泪一滴滴落在屏幕上。

秦享从她手里抽走手机,解锁。江意芷的微博界面映入眼帘,最新发布的微博内容是一个音频链接,配了一句歌词"你不能真的离去,你始终在我心里,我对你仍有爱意,我对自己无能为力"。不用看评论也知道,当事人中的一员直接表态给事件定了性,这无疑又将舆论推向了另一个高潮。

秦享对女人的眼泪没什么经验,能想到的不过是搂紧她的肩膀,一点点地替她擦去泪痕。

方若诗红着眼抬起头,努力扯起嘴角来平息自己的情绪:"想不到你们曾经那么相爱。"

一句话直接把秦享给气笑了,他对她说:"若诗,你要知道,相爱的时候我是付出了真心的,分手了也就真的把爱放下了。"

"那你爱我吗?"

"我爱你"这三个字,秦享和方若诗谁也没有说出口过。

方若诗好像并不想真正得到答案,她看着秦享,泪汪汪的眼睛弯成了一条河。她问他:"你对我,也会有把爱放下的那天吗?"

秦享沉默了,他第一次在方若诗面前涌起一股无力感。

方若诗不再追问,只是噙着泪看他,一眨不眨。

她不会知道,秦享在上一段感情里曾经不止一次地说过"我爱你"，可是最后，所有爱的宣言和承诺都抵不过赤裸裸的现实。那些说出口的爱和他信以为真的"我爱你"，依然留不住他爱的人。

什么都留不住的无可奈何从过去无声无息地袭来，再加上折腾一晚实在太累，原本的好脾气都被磨光了，他蹙眉看她："你确定要我回答这种假设性命题？"说完，压着心头的怒火，走向了角落的琴架。

不是激越的曲谱，是非常舒缓宁静的乐章。方若诗觉得耳熟，打开书桌上的日程安排表，看见今日练习一栏标注的是：《沉思》。她习惯性地输入曲名搜索，很快得到了她想要的内容。

"《沉思》作为一首小提琴冥想曲，宁静起伏的旋律表现了深挚悠远的情思。"

方若诗哂笑着，慢慢走出书房，合上了门。

第八章
笋子烧牛肉&云雀

（1）

第二天一上班，方若诗就接到通知，她被派往海城出差一周，当晚七点的航班。她斟酌再三，还是给秦享发了一条微信。

因为要收拾行李，方若诗获准提前下班，路过菜市场的时候，她特意停车买了些牛肉和新鲜的笋子。虽然昨晚她跟秦享算是不欢而散，可是想到秦享在未来一周有可能天天吃外卖，她到底还是不忍心。

牛肉切大块焯去血水，再切成小块。新鲜竹笋剥皮后切小块，焯水漂洗。

方若诗从围裙里摸出手机看了一眼，发给秦享的那条微信依然没有回复。她有些泄气，把手机扔回兜里，点燃了炉火。

菜籽油烧熟，关火凉到七成热，下姜片、蒜片、花椒粒和八角、山柰，开小火炒香，再把切好的泡椒、泡姜放进锅里，下一勺豆瓣酱炒出红油。牛肉块倒进去翻炒几下，全裹上油了浇一勺白酒，"刺啦"一声酒气被挥掉了，香气不断往外冒。

这个时候，方若诗往锅里淋了两锅铲生抽，一锅铲老抽，炒匀之后加了一壶开水慢慢炖着。

她拿着锅铲，等锅里的汤水沸腾，围裙兜里的手机振动起来。

是秦享的电话。

方若诗把火调小，走出了厨房。

"刚刚在录音。"

"嗯。"
"行李收拾好了？"
"嗯。"
"去几天？"
"五天。"
"周末才回来？"
"嗯。"

听到秦享的声音，方若诗的心七上八下的，她不知道该如何面对他。

秦享显然也听出了她的勉强，叮嘱她出差注意安全，临挂电话前，他叫住她："若诗……"

"嗯？"

"我……"秦享一时竟不知说什么。

方若诗在等他说下去的空当，又回到厨房。锅已经开了，她单手把漂洗干净的竹笋捞出来铺在汤面上，均匀地撒上盐巴，盖上锅盖小火焖煮。

秦享也很快恢复了以往的干脆利落："等你回来，我们好好聊一聊。"

挂断电话，方若诗松了一口气。

接到电话之前，忐忑等待，接到电话之后又要故作淡定。有什么变得不一样了，她知道，秦享也有所察觉。好像那杯樱桃水，原本酸酸甜甜的，可是却突然被人拿去冻了起来，慢慢地开始结冰。

直到登上飞机，方若诗仍是那副怏怏的表情，打不起精神。

她说不清现在是什么感受，大概在她答应和秦享结婚的那天她并没有想到，他们有一天会相对无言，即使是在电话两端，也尴尬得让人脸红。

王晓晶见她脸色不好，递给她一颗糖："不舒服？"

"没有。"方若诗叹了口气，把糖塞进嘴里，"心情不好。"

看到王晓晶了然的神情，方若诗摇了摇头："不是网上的言论，是我和……秦享。"

"秦享？他怎么了？"

既然开了口，方若诗就没打算隐瞒，她将头一晚发生的事讲了一遍。

王晓晶含着糖，口齿不太利落，可仍然听得出她的惊讶："秦享也这样！"

方若诗撇了撇嘴，对她表现出的诧异嗤之以鼻。

"我的意思是，我男朋友有时候也这样！他们永远不明白我们的关注点在哪儿，不明白我们根本不是想得到无关紧要的答案！"

方若诗承认，男人和女人从生理构造到思维逻辑都存在很大差异，可是她被弄糊涂了。如果不是为了得到那个答案，为什么要问出来呢？

她问道："那我们想得到什么？"

"我们想得到的，不过是一个拥抱和一句我爱你。"王晓晶笃定地告诉她。

"太难了，不是吗？"方若诗笑起来，像是无奈又像是自嘲。

"可是我想象的秦享不应该是这样的！"

"你想象的他是什么样？"

"男神，高帅富，既霸道又温柔。"王晓晶终于恢复了她的花痴本性，握着手做幻想状。

"男神也是人，并没什么特殊的神力。"方若诗白了她一眼。

王晓晶认清现实，接受了，不过她还有一个非常关心的问题："最后呢？你们把问题说开了吗？"

方若诗摇了摇头。

"不会为这么点儿小事就分床睡了吧？"

"一张床，谁也没理谁。"

王晓晶一脸不屑："喊，秦享真行！"

方若诗咬碎了嘴里的糖，咬牙切齿道："是真不行吧！"

海城度假酒店作为秦氏集团近年大力打造的生态度假酒店，在试营业期间就取得了骄人的成绩。此次两人出差的目的在于体验，之后以顾客视觉完成一篇图文结合的体验文。

刚做完肩颈按摩的方若诗喝着SPA馆送来的特调热饮，舒舒服服地伸了伸胳膊。

王晓晶趴在躺椅上一副生无可恋的表情，完全没有方若诗的神清气爽，她问方若诗："早知道公司派我们来出差是体验这种让人痛不欲生的养生按摩，我打死也不来啊！"

方若诗在手机上敲着字，随手记录着体验感受。她斜了王晓晶一眼："你刚鬼哭狼嚎的样子真像被人揍了。"

"我是真觉得疼啊！公司多少人眼红我俩这次出差你知道吗？要知道是来遭这份罪，我早早地就让他们来替我了。"

"我写稿你拍照，固定搭档怎么换人？你想把我换了吧？"

"怎么可能，我就是开玩笑说着玩玩的！"王晓晶刚撑起半边身子，就感觉到肩膀上的肌肉隐隐作痛，立马又躺回去了，"上头直接下的命令，谁敢有意见啊。"

"嗯，说来也奇怪，试营业这么久了才想起上内刊出稿报进度，不是早就上媒体做宣传了吗？"

"管他呢！吃喝玩乐，这么美的差事可不是经常有的。"

正说着，方若诗接到了宋颂打来的电话。原以为可以见一面的宋颂没想到若诗在出差，愿望落了空，颇有些失望。最后，他自己想了个折中的办法，去找姐夫蹭顿饭。

方若诗没反对，由得他去了。

宋颂是绝对的行动派，即刻联系了秦享，打车去往秦氏集团。结束专辑录制的秦享刚刚回到办公室，正在确认之后的工作。

"我们跟民乐团合作音乐会的时间确定了吗？"

李默翻看记事本确认时间："月底。"

"专辑已经录完了，这之后的宣传工作要跟上。"

"已经联系了相熟的媒体进行宣传报道。"李默一边记录，一边回答,见秦享点了点头,他继续说道,"民乐团已经在微博上发布了预告,我们这边是不是也要跟上?毕竟是弦乐团和民乐团的合作专辑,一起宣传效果最好。"

"你看着办。"

"我……"李默有些为难,开口说,"因为小吃心事件,我们最近在微博停止更新了。"

秦享合上了文件夹,抬头看他:"你决定的?"

"啊?嗯……"李默刚想说这是公关策略,以无声抵抗非议。

秦享挑了挑眉:"干得不错!"

李默得到了表扬,心情大好,把接下来的策略告诉了他:"我准备把消息透露给相熟的媒体,让他们在微博和公众号上帮我们做宣传。"

确认完工作安排,李默离开了秦享的办公室。

没多久,有人敲开了办公室,透过门缝露出一张娃娃脸来:"姐夫。"

宋颂还是老样子,贫嘴耍贱,漫不经心地把出差工作讲出来:"这次主要是来看看你跟我姐,谁料到这么不巧我姐不在,只能来骚扰姐夫你了。我姐说了让你带我去搓一顿,好让我之后有力气去博物馆踩点。"

秦享用脚趾也能猜到他姐不可能说出这种话,纯属这小子瞎编,不过他还是顺嘴问了一句:"你姐真这么说?"

"那可不!我姐可疼我了,你知道的!"

果然,这话太假了。

秦享笑了笑,问他:"跟博物馆有合作?"

"嗯,给他们拍一个小型纪录片。"宋颂难得正经,认真地回答。

"播出平台呢?"

"网络。"

"这倒是提醒了我,抽时间可以给我们也做一个专题纪录,不过主题得我定。"

"行啊，我太愿意了！"

正说着，李默拨了内线电话，提醒秦享有一个约见。宋颂准备离开，被秦享拦下来："正好影音设备供应商来谈合作，你是专业人士，跟我一起去看看。"

宋颂立马狗腿地跟上："姐夫，编外人员有工资吗？"

秦享斜了他一眼，什么话都不用说，某人就识趣地噤了声。

（2）

会客室里坐着早已等候多时的供应商大片区经理，在李默推开门的那一刻便站了起来。

"这位就是供应方的闫总。"李默向秦享介绍。

"秦先生，你好。"对方立即递上自己的名片。

秦享礼节性地看了一眼，不曾想看到一个眼熟的名字。而此时，他身后的宋颂惊讶地叫出声来："闫哥？"

闫宁成这才看清来人，同样很震惊："宋颂？"

秦享回过头来，明知故问："你认识闫总？"

宋颂觉得后背有些凉，梗着脖子回答："认……认识。闫哥也是伍溪人，我们是老乡……老乡。"

闫宁成只当是工作场合，不便谈论私事，也就没补充说明他们的关系，笑着承认了。

没想到双方认识，李默瞬间轻松了不少，微笑道："原来是老乡啊，那就不必拘礼，坐下来谈吧。"

会谈过程中，秦享一直掌控着话语权，从设备到技术，问题一个一个丢出去，针针见血。闫宁成见招拆招，每个问题都回答得严谨全面。宋颂也从影音录制和后期制作等专业方面提出了问题。

双方会谈很顺利，可以用相谈甚欢来形容。可李默却感觉到秦享与往常的不同，今天的秦享打破了平时会议时的内敛沉稳，他气场全开，甚至有些咄咄逼人。说实在话，这不像他平时认识的秦老师。

会谈结束,秦享先走一步,宋颂留下来跟闫宁成寒暄。

"闫哥,我们好多年没见了。"

"是啊,你现在怎么样?在秦享弦乐团上班?"

"没有,我就是过来找我姐夫。"

"姐夫?"闫宁成下意识地重复了一遍。

"啊……那个……"宋颂意识到自己说漏了嘴,只好硬着头皮承认,"嗯。"

闫宁成不可置信地看着他:"你姐跟秦享?"

宋颂想着对面这个人也曾经被自己叫作"姐夫",突然有些不忍心,只点了点头。

闫宁成想起上次在成都偶遇方若诗时,她说的"男朋友",再看一看身后的会客室,觉得特别不可思议。可眼下,他还想到了另外一个问题,如果秦享真的是方若诗的男朋友的话,那么最近网络的热搜……

他问宋颂:"所以你在微博上力挺的'小吃心'是你姐?"

"你也看到了是不是,太可气了!那些喷子竟然造我姐的谣,我姐和姐夫不理睬他们满嘴喷粪,我可忍不了!"宋颂义愤填膺,为方若诗打抱不平。

秦享从走廊那头走了过来,看他俩还站在会客室门口闲聊,开口道:"闫总还没走?"

这逐客令太赤裸裸,连宋颂都看了过来。

"多待一会儿,跟宋颂叙叙旧。"闫宁成笑起来,人畜无害的样子。

秦享不说话,看了一眼宋颂:"如果是叙旧的话,我恐怕不敢把项目交给闫总了。"

"秦先生知道我的身份?"闫宁成看着他,眼神充满挑衅,"我是指除了合作方以外的身份。"

真是哪壶不开提哪壶!

宋颂一把拉住闫宁成的胳膊，一个劲儿地使眼色。

秦享直视他，毫不闪躲，语气却淡淡的："知道。"

"那我可以把你刚才所说的话理解成威胁吗？毕竟我们素无恩怨，能让你对我心怀芥蒂的也只有'方若诗前男友'这个身份而已。"

宋颂原本只是想来蹭个饭，没料到临到最后却要来救场，他硬着头皮打断两人的对话："那个……姐夫，我们今天吃什么？"

闫宁成知道宋颂害怕什么，可他不怕。不仅不怕，还非常得意，因为他看得出来，秦享很在意。

他看了秦享一眼："要不我带你们去个地方？若诗以前很喜欢去，每次去都必点水煮肉片和锅巴肉片，点多了又吃不完，非得让我打包回寝室，害得我每次都被寝室的兄弟笑话。"

秦享睨了他一眼，视线转到宋颂身上："回家。"

闫宁成摸了摸鼻子，继续说道："本来这次来遥城想带若诗去那儿吃饭的，谁知听宋颂说她出差了。不过没关系，我马上也要去海城，我跟她啊……真的是很有缘分。"

"的确。"秦享轻哼一声，声音平淡无奇，"孽缘也算。"

闫宁成望着他的背影，喊道："秦享，公平竞争吧。"

宋颂坐在秦享的车上，一路不敢说话，好不容易到家了，赶紧主动请缨做晚饭。秦享换好衣服，去开冰箱拿菜。

冰箱上贴着一张便笺，一看就知道是方若诗走之前留的。他这几天忙得昏天黑地，回家倒头就睡，根本没空关心冰箱。字条应该是她出差之前写的，告诉他："做了笋子烧牛肉放在冰箱里，你回家可以煮面吃，面在橱柜左起第二个抽屉里。"

语气很平淡，似乎还有些公事公办。但秦享知道，头一晚他们刚刚起了一点儿小摩擦，方若诗心里别扭。可秦享不得不承认，她默默无声的叮咛是他最眷念的温柔。

他收起字条揣进兜里，端出满满一盆笋子烧牛肉，嘴角不可抑制地扬了起来。

宋颂愁眉苦脸地走出来:"姐夫,你这儿什么也没有,今晚我们吃啥?"

秦享把密封盒递给他:"牛肉面会做吗?"

宋颂揭开盖子,高兴得吹了声口哨:"呦呵!笋子烧牛肉啊!马上就做!"他边往厨房走边问,"面在哪儿?"

"你看看橱柜左起第二个抽屉。"

"得嘞!"

宋颂把面扔进开水锅里,再把牛肉小火咕嘟热着。面条浇上笋子烧牛肉,再撒上葱花,别提多香了。

宋颂坐上饭桌,一个劲儿地问秦享:"姐夫,怎么样?是不是很美味?我的手艺不错吧!"

秦享捧着碗,慢条斯理地吃着,也不说好吃不好吃,只丢给他一句话:"比你姐差远了。"

"那你还吃得这么香!"宋颂一口面条呛在喉咙里,眼泪都快出来了。他想起今天发生的事情,试探性地问了一句,"姐夫,你真知道闫宁成吗?"

"知道。"

"我姐告诉你的?"

"嗯。"

"主动交代历史问题,我姐真是奇女子啊!"宋颂不由得称赞。见秦享又恢复了平易近人的温和气质,他又好死不死地问了一个问题,"姐夫,反正我姐不在,你跟我说实话,你到底……介不介意?"

"我说不介意你信吗?"

"信,咋不信啊!"

"没什么好介意的,"秦享吃完最后一根面,放下筷子,"人生就是不断试错才知道什么是对的。"

宋颂默默地送上了自己的大拇指。

"你洗碗吧,我订了机票去海城。"秦享说着,把钱包、手机和钥匙收进包里,"你今晚想住这儿或者酒店都行。"

"什么情况?"

"我走了,车在楼下等。"

"你是去找我姐吗?"

"你说呢?"

"你什么时候订的机票?"

"你煮面的时候。"秦享拉开门,回过头来,"另外,管好你的手机,不该通风报信的时候要学会装傻。"

宋颂看着秦享关上门,默默地放下了手上的手机。

今晚,海城的月色很美,方若诗和王晓晶把笔记本电脑搬到了阳台上,一边欣赏着无边的海景和月色,一边赶着工作。

门铃响了,王晓晶跳了起来:"啤酒到了,噢耶!"

听着玄关传来的交谈声,不像是送酒来的服务生,方若诗朝门厅望去,是楼层管家。不一会儿,王晓晶拎着两瓶啤酒和一袋子东西走了回来,调侃道:"买啤酒送海鲜,多稀奇!"

"送海鲜?"方若诗满脸问号,看了一眼外卖袋,上面硕大的两个汉字——寻鲜。

"寻鲜是海城最有名最新鲜的海鲜外卖,"王晓晶腾出一张小桌子摆好了外卖盒和啤酒,补充道,"当然咯,也是最贵的。"

见王晓晶已经拆了筷子准备吃了,方若诗急忙拦住她:"等等,到底是谁买的?别是送错了。"

"不会错的,你就放心吃吧。"王晓晶剥了一只小龙虾塞进她嘴里。

方若诗见她笃定的样子,脑子里出现了一个大胆的假设:"男朋友帮你点的?"

"呸!他那个榆木疙瘩什么时候开过窍!"王晓晶吐掉嘴里的虾壳,看了方若诗一眼,"楼层管家告诉我,是秦先生点的,请秦太太慢用。"

"秦享?"

"不然还有哪个秦先生!"王晓晶拿了只花螺,撞了撞方若诗的肩,"你不是说你俩在冷战吗?这算示好吗?"

方若诗不知道这算不算示好,如果算的话,她做的笋子烧牛肉也是吧。

她摇摇头,抽了张纸擦手,给秦享发了条微信:"海鲜收到,很美味。"

秦享的消息回得很快,不是往常高冷的一个"好"字,而是带点痞气的回复:"笑一个。"

"别以为我就这么轻易原谅你了。"话虽这样说,可方若诗还是情不自禁弯起了嘴角。

"知道是情郎送的,吃得下去了?"王晓晶一脸暧昧。

方若诗抓了一只虾塞进她嘴里:"这么多都堵不上你的嘴!"

"对了,说正事。我这边排版差不多了,你的文字部分确定了吗?"

"明天还得去做一个补充采访,添一个小内容。"

两人边聊边吃,正起劲时,又有人按门铃。

"我去开门,刚让管家叔叔拿冰块来。"王晓晶风风火火地跑去开门。

方若诗继续优哉游哉地剥虾吃,不愧是海城排名第一的海鲜外卖,卖相、味道和服务都是一流,就连挑螺肉的牙签都是精挑细选过的。不过,这倒很符合秦先生的风格。

想到这里,她不免又笑了起来。

"啊……"

一声尖叫响起。

方若诗赶忙起身冲出去,椅子被向后推倒,翻在地上,她顾不上扶,边跑边摘掉一次性手套。不知道出了什么事,王晓晶像是被吓到了,呆立在门口。

等到她跑到门前,才看清楚门外站着一个人,不是楼层管家,也不是送冰块的服务生。

长身玉立,没有半分不耐的男人,格外从容地看向她。

"秦享?!"方若诗讷讷开口,这几天在脑海里和心里翻腾过无数遍的名字,却被她叫得如此干涩艰难。

时代发展到今天,所有可以用钱买来的东西都不足为奇,就算是想要地球另一端的东西,也能马上买到。唯独,真心难求。

这是不是秦享的真心,方若诗已经来不及思考了。

在那个颀长的人影径直来到她面前时,她的心不受控制地剧烈跳动起来,沉闷的声音在胸腔回响。她仿佛又回到秦享祖露心迹说"我在追你"的那个时候,抑制不住心动。

方若诗感觉像做梦一样,眼睛直直地看着他。心如擂鼓的同时手被牵起来,她看到秦享礼貌地朝王晓晶点头,听到他说:"房间你留下,人我带走了。"

方若诗直接被秦享带进了另一间房,从走廊走过的时候,她想了无数个开场白,直到房门关上,她一句也没说出口。

秦享揽着她的肩膀,俯下身用额头轻轻去蹭她的额头,嗓音压得很低:"现在原谅我了吗?"

方若诗没有回答,她举起手来横在两人之间:"我可以先去洗手吗?"

面对她手上明显的油迹,秦享哑然失笑,放了她去洗手间。

(3)

在洗手间里,她听着水流哗啦啦的声音,感觉自己的心跳终于慢下来。不得不说,秦享的突然而至给了她很大惊喜,特别是在两人那场无谓的争执之后。

方若诗出来,秦享并不在洗手间门口。她朝落地窗望去,窗外的阳台上透着微弱的灯光,秦享背朝着房间,撑着栏杆不知道在想什么。

海城的五月已经有了一丝初夏的味道，咸湿的海风一阵阵吹过来，能闻到浪花溅起的水汽。他的身影隐在一大片黑暗中，只有指尖一点猩红的火星明灭着。

方若诗的脑海里立刻浮现出那晚秦享在书房角落里拉琴的情景，跟现在一样，也是他自己站在那里，只留给她一个孤独的背影……她一下子心软得一塌糊涂，正如她想的那样，在这个物质如此丰富的现代社会最难求的不是别的，只有真心。为了这份真心，她愿意放下婚姻生活里界限模糊的对错，不关心谁先低头，也没必要非要分出谁输谁赢。

她一步一步朝他走去，一点一点靠近他。

秦享听见脚步声，掐灭了烟头，伸手将她拉到身前，低头看了眼她搓红的手指，笑道："皮都洗掉了。"

秦享订的套房比方若诗和王晓晶的房间离海近，越来越凉的海风吹得方若诗抱住了胳膊。秦享拎起自己脱在一旁的外套，连人带衣服裹进怀里。

方若诗半靠着他，听着他从胸腔传来的声音："不关心我吃晚饭没？"

"我在冰箱里给你留了笋子烧牛肉，你没吃？"

"嗯，吃了，煮了面。"

"味道如何？"

"笋子烧牛肉好吃。"

"面不好吃吗？"

"你做的才好吃。"秦享情不自禁地吻了吻方若诗的发顶。

他不得不承认，直到此刻他空空荡荡的心才被填满。他像是重新回了家，回到那个有人气、有烟火气的家，他的心不再叮叮当当七上八下，有了着落。

"海鲜好吃吗？"秦享摩挲着方若诗的脸庞，问道。

"很新鲜，不错。"

"真的吗？"他捏了捏方若诗的耳垂，力道温柔。

方若诗抬起头来，抿着嘴唇的样子映进他的眼帘。

他捧起她的脸，俯下头去，声音清明，却又极尽诱惑："我尝一尝。"

海鲜微咸的腥味夹杂着啤酒微涩的小麦发酵味道，被秦享的舌尖卷起来，辗转在齿间唇瓣。

秦享吻得不疾不徐，所有的温柔化在唇齿间，一点一点将方若诗吻得无力招架，软在他的怀里。很快，外套从方若诗的肩头滑落，秦享大掌一托直接将人抱了起来，长腿一迈进了卧室。

卧室没开灯，一片漆黑。秦享准确找到了方若诗的连衣裙拉链，从后背一拉而下，光洁的肌肤在黑暗中泛起一片柔和白光。

方若诗感觉到秦享的手从她的后颈一路向下，沿着脊柱的线条滑过，他指尖的温热扫过皮肤，让她浑身一激灵。她拉住秦享的衣袖，示意他停下来。

"嗯？"

黑暗中，秦享的眼睛格外明亮，胜过窗外的繁星。

方若诗搂住快要滑落的裙子，轻声道："我……这几天，不太方便……"

秦享的手顿住了，随后是一声无奈的轻笑，他拍拍方若诗的后背，什么也没说。

方若诗飞也似的跑进了浴室，在哗啦哗啦的流水声中，她仿佛还能听见秦享似有若无的笑声。

等她冲洗完毕裹好浴袍才发现，换洗的内衣和卫生棉都还在原来的房间，她急得抓头发。

"咚！咚！咚！"

秦享敲门，旋开门锁，递进来一个小包，里面装的正是方若诗急需之物。

方若诗眼疾手快地接过来，再把门关上，一边换一边问："你去拿的？"

"你同事送来的，还有手机。"

"哦。"

"她还跟我说了一句话。"

"什么？"

"她说'秦老师，委屈你了'。"秦享把王晓晶的话一字不差地复述了一遍。

方若诗咬牙切齿，她拉开门，气呼呼道："王晓晶她完了！"

"那你呢？"秦享挑眉看她。

"我怎么了？"

"生理期吃海鲜喝啤酒嚼冰块，痛快吗？"秦享问得轻描淡写，语气却让人不寒而栗。

"我没有嚼冰块……就喝了一小口啤酒。"方若诗小声地辩解，"还有，海鲜不是你点的吗？"

"我要是知道的话，你连海风都闻不到。"

"对哦，你不知道。"方若诗低下了头，连带她湿漉漉的头发也垂了下来。

秦享知道她的小心思，她在意的是他没记住她的生理期，这的确怪自己疏忽了。他揉了揉她的头发，转身端了一杯水过来。

"喝了吧，会舒服一点儿。"

杯子很烫，腾腾冒着热气，一股子姜味。方若诗喝了一口，是红糖姜水。

"哪里来的？"

"让管家准备的，喝完。"

姜的辛辣混合了红糖的甜腻，让她的心又暖起来。

是啊，有哪个男人会记得这些细枝末节的琐碎呢？秦享这个丈夫已经做得够好了。

她踮起脚，亲了亲他："谢谢你，老公。"

这一晚，秦享搂着方若诗聊了很多，谁也没有再提那晚的争执，当然，方若诗也没有追问她想要的答案。

"我爱你"和"一辈子"，谁都没有说。

他们知道，一辈子太长，谁都不敢保证，索性不去触碰，毕竟当下的每一天才最真实。

第二天一早，方若诗回房换衣服。王晓晶赖在被窝里玩手机，看见她回来，立马装可怜："你眼里还有我吗？你眼里还有我们这个家吗？你知道我一个人独守空房有多孤独多寂寞吗？"

"噗……"方若诗实在无语，不知她又看了什么脑残电视剧。

"喊，你还笑，饱汉不知饿汉饥！"

"谁是饱汉子？"方若诗拎着连衣裙扔进洗衣篮里，"你忘记给我送姨妈巾的事了吗？"

王晓晶扔了手机，笑得前仰后合："我怎么忘了这茬儿呢！你的大姨妈来得太是时候了。"

方若诗换好衣服，装好录音笔、笔记本电脑和笔开了门，身后是王晓晶肆无忌惮的笑声："替我约秦老师，我们三个饥汉子今晚一起喝一杯。"

"他中午的飞机。再见！"

若诗的体验稿已经基本完成，还差最后一个大堂随访。她在大堂经理的陪同下随机采访了几位登记入住的客人，拿到了自己想要的材料，便准备回房。

"方若诗！"有人叫她的名字。

真不知该说巧还是不巧了，走过来的是她最不想碰见的人——闫宁成。

"若诗，你也来这里出差吗？真是太巧了。"

方若诗点头："我还有工作要忙，先走了。"

方若诗避走的态度太过明显，闫宁成不得不拦下她："若诗，等等，可否借一步说话。"

"不方便。"

"跟秦享有关。"

"秦享？你知道他？"

"秦享弦乐团是我们公司的意向性客户。"闫宁成示意方若诗跟他到酒店大堂后的花园，两人在小道旁站定，他才继续说道，"很抱歉我刚得知网上关于你们的言论，需要我帮忙吗？"

"不必了。"方若诗想也没想直接拒绝。

"我有办法消除网上对你的不利言论。"

"我不需要。"

闫宁成没想到她会拒绝，反问一句："你就这么不在乎自己的名声？"

"我丈夫会处理。"

"你丈夫？"闫宁成看着方若诗，显然他需要时间来消化她的话。然而不过三五秒，他就立刻笑了起来，"你是说秦享？他是你丈夫？若诗，不要骗我了，如果你还在生我的气，我可以将功补过的。我们复合，立刻订婚，这样就没有人会骂你是小三了！"

"闫宁成，你疯了吗？"方若诗脱口而出，不可置信地盯着他，"你到底是什么逻辑？我和秦享是合法夫妻，你一个前男友有什么资格来插手我的事？况且，我现在已经被人误会是小三了，再跟前任纠缠不清，你是想让我再背上'婚内出轨'的骂名吗？"

"你们要真结婚了，为什么不立刻澄清？为什么秦享到现在还没有站出来表态？他什么时候才能让那些人闭嘴？"

闫宁成一连串的问题令方若诗噤了声，她不知道从何说起，也不想跟他解释。

"若诗，我承认当初是我对你关心太少，又跟同事搞暧昧……总之，你打我、骂我，都可以，但是，请你给我一次机会，秦享能给你的，我也一样能给你。不要再说'你和他结婚'这种谎话了，我不信。"

方若诗觉得他此刻的样子特别滑稽，冷冷地笑了一声，不再开口。她今天穿了一双米白色的帆布鞋，不知什么时候鞋带散开了，搭在地上的那段蹭上了灰。她弯下腰去想把鞋带重新绑上，闫宁成却先她一步蹲了下去。

方若诗急忙拦住他，却拗不过他的劲，脚腕被他大力钳制住，动弹不得。

远远地，通往大堂的玻璃门后，有两个姑娘看到这一幕，惊呼出声。

"哇！是要求婚吗？"

"肯定是！男生半跪着的样子好虔诚啊！"

"你看他的眼神，又紧张又迫切，好有爱呀！"

"好想说'我愿意'！"

……

秦享来找方若诗，远远就瞧见花园小径上站着的两个人。他摸出一根烟来，还没点燃就看到了禁烟标志，又把烟塞回烟盒，不小心折断了，索性将烟捏成一团。

他瞥了一眼，闫宁成仍然半跪在地上，右膝盖磕在小道镶嵌的鹅卵石上。

秦享索性将烟直接扔进垃圾桶，拉开了通往花园的玻璃门。

他走得很快，脚步迈得又大又急，几步就来到了他们的面前。他一把拉开方若诗，顺着力道将人裹进怀里。

他居高临下地看着闫宁成，冷声笑道："闫总，真巧呀！"

"秦先生也来了……"闫宁成拍拍裤脚站起来，笑容挑衅，"正好，我来讲个故事。"

他在回忆，声音不疾不徐："我和若诗大学时经常光顾的一家面馆总是有一对老夫妻在，他们很穷，只点一碗面分着吃，可每次老婆婆都把面夹给老爷爷，自己喝面汤。那个时候我就跟若诗发誓，如果有一天我们也变得那么穷，我愿意做那个把面留给她吃，自己喝汤的人。"

他抬起头来，眼里有光："若诗，你还记得吗？"

"没印象了。"方若诗的回答平静如水，没有一丝波澜。

"你记得也好，忘了也罢，现在我还没穷到那地步，自然不必让你受苦。这场网络风波闹得够长了，秦先生没办法解决，我替你摆平。"

的确，这次网络暴力的威力太大，传播速度之快、覆盖面之广，恐怕早已超出了常人的想象。即使方若诗屏蔽了微博，仍然有人把"小吃心"当作茶余饭后的谈资。好在她父母常年跑野外没办法上网，不然的话还不知道会有多伤心愤怒。

闫宁成还在说个不停，方若诗却一句也听不进去，她只是觉得吵，像是手机里那首小提琴曲《云雀》，叽叽喳喳吵个没完。

他说得她脑仁儿疼，实在疲于应付，扯了扯秦享的衣角："我们回房间吧。"

秦享点点头，搂着她迅速转身。

闫宁成的声音从背后传来："方若诗，你就不能自爱一点吗？"

秦享退回一步，一拳打过去。

闫宁成被打得向后仰去，好不容易稳住身体，他擦了擦酸痛的嘴角："秦享，你这算什么？"

"我不喜欢有人诋毁我太太。"秦享吁了口气，轻描淡写得仿佛刚刚挥拳的另有他人。

"哦？是吗？"闫宁成笑起来，指着秦享，"那网上那么多诋毁谩骂，你为什么置之不理？"

"我和我太太的事不必跟你一个外人讨论。"

"你和你太太？若诗，你真跟他结婚了？"闫宁成远远望着方若诗，期望从她眼里看到哪怕一丝躲闪。

方若诗一边走回秦享身边，一边点开了手机。她找出随手拍的结婚证照片，递到闫宁成的眼前。

她瞥了他一眼，眼神淡淡的，没有丝毫的留恋和感情。她用平静得不能再平静的声音告诉他："朱砂痣也好，白月光也罢，闫宁成，各走各的吧。"

结婚证上两个人的名字赫然在列，闫宁成终于相信了——他们结婚了！

原来，宋颂的欲言又止和秦享的桀骜嚣张，都是因为这个事实！他还想跟秦享公平竞争，简直可笑！不仅被打了脸，还被现场看了笑话，心里怎么咽得下这口气！

想着想着，闫宁成攥紧了拳头，对着两人的背影在心里发狠道：既然你秦享那么有信心保护好自己的女人，那我倒要看看，如果再加一剂猛料，你还能不能护得住！

（4）

回到房间，方若诗扫了一眼挂钟："时间差不多了，你收拾好了吗？"

"嗯。"

"走吧，我送你去机场。"

秦享意味深长地看着她："你怪我吗？"

"为什么突然这样问？"方若诗在房间里走来走去，正检查有没有遗漏物品，听到他的话，停住了脚步。

"闫宁成说得对，我没有保护好你，甚至在谣言四起的时候没有及时现身支持。作为丈夫，我做得太差了。"

方若诗挽住他的胳膊，仰头看他："不去理会那些胡说八道的人，本来就是我的意思，你只是尊重了我的决定。"

秦享扯起嘴角，露出一抹苦笑："没有魄力，不够坚决，害你被诋毁谩骂，我甚至还比不上闫宁成。"

想来闫宁成方才的一番话不是对他毫无触动的，方若诗叹了一口气："闫宁成只是一个小插曲，跟江意芷一样，不值一提。"

秦享摸出烟盒，讪笑一声："如果不值一提，那你就不会因为江意芷跟我吵架。"

若诗钩着他胳膊太久，手有些酸了，索性松开他坐下来。她看着秦享，揉了揉鼻子："我承认，我很矛盾。一方面，我特别想知道你们是怎样认识的，又是如何相爱，因为什么分手；可另一方面，我也特别害怕知道，你曾经付出过怎样的爱与深情……"

"所以我才请堂哥特意派了出差的任务给你，"秦享俊朗的眉峰蹙成一团，可语气却依然毫无波澜，"因为我觉得你我正好趁这段时间好好冷静一下。"

方若诗和王晓晶讨论过,为什么海城度假酒店会在结束试营业后需要写一篇深度体验文?然而试营业的骄人成绩和良好口碑完全不值得多此一举,更何况此次出差的内容实在可以用"吃喝玩乐"四个字来概括,名副其实的"美差"。

而在出差之前,她和秦享刚刚因为江意芷引导的网络舆论吵了一架。所以,秦享的意思是……他特意安排她出差,给她换个环境换个心情?

如果是秦享的安排,那么这一趟美差能落到她头上,就一切都解释得通了。

方若诗抬起头,一言不发地看着秦享。过了许久,她才开口问他:"那你又为什么来找我呢?"

秦享手里握着烟盒,不停地打开合上、合上打开,最后终于抽出一根烟来,点燃。

他不知道该如何向她解释,他火急火燎地赶来见她的原因,不过是因为听到闫宁成说的那句"他会来海城"。他描述不出自己是什么感觉,但他知道自己很不喜欢,更不愿意他们两个人碰面。

方若诗是他的妻子,没道理让另一个男人虎视眈眈。他心里有气,但这能怪若诗吗?好像不能吧……或许,就跟若诗反复追问他"你爱不爱我"一样,他和她的内心深处都在渴望一份真正有安全感的爱情。

秦享夹着烟,从灰白色的烟雾中抬起头来:"若诗,不是只有说出来的才是爱。你问我爱不爱你,我想了很多也做了很多,你感受到了吗?"

没等方若诗回答,秦享的手机就在这一刻不合时宜地响了起来,他接起来,电话那头是声如洪钟的老教授。打电话来是约他明晚参加一个业内的小型聚餐,知道他不喜欢出席这种场合,攒了很多说辞来劝他。谁知秦享一反常态,一口答应下来。老教授再三确认,甚至特意说出了一个参与者的名字,秦享的答复仍然是"没有问题"。

电话声音很大,方若诗都听见了,特别是"江意芷"三个字。她不死心,在秦享挂断电话后跟他确认:"你要参加一个有江意芷出席的宴会?"

"是。"

以方若诗对秦享的了解,他不是一个不计后果冲动做事的人,特别是在眼下,他们两人的关系再次陷入僵局的情况下。

她不可置信地看着他:"秦享,这就是你所谓的'做了很多'?"

"业内聚会,有没有她,我都要参加。"秦享说得轻描淡写,口气却是公事公办。

"如果我说我不同意呢?你还去吗?"

"嗯。"

方若诗已经不知道该如何控制自己的情绪了,她反复追问:"你和前女友一起参加聚会是想说明什么?因为我刚刚跟前男友碰过面,以牙还牙?"

"这只是工作,我不想说明什么,也没有报复的意思。当然……"秦享抬眼看她,表情是前所未有的冷静严肃,"我也不会让你听到前任说什么'公平竞争'的鬼话!"

方若诗皱眉:"你在影射什么?闫宁成去找你了?"

秦享瞥她一眼,嘴巴闭得紧紧的。

"好,很好。"方若诗算是被他点着了,心里的想法脱口而出,"你说你想了很多也做了很多,那你倒是说出来呀!"

秦享抬脚就走,根本来不及看方若诗的表情,也不敢看。

他越是沉默,方若诗越是来气,狠话也不过脑子往外飚:"你没有必要来海城一趟,你做得再多,如果你不肯说一句话,我仍然猜不到你心里的想法。"

"那你呢?"秦享在门边停下来,头也没回,语气冷冰冰的没有一丝温度,"'我爱你'这三个字你说过吗?"

"咔嗒"一声,门轻轻关上,只余几缕烟味在房间盘旋。

方若诗呆立在房间中央，一动不动，直到两只脚都站不住了才慢慢蹲下身去跌坐在地毯上，双手抱住膝盖，埋下了头。

从认识秦享以来，所有的点点滴滴像放电影一样一帧一帧从脑海里闪过。她记起秦享在结婚前曾经说过，他想要稳定的家庭和温馨的生活。

家……只需要一个家吗？

如果秦享要的仅仅只是一个家而已，那他憧憬的爱情是什么？期盼的婚姻是什么？他和她的结合又算什么？

窗外是明媚的阳光，大剌剌地射在落地窗上。方若诗红着眼看向窗外，玻璃上映出的那张脸明明在笑，却比哭还难看。

秦享离开海城没几天，方若诗和王晓晶也回到了遥城。不知是刻意回避还是工作繁忙，自方若诗回家后，秦享不是在录音室录音就是在电视台录《黄金歌者》，忙得根本没时间回家。

方若诗也没跟他联系，每天上班工作，下班拖着王晓晶去吃饭逛街看电影，完全恢复了单身生活。

连王晓晶都察觉出了异样，忍不住在晚饭时问她："你和秦老师……吵架了？"

"嗯。"

本来只是试探一下，没想到却得到了肯定答复，王晓晶一时之间竟不知如何接话。

方若诗咽下嘴里的菜，警告她："不准劝我，不准安慰我，不准替他说好话。"

王晓晶被堵得哑口无言，皱眉看她："那你想干吗？"

"不想给自己添堵。"

"秦享他……"

"嘘……"方若诗朝她竖了竖食指，"不提他。"

"你俩真吵架了？不是千里追妻到海城，又是点外卖又是送上门的，这刚回来出什么事了？"

方若诗抿了一口酒,啧啧道:"你说,婚姻是什么?"
"真出问题了?"
方若诗摇头苦笑。
"别呀,你俩可是金童玉女、郎才女貌,绝对的良配呀!你们要过不好,我再也不相信爱情了!"
"爱情?"方若诗隔着玻璃杯看王晓晶,"爱情又是什么?"
王晓晶急了,撤掉她手里的酒杯,问她:"若诗,你别吓我呀!这可开不得玩笑!"
"我爱你……这三个字,好难说出口的,对吧?我说不出,他也说不出,谁也开不了口……"
"若诗,你是不是醉了?"王晓晶晃了晃她的胳膊。
"是呀,我醉了。"
"我送你回家,好吗?"
"家?回家……"
在方若诗跟王晓晶举杯消愁的晚上,谁也不会想到新的爆料又来了,连日来寂静无声的微博被打破宁静。
ID为"宁愿成全"的网友自称是"小吃心"的前男友,在微博上连发三条内容自曝往事,并透露多条线索指使网友扒皮"小吃心"。
第一条:"想不到我的前女友能在网上掀起如此大的风浪,以往真是小看她了。不过从分手不到半年就另结新欢这点来看,她果真没令人失望。"
第二条:"我们是和平分手,按理说再见亦是朋友。而最近几次偶遇她对我都是一副唯恐避之不及的态度,当时不知缘由,如今看来,当小三实在不是什么值得跟前男友炫耀的好事。"
第三条:"你们说我是新注册账号来蹭热度的,那我就爆一条更实际的。小吃心遥大毕业后进入秦氏集团工作,又搭上了秦享这位公子哥,正所谓'大树底下好乘凉',她能捞到多少好处不必我多说,大家都是明眼人。至于小吃心到底是谁,我透露的信息已经够多了，相信各位关注秦享的福尔摩斯一定能猜到。"

网友"宁愿成全"被送上热搜，紧跟着的是一堆所谓的知情人爆料。

"其实小吃心当年脚踏两只船，找好秦享这个下家之后立马蹬了前男友。"

"当年这两位在我们学校可真算得上是一对璧人啊！"

"校友！我也曾听过这两位的爱情故事，现在看来真是无限唏嘘。"

"我……哥们儿，你可真能忍！"

"求手撕贱人！"

"如果真的如你所说，小吃心和秦享在一起，那我只有祝他们：婊子配狗，天长地久！"

……

秦享的办公室灯火通明，他手指夹着烟一下一下点鼠标，没有丝毫怒气和不耐。李默坐在他对面，默默冒了一后背的冷汗。

"查到是谁了吗？"秦享弹了弹烟灰。

"还没有。"李默的额头也开始滴汗了。

"对了，设备供应商那边……"

"按你的意思，已经通知对方合作案未通过了。"

秦享按灭了烟蒂，敲了敲桌子："那就不用查了，给闫总去个电话。"

"哪个闫总？"

"闫宁成。"

"他？他……是他发的？他跟若诗……"

秦享不再说话，李默震惊得忘记了拨号。

"如果他不删掉微博，就……"秦享顿了顿，显然在思考这个可能性。

对于一个刚丢掉大客户的乙方来说，闫宁成气不过做出诋毁前女友的事也不足为奇，毕竟伤害若诗是对秦享最直接的报复手段。李默替他捏了把冷汗，补充道："让他等着收律师函。"

"没有律师函，直接收法院传票吧。"

……

说好的套路呢？

前男友作妖，没人拦得住，但闫宁成并非全盘皆赢，很多理智尚存的网友纷纷谴责他爆料前任的渣男行为。网上的留言很多，骂"小吃心"的仍然大有人在，却不再是一边倒的形势了。

秦享点燃一根烟，慢条斯理地刷网友评论，被手机铃声打断。

来电显示是方若诗。

他咬着烟盯着屏幕，铃声执着地响着，丝毫没有挂断的意思。

他接起来，电话那头传来的声音却不是若诗。

"秦老师你好，我是若诗的同事王晓晶，她喝醉了，可以麻烦你来接她回家吗？"

第九章
白水糯玉米&夏日玫瑰

（1）

当秦享赶到小饭店时，方若诗已经趴在了桌子上，眼神迷茫地看着他走近，眼皮一张一合。

秦享扫了一眼饭桌，两个空啤酒瓶立在桌上。

王晓晶赶忙拿了一瓶到自己面前："我喝的。"

"一瓶？"

王晓晶抱着瓶子猛点头："若诗就喝了一瓶。"

"她酒量变小了？"

"嗯嗯嗯，她不怎么能喝。"

秦享瞥了王晓晶一眼，不再说话，扛起方若诗就走。

王晓晶赶紧拎包跟上，直到秦享把方若诗放进车的后座，她才挥手道别。

"送你一程。"秦享拉开车门，绅士礼貌。

"不用麻烦了，我预约了专车。"王晓晶迅速离开了，一面小跑一面腹诽：谁敢坐你的车呀，低气压憋死人！

秦享也不勉强她，直接开车回家。

从地下车库将沉沉昏睡的方若诗抱回家，给她脱掉鞋袜，拉上薄被，秦享愣是折腾出一身汗来。

他扯出衬衣下摆，坐在床沿侧头看过去。原本以为已经睡熟的人望着他，而刚刚还醉意蒙眬的眼睛里一片清明。

他不知道她是刚刚醒了，还是一直没醉，好脾气地问她："为什么喝酒?"

秦享幽黑的眼眸犹如一汪深潭,睫毛根根分明立在方若诗眼前。没有等到答案,他撑着胳膊逼近她,声音压得极低,仿若耳语:"因为我?"

"我们改天再讨论,行吗?"方若诗蹙起眉头,一小团皱起的皮肤无精打采地堆在眉间。

"嗯?"

"头疼。"

"头疼还喝酒?"

方若诗拽住他的衣领,将他拉得更近:"你让我很头疼。"

秦享拂开她的手:"是吗?"

"嘘……"方若诗竖起食指,压在秦享唇上,弯着眉眼笑了。

由于两人的刻意回避,他们已经很多天没见面了,而她这一笑,像是一束光照进秦享的心里。

他想:就这样吧,她赢了。

秦享不但舍不得怪她,还没法对她耍狠卖凶。她一笑,他立刻毫无原则地缴械投降。

他推开方若诗的食指,捏着她的下巴吻上去。他吻得很急,比以往任何一次的亲吻都来得猛烈,伴随着彼此急促的呼吸,他扯开了若诗的T恤。吻一寸一寸地向下移,在她的皮肤上印上一个又一个红印。

方若诗双腿钩住他的腰,单手搂住他的脖子,另一只手伸向了他的衬衣纽扣。她笑着舔嘴唇,嘴角眉梢尽是妩媚。

窗帘被风吹动,"沙沙沙"的细碎声响挠得人心痒痒的。

秦享的情动被方若诗看在眼里,她享受其中,却又不甘心就这样便宜了他。

正当她在心里盘算起小九九时,不知为什么胃里一阵翻腾。若诗连忙把头扭向一边,捂着嘴干呕起来。

秦享不明就里:"嗯?"

方若诗一把推开他，冲进了洗手间，趴在洗手池边呕起来。

秦享急急忙忙跟过去，见她不停反胃，呕出很多酸水来，拿手一下地抚着她的后背："胃里难受？"

若诗大口大口喝水漱口，轻轻地"嗯"了声。

"我给你泡杯蜂蜜水。"

看着衣衫不整的秦享走去厨房，方若诗心里五味杂陈。

秦享的担心、关切和体贴，她全看得出来，都是真的，绝不是装样子。而她对他的牵肠挂肚、心心念念也都不是假象。

可是，他们之间有爱吗？如果这些全都是爱，为什么秦享和她谁也说不出口？还是如秦享说的那样，他们只是对"想要一个家庭"有共识，他们只是彼此合适？

她看着手捧热茶的秦享折返回来，开口叫他："秦享。"

秦享把杯子递到她手中，目光顺着热气蒸腾而上。

方若诗舔了舔嘴角，问他："我们相爱吗？"

秦享目光落在她的脸上，一眨不眨地看着她："你觉得呢？"

"你爱我的，对吗？"方若诗眼睛一眨不眨地盯着秦享，生怕漏掉他任何一个微小的表情，她像是要给自己打气，轻声道，"是吧？"

"我有那么多选择，干吗非要跟一个不爱的人结婚呢？"秦享向洗手间走去，皱巴巴的衬衣被他随手脱掉，他边笑边摇了摇头，"傻姑娘。"

声音轻到几不可闻。

方若诗早猜到头一晚秦享来接她的事会被王晓晶八卦，虽然早做好了心理准备，可是真的被王晓晶挽着胳膊小声耳语时，还是被王晓晶碎碎念得耳朵疼。

两人要到楼下客服部去拍几张照片，往电梯走的时候，王晓晶一脸花痴地回忆起昨晚的情景来："我给秦享打电话，他二话没说就来接你，抱你上车的样子Man到爆啊！"

方若诗戳了戳她越靠越近的头,挠了挠耳朵:"我知道。"

"那……你们把问题解决了吗?"

"没有。"

"这么好的机会你不把握?"王晓晶不可思议地看着她,"或者我换一种问法,你大醉一场是为什么?"

方若诗翻了翻笔记本,确认了等会儿要落实的几个问题,淡淡地回:"没醉。"

"没醉?你是装的?"

"不算装,头疼。"她边走边拿笔在本子上写了几笔。

"你这是演的哪一出?"王晓晶恨铁不成钢地叹,"你昨晚那么伤心,我还以为你要借着酒劲收拾他呢,结果什么都没搞定,你真是……唉,不知道说你什么!"

"也不算什么都没搞定吧……"

"那你们搞了什么?"刚一问完,王晓晶就捂住了嘴,"不用说了,我懂了……"

"什么呀,你就懂了!"

"这么明显,我还有什么不懂的。什么事能让你欲言又止,不就那点儿事情吗?!"

"还真不是,至少不全是……"

"那就是搞了,没搞定!"王晓晶摊了摊手,"不还是没解决吗?"

"很好解决的……"方若诗捏着笔,狠狠戳了戳笔记本,"他让我难过,我就让他的小兄弟不好过!"

"……"

人妻果然厉害!晓晶默默竖起大拇指。

"叮!"

电梯门正好打开,两人刚要抬脚,就看见了轿厢里的人——秦享和李默。

"若诗?快进来!"李默扬手招呼她们。

王晓晶撞了撞方若诗，神色暧昧不明。

方若诗觑一眼角落里的人，秦享双手揣在裤兜里，不动声色地回望她。

王晓晶拉着她快步走进去，若无其事地跟秦享打了个招呼："秦老师、李助理，你们好。"

秦享朝她点了点头，没说话。

李默指了指数字键问："你们去几楼？"

"17楼，谢谢。"

王晓晶笑呵呵地道了谢，朝李默身边挪了两步。

方若诗背朝秦享，丝毫没有靠过去的意思。在昨晚那样的坦诚相见却无任何实质进展的亲密行为之后，本来已经十分尴尬了，她还好死不死地问了一个在秦享看来傻得可笑的问题，这下彻底见不了人了。

她低下头，盯着自己的鞋尖，默默数着楼层数。

李默叫住她，打破了尴尬的局面："若诗，你喝酒怎么不叫上我啊？"

言语间的玩笑谁都能听出来，可方若诗一门心思都在思考她和秦享的事，哪有心思搭理他。

李默见她没有像往常一样打趣玩闹，以为她不好意思，连忙补了一句："秦老师一接到电话听说你醉了，立马冲出办公室，烟都来不及灭……"

"闭嘴。"秦享终于开口截断了他的话。

李默看了看他的老板，又看了眼他的老板娘，硬着头皮把后半句说完了："生生把文件烧了一个洞……"

方若诗转过头来看秦享，试图从他脸上看出一分一毫的情绪。

秦享睫毛颤了颤，避开她的目光，视线落在电梯里不停改变的数字，说了声："到了。"

"叮！"

果然，17楼到了。

这算什么？死傲娇！
方若诗踩着高跟鞋走出了电梯。

一走进客服部，刚刚还热火朝天的办公室突然降至冰点，所有人的目光都向她们投了过来。气氛发生了微妙的变化，方若诗和王晓晶明显感觉到了，她们对视一眼，很有默契地敛了笑容。

王晓晶把相机塞给若诗，压低声音说道："太诡异了，我上太太群看一眼。"

方若诗心不在焉，随便拍了几张照片，便跟着去了安全通道。

楼梯间安静得可怕，除了手机按键的声音，只听得见她俩的呼吸声。

微博上的"前男友爆料""遥大毕业""搭上秦享"，单单是这三个关键词就足够让方若诗心中一紧，她的腿开始发抖，用手撑住墙才勉强站住。

"'宁愿成全'是谁？之前和你分手的那个？"王晓晶眼角的余光瞄到脸色越来越阴沉的方若诗，赶紧过来扶她，"你别怕，看我帮你骂回去！"

方若诗一把按住王晓晶的手，把王晓晶的手机抽出来。宽大的手机屏亮着光，微信群的对话被方若诗一字一句看了去。

她蹲下身来，翻来覆去看那些刺眼的对话，像是被一把把利剑狠狠插中心窝。

"方若诗？！内刊组的方若诗！！！"

"她就是遥大毕业的，前段时间不是被派去对接秦享弦乐团的工作了吗？"

"真的是她？！"

"怪不得秦享钦点她去呢，我就说哪有那么凑巧的事！"

"听说当时她请假不在公司，秦享挑来挑去偏偏选到她这个没来的人，太反常了！"

"当了秦享的二奶呀，一切都说得通咯。"

"说是对接弦乐团的宣传工作,谁知道干了些什么呢!"

"你说干了些什么呀?呵呵呵,大家都懂的……"

"一起工作一起出差,同吃同住,哎呀呀,简直不敢往下想!"

"人家是秦享钦点的,等于是太子妃咯!"

"想不到我老公竟然喜欢这种类型,啧啧啧,让我大跌眼镜!"

"你以为秦享是什么善类吗?一声不响甩掉前女友,渣男!"

"前女友可是享誉国际的大提琴家,他都看不上,偏偏看上了方若诗,这口味也是够奇葩的!"

"秦享为什么会好方若诗这一口啊?我百思不得其解!"

"这一口?散发着白莲花气息的绿茶婊乃人间极品!"

"哈哈哈哈哈哈哈……"

"既然如此,我还是继续当我的咖啡吧。"

"嘻嘻嘻嘻嘻嘻嘻!"

……

还有更多的污言秽语不停显示出来,方若诗滑动屏幕的手止不住地抖。

王晓晶一把抱住她:"你别看了,不用理她们。我在呢,没事的!别怕!"

"我……"方若诗很想安慰晓晶,告诉她自己没事,可是一张嘴才发现连声音都在颤抖。

(2)

有什么比谣言的传播速度更快吗?没有。

仅仅一个上午的时间,秦氏集团内部就已经传遍了"方若诗小三上位勾搭秦享"的故事。不管是内刊组办公室、茶水间,还是食堂,只要是方若诗所到之处,必定引起一阵窃窃私语的讨论。

有好几次因为讨论声太大、言语太过分,气得王晓晶要冲上去和他们理论,最后都被方若诗拦了下来。

王晓晶气到肺炸:"干吗拦着我?真想抽她们几个大嘴巴!"

"事实胜于雄辩。"方若诗抠着水杯,语气失落。

"事实个鬼啊!你和秦享都不表态,谁知道事实啊!一个个以讹传讹全都以为秦享劈腿,你小三上位!"

"你也说了,是别人以为的,这不是真的。"

"我拜托你,你到底知不知道现在的人有多讨厌小三,基本是'小三过街人人喊打'啊!如果再不澄清,我估计你离挨打也不远了。"

"挨打……"方若诗机械性地重复了一遍。

她抬起头来,放眼望去,那些刚才还赤裸裸的视线全都收了回去,只剩下三三两两的人若无其事地打量,目光里充满鄙夷。

"秦享真不是东西,都这个时候了还不拿出点儿态度来,眼睁睁看着你被诋毁诽谤!"王晓晶愤愤不平,替方若诗不值。

王晓晶正在埋怨,听见旁边有人说话:"我们就坐这里吧。"

方若诗扭头去看,是不认识的其他部门的几个同事,想坐她和王晓晶的这张餐桌。

来人施施然准备坐下,就在落座的瞬间,餐盘一斜,汤碗猛地砸到方若诗的肩膀上。滚烫的菜汤倾洒而出,把她的半边肩膀都打湿了,还有些溅到了脸上。

王晓晶赶紧拿纸给方若诗擦:"烫到没有?"

方若诗没说话,接过纸擦了擦脸。

王晓晶看了眼"肇事者",后者一副事不关己的样子,丝毫没有歉意。

王晓晶看着她,说:"请道歉。"

"我?"刚刚还惊慌失措的女同事杏眼一睁,讥笑道,"小三有资格得到道歉吗?"

"请你道歉!"王晓晶不客气地说。

"我是收拾小三替天行道,为什么要道歉?"

这里动静太大,附近几张桌子的人都望过来。听到这一句,周围立刻爆发出不小的笑声。

方若诗突然觉得食堂的空气好糟，闷得她透不过气来。于是她站起来，拉着王晓晶要离开。

谁知刚刚那位挑衅嘲笑的女同事又开了口："现在的人啊，当小三都当得这么理直气壮，不要脸啊！"

所有人都被这张桌子吸引了目光，谁也没有注意到食堂门口的几个身影。

秦享抬腿就往食堂里走，文静一把拉住了他："你现在做什么都会被认为是袒护小三的渣男。"

秦享直直地盯着狼狈不堪的方若诗，吐了两个字："随便！"

"你是随便了，可凭什么脏水就得若诗一个人受着？"文静看着半边肩膀湿答答的若诗，心疼起来。

秦享仍然是双手插兜的站立姿势，朝着方若诗的方向，半天说不出话来。

秦磊拍拍他的肩："你先上去吧，我和文静过去看看。"

看着堂哥和堂嫂慢慢地向方若诗走去，秦享终于转身，和李默回36楼去了。

方若诗愣在原地，冷冷地看着骂她的那个女同事。她很好奇，是谁赋予她们理直气壮谩骂别人的权利？

王晓晶气不过，冲上去正想甩那个女同事一巴掌，就被文静的声音打断了。

"若诗，你出差回来了？"文静身后跟着她丈夫，秦氏集团的现任掌舵人秦磊。

所有的人都像被点了哑穴一样噤了声，又不知是谁先喊了一声"秦总"，所有人如同多米诺骨牌一样，一个接一个打起招呼来。

秦磊微微颔首示意，开口叫住方若诗："好久不回老宅了，老爷子都想你了。"

没有人说话，只听得见低低的此起彼伏的吸气声。秦氏集团的员工都知道，秦磊口中的"老爷子"指的是谁，那个高高在上、颇有威望的集团董事长竟然点名想见一个普通职员。

吃心望享

207

不不不！她一定不是普通职员。

如果网上的传言是真的，那她就是秦享的女朋友，秦氏集团未来的股东之一。

整个食堂充斥着诡异的气氛，明明有很多人在吃饭，却如同哑剧一般悄无声息，只有文静和秦磊的说话声。

"哟，这是怎么了？"文静故意拔高声线，拉住方若诗被淋湿的胳膊。

方若诗手里的纸巾已经湿了，被她揉成一团捏在手心里，她抬起脸，牵起一丝苦笑："没事，师姐。"

秦磊拿出手机，拨了个号码："让医务室的人来食堂一趟。"挂掉电话，他对若诗说，"胳膊都烫红了，处理一下吧。"

"秦总，对……对不起。"嗫嗫嗫嗫的女声响起，全然没有刚才的嚣张气焰。

"对不起我什么？"秦磊好整以暇地看着那个女同事，看不出丝毫的怒气。

女同事转身冲方若诗微微低头，低声说道："对不起。"

方若诗瞥都懒得瞥她一眼，问文静："师姐，你们吃饭了吗？"

"吃过了。"文静接过秦磊递来的纸巾，把早已凉透的汤水从方若诗的胳膊上擦掉，牵起了方若诗的手，"走吧。"

秦磊跟在她们身后，用不大不小的音量安慰方若诗："秦氏虽是上市公司，说到底还是家族企业，家族企业保护家庭成员很直接，也很简单。"

方若诗明白，这是对她的安慰，也是对某些人的警示。

此时，弦乐团的会议室座无虚席。

秦享环顾一周，正色说道："最近，网络上和公司里有很多关于我的传闻，大家非常好奇。"

一屋子正襟危坐的人纷纷低下了头，有不明就里的悄悄问起来,旁边的人觑一眼秦享,谁都不敢回答。

"本以为谣言止于智者,没想到会从网络扩散到现实,严重影响我的私人生活。今天召集大家开会的目的只有一个,不论外界舆论如何散布,希望和我并肩搭档的你们都可以不信、不传。"

秦享说完就走,早已等在办公室的李默见他回来,立刻打开了电脑。

秦享略一沉思,在空白文档上敲下了两行字,把笔记本电脑推给李默,吩咐道:"和律师函一起发布。"

"明白。"

很快,所有人都看到了秦享弦乐团官方微博的更新,只有简明扼要的两个字"声明",下面是两张图片。

第一张白纸黑字,写着:"我二十二岁与江意芷恋爱,二十六岁与之分手,二十八岁带领弦乐团回国人驻秦氏集团,随后认识我太太。@小吃心是我的合法妻子,由我和法律全权保护。秦享。"

紧随其后的是一封律师函。

刹那间,舆论哗然。

吃瓜群众终于等来了官方回应,"小三说""劈腿论"不攻自破,江意芷和"宁愿成全"被网友们疯狂打脸。曾经不停地往小吃心身上泼脏水的网络黑子们被秦享和小吃心的粉丝联合围追堵截,尤其是几个八卦大V迫于律师函和舆论的双重压力,公开道歉。

原本被网友骂作"渣男"的秦享被视作新晋"护妻狂魔",原本转路、转黑的粉丝再一次被他迷倒。而对于小吃心来说,她的一言不发、默默承受同样赢得了不少粉丝。

"秦享这声明文字简洁、思路清晰,公关能力一流!"

"我老公最Man,不接受反驳!"

"亲,他已经是别人的老公了!"

"不管,不管,男神魅力完全不可挡!"

"只有我一个人发现小吃心其实挺好的吗?"

"我也发现了!事情发生之后,小吃心除了停止更新微博,没有任何其他举动,比那个给喷子点赞的前女友大气多了!"

"是的是的,我一个吃瓜路人对她好感度大增,果断路转粉!"

"人家之前兢兢业业地发食谱微博,我偷偷试过了,每个都很简单、容易操作,最重要的是很好吃!"

"我也试过!只想说:@小吃心是我女神,一生推!"

"我男神的眼光就是好!"

"想想小提琴家VS美食名博,就觉得配一脸,有没有!"

"这个CP我站了,谁也不准拆!"

"秦享已经盖章了,人家是法定Couple,不用站队了!"

……

虽然还有部分黑粉在垂死挣扎,不遗余力地要求拿出实锤来证明秦享没有劈腿、小吃心也并非小三上位,但大多被淹没在了茫茫网络之中。

这幕发酵甚久的网络闹剧终于落下了帷幕。

因为食堂事件,方若诗从医务室敷上药之后就直接下班了。她顺道去菜市场提了老乡阿姨留给她的菜,回到家时不过下午三点。

时间还早,也不急着准备晚饭,她撕了一袋薯片,坐在沙发上吃起来。

说实话,这一次从二次元蔓延到现实生活的网络暴力深深地震撼了若诗。在网上被人骂、被诋毁、被诽谤,甚至被人恶意诅咒,这是方若诗活了二十四年从来没有遇到过的,她仅有的人生经验完全无法理解如此疯狂的泼脏水事件。更令她觉得不可理喻的是,当她二次元的身份被人肉,现实生活中的人竟然集体倒戈,不问事实不求真相,对她采取"墙倒众人推"的进攻方式。

中午那碗热汤浇下来,方若诗的心凉了一半。

不知不觉,她已经吃掉了大半袋薯片,吃得她口舌发干,进厨房,连喝了两杯柠檬水才解了渴。

方若诗放下杯子,这才看到刚刚拎回家的一大袋食材。嫩黄的玉米、白软的豆腐、青翠的蔬菜，她的心没来由地宁静下来。

玉米在流水下简单冲洗之后，被若诗掰成两段，放进锅里加水没过玉米，开火煮起来。白软的豆腐切成0.5厘米的长方形厚片，轻轻滑入清水盆里。她一系列动作熟练又轻快，没有丝毫的拖泥带水，仿佛是种本能，是她对厨房的本能反应，也是做菜的魔力。

厨房里除了炉火和流水的声音，再没其他。方若诗点开手机里的音乐播放器，动听的音乐随之流淌出来。

秦享今天很难得提前回来，一进门就闻到了白水糯玉米的甜香味，清清淡淡地从厨房飘过来。同时传来的还有熟悉的小提琴曲，非常舒缓优美的《夏日玫瑰》，后面跟着若诗浅浅的哼唱。

六月的暑气温柔又暧昧，就像这一屋子的悠扬甜蜜。

秦享忽然有些懊恼自己双手空空，如果能在街边的花店买上一束娇艳欲滴的玫瑰，那该多完美。

第十章
烂肉豇豆&爱之喜悦

（1）

方若诗端着一盘玉米走出厨房，看见秦享正站在玄关发呆。

她看了看墙上的挂钟，问道："提前下班了？"

秦享在她的声音中恢复了清明，他放下钥匙，卷起衣袖："要帮忙吗？"

"不用，你去换衣服吧，马上开饭了。"方若诗说着，又返回厨房。

她把豆腐从盆里捞出来沥干水分，炒锅里倒油，开小火。

秦享跟过来，问她："在做什么？"

方若诗听见声音回头，看见他靠在门边，像第一次到她家来吃饭时一样，黑黑亮亮的眼睛看得她乱了心神。

她不自在地动了动肩膀，舔了舔唇："熊掌豆腐。"

秦享长睫微动："是对我的奖励吗？"

"什么奖励？"

秦享掏出手机，点开了弦乐团的微博，递到她面前。

方若诗放下锅铲，就着他的手点开了声明。白纸黑字，简单粗暴，霸气护妻的姿势不知道又会迷倒多少妹子。

她低下头，思忖着到底应该给什么奖励时，却不知怎的，另一只手端着的一盘豆腐"哐当"一声砸进锅里。被小火煨热的油溅起一大片，正好砸在她右手的手背上。

方若诗还没回过神来，就被秦享一把拖到水槽去冲水。滚烫的热油瞬间将皮肤烫红,灼热针刺的痛感在手背上顿起,她疼得皱起了眉头。

秦享已经在旁边准备好了一盆冰水,把她的右手迅速按进盆里。冰块暂时缓解了一丝她的疼痛,但是等冰冷的感觉逐渐适应之后,那种灼痛的刺激仍然无法忽视。

"去医院吧。"说话间,秦享已经从冰箱里拿出更多的冰块,替她敷住。

方若诗被秦享半搂半抱着,跟着他出了门。

从电梯到地下车库,两人都没有说话。只在秦享帮若诗系安全带的时候,不小心碰到了手,方若诗轻轻"嘶"了一声。

到了医院,医生已经下班,挂了急诊,大夫简单查看之后给她敷了烫伤膏,拿纱布缠好。

秦享再三确认:"不需要做其他处理了?会不会起泡?感染了怎么办?"

医生拍着胸脯打包票:"不会。"

方若诗拉了拉秦享的衣角:"没事,走吧。"

秦享再不放心,也只好先带她回家了。

回到家里,两人就着玉米吃了几口外卖算是填饱了肚子。

这一天折腾下来,方若诗觉得很累,拿了干净衣服去洗澡。进去之后才发现,自己把问题想得太简单了,完全忽略自己废了一只手的情况。

右手被包着,那就用左手来脱衣服。可是,左拉右扯,身上这件套头T恤怎么也脱不下来,她泄了气,一屁股坐在马桶盖上。

"嗒嗒!"

秦享敲了敲门,扬声问道:"需要帮忙吗?"

方若诗看着自己已经脱得光溜溜的腿,连忙扯了浴巾盖住。她下意识摇头:"不用了。"

谁知下一秒,门被秦享推开。他走进来,蹲在她面前,拍了拍她的头:"逞什么能!"

不过几秒钟，秦享就帮若诗把T恤脱了下来，并且特别小心地避开了她受伤的右手。方若诗愣住了，下意识抬起胳膊环住胸前。

秦享被她的动作逗乐了，抿着嘴角笑："自己脱。"

方若诗背对着他，反手解掉肩下的搭扣，再提着浴巾慢慢挪到淋浴器下。她取下喷头，打开水阀，试了下水温，扭过脸来说道："好了。"

秦享没有理会她，径直脱掉上衣和长裤，只着一条短裤向她走了过去。

方若诗紧张地把浴巾提到胸前，嗫嚅道："我……可以的。"

秦享拉掉她的浴巾，伸手到她背后举起淋浴喷头，凑在她耳边，嗓音低哑道："洗给我看。"

饶是结婚半年，仍然抵挡不住他随意的一句诱惑，方若诗没出息地红了脸，烧得她埋下了头。

秦享很享受捉弄她的乐趣，一改平常的惜字如金，不断用言语挑逗她。

"先洗头吗？力度合适吗？"

"需要我涂前面吗？你一只手忙得过来吗？"

"右手举高一点……手酸就搭我肩上……转过来……抬头……"

整个浴室只听得见秦享说话的声音，在水流声中宛若耳语。方若诗的脸越烧越烫，却不得不在秦享的指令中正面迎向他，羞得她索性闭了眼睛。

秦享操控着喷头，任水打在方若诗的肩上。

巨大的水花溅湿了她的脸，潮湿的水汽熏得人愈发难受，她下意识地舔了舔嘴唇，却在下一秒感觉到比水汽更潮热的吻落在脸上。迷蒙间，她睁开眼，秦享的脸近在咫尺。

她下意识想要推开他，却被他横臂一揽，抱得更紧。

裸露的上身毫无阻隔地贴在一起，令本来只想洗澡的方若诗始料未及。她涨红了脸，捶打秦享的肩膀："放开我。"

"不放。"难得地，秦享没有半分退让。

"我要洗澡。"

"我帮你洗。"说着,秦享的手从腰滑至臀部,再顺着水流慢慢滑向大腿。

"秦享!"方若诗急了,连名带姓喝住他。

谁知秦享施施然接招:"我在。"

"放开我!"

"不放。"

不仅不放,反而贴得更紧。

方若诗完全能感受到他早已淋湿的短裤,正湿答答地粘住她的小腹,还有那一层湿布下的……某部位。

"秦享,你这个小人!"

"嗯,我是。"

"你……你……"

"你说什么都对。"

"你精虫上脑了!"

"在这种时候还能当君子的男人,不是同志就是不举。你希望我是哪种?"秦享牵起嘴角,露出一抹狡黠的笑意。

方若诗情急之下,抬起右手指他:"你……"

秦享轻捏她的手腕,迅速抬高,对她说:"只有我这种小人才会斤斤计较,对你患得患失。"

方若诗怔住了,愣愣地消化着他这句话。秦享关了水,扯了干净浴巾把她围住,一把打横抱起,回了卧室。

这是一个太不寻常的夜晚,因为秦享的一句话,方若诗完全失语。她任由秦享给她吹头发、穿衣服,一声不吭。

秦享安顿好她,转身去收拾浴室,走之前拍了拍她的脸:"傻了?"

方若诗看他言笑晏晏的样子,完全不同往日的沉默,更是比争吵时的严厉气势温和了一百倍。

方若诗刹那之间懂了,也许他刚刚说的"斤斤计较、患得患

吃心望享

215

失"才是他对她最真切的情感表达。

方若诗向部门领导请了几天假,安心在家养伤。早晨,吃过秦享熬的南瓜粥后,她便拎着钥匙手机去小师妹家串门了。

推开大门,小师妹的父亲正在一楼院子里晒药材,见她进来,上上下下细细打量了一通,眯着眼睛叫她:"过来!"

方若诗赶紧走上前去,谄媚地笑:"师父,好久没来看您了。"

"少贫嘴,手拿出来!"师父指了指她垂在身旁的右手。

方若诗举起手,笑得格外乖巧:"还是师父厉害,什么都逃不过您的火眼金睛!"

"怎么搞的?"

"烫了。"

"处理过了?"

"去医院挂了急诊,敷了烫伤膏。"

师父眼睛一瞪,急忙唤了小师妹出来:"给她把纱布拆开,我看看。"

小师妹不明就里,只好照自己老爹的指示办,一圈圈纱布拆开,右手背上一个亮晶晶的水泡露了出来。

小师妹惊呼道:"天哪,若诗姐!"

方若诗一看小师妹的表情就知道坏了,再看师父,背着手转身就走,她冷汗都冒出来了,嘴里不停地说着:"没事,没事……"

"不疼吗?"小师妹捧着她的手左看右看,"烫的?"

"嗯,昨天做饭的时候不小心,被油溅到了。"

"我的神啊!油烫的!完了,完了!"

"怎么了?"方若诗不解,"会留疤?"

"留个疤长记性!"刚刚离开的师父这时走了出来,手里拿着棉签、纱布和药,气哼哼地训她。

方若诗吐了吐舌头,和小师妹相视一笑。

"先把泡和死皮剪掉,消毒清创,再上药。"师父把东西交给小师妹,一个步骤一个步骤地交代。

小师妹从小学医,干惯了这些活儿,很快就上手开始处理。

方若诗把脸偏向另一边,皱起了眉。

"这会儿知道疼了?"师父呷了口茶,继续数落她,"去哪个小诊所处理的呀?这么严重的烫伤竟然只让你敷烫伤膏!庸医!"

"医院急诊……"方若诗战战兢兢地答。

"庸医!"

"好了,老爸,那个医生专业水平不够,你骂若诗姐干吗?"

"不骂她骂谁!"

师父瞪着眼,语气颇为严厉,可是谁都知道,他是刀子嘴豆腐心,心疼若诗。

"好了,若诗姐,注意忌食辛辣,不要沾水,隔一天来换药。"

"只需要忌辛辣吗?我不想留疤,我不吃生姜和酱油,可不可以?"方若诗弱弱地问道。

"要留疤你忌再多都要留!"师父白了她一眼。

"老爸!"小师妹看不下去了,叫住了自家老爸,转而对若诗说,"你只要不是疤痕体质,其实都没所谓的,不吃求个心安也没什么不可以。"

见师父踱着步子走远了,方若诗赶忙对着小师妹猛点头,长舒出一口气。

小师妹一边收拾棉签和药水,一边悄声问:"若诗姐,昨天秦享在微博上发声明了,好感人啊!"

"他的声明也只是陈述事实嘛。"

"只是陈述事实?你想想,秦享说你由他来保护呢!多帅啊!我是你的话,肯定都感动哭了。你哭了吗?"

"哭了。"方若诗捏着一团棉花在玩,轻描淡写地回答。

"是吧,是吧,太感人了!"

"烫哭了。"

"你……喊!"小师妹瞥了她一眼,噘着嘴问,"你做什么菜呀，被烫成这样？"

方若诗把棉花揉成一团，咬牙切齿："熊掌豆腐！"

"哈哈哈哈哈哈！熊掌豆腐！"小师妹抬起若诗被纱布缠起来的右手，笑得不可抑制，"姐，现在你的手真成熊掌了！"

"笑什么笑！给姐倒杯水来！"

小师妹捂着嘴，看到院子里出现一个身影，赶紧叫住："师兄，端杯水来。"

方若诗循着人影望去，一个年轻男孩正在收药材，听到小师妹说话，望了她俩一眼，默默进屋去了。

"你敢指使师兄做事？"方若诗朝那个背影努努嘴。

"那又怎么样！"小师妹理直气壮，"他比我大不了几岁。"

"不是年纪大小的问题吧……"

"反正我叫他干活，他敢不听，看我怎么收拾他。"

"你这是恃宠而骄吗？"方若诗忍不住打趣她。

正说着，师兄端了两杯水过来，顺道还洗了两个苹果搁在桌子上，放好东西转身就走。

方若诗咬了口苹果，啧啧感叹："又一个老实人被你欺负了。"

小师妹的脸"唰"地就红了："才没有！"

方若诗捏了捏她的脸："没有吗？"

小师妹急得一跺脚："没有！"

"那你急什么？"方若诗转着手里的苹果，"我早说过了呀，你喜欢他。"

小师妹彻底埋下了头，把脸捂了起来。

方若诗一把把她拉起来："你先别藏，你把他叫出来，我欺负欺负。"

小师妹挣脱她手，一溜烟地逃了。

（2）

下午，秦享早早地下了班，顺便捎了晚饭回家。

方若诗正在看电影，听见声音，瞥了他一眼，视线又转回屏幕。秦享换好衣服走过来，问她："看完再吃饭？"

"现在吧。"方若诗按了暂停，转身去洗手。

等她坐到餐桌旁，秦享已经摆好了菜，全部是从她最喜欢的那家餐馆打包的饭菜。

她左手捏着叉子去插面前的肉丝，左插右插，怎么都插不上。

秦享帮她夹到碗里，笑起来："要我喂你吗？"

方若诗看一眼他幸灾乐祸的表情，气哼哼地答："不要！"

一顿饭，方若诗吃得极慢，秦享跟着她的节奏照顾她，给她夹菜添汤，生怕她吃不饱。等到她吃完之后，他自己才大口大口地吃起来。

饭后，方若诗又坐回沙发去看电影，秦享收拾干净餐桌，也挨着坐了过去。他把胳膊伸到沙发靠背，搭在若诗的身后。若诗呢？身子极正，既不往他身边凑，也不往后靠。

秦享在心里默默叹了口气。

自从江意芷和闫宁成相继加入"网络暴力"事件，他和方若诗之间总感觉隔着一道帘。不论他如何努力把帘子撩开，最后还是会搭下来，隔着帘子他俩只能隐隐约约将对方看个大概，谁也看不真切谁。

他很想和若诗回到刚认识的时候，谁也不隐藏自己的心思，赤诚坦荡。

可是，也得眼前的小姑娘配合呀……他抓了抓头发，算了，先不想了，顺其自然。

他起身去书房拎了药箱出来："把手拿来，我给你换药。"

方若诗摆摆手："不用了，小师妹给我换过了。"

"去中医馆了？"秦享见过小师妹，知道若诗喜欢去中医馆。

"嗯。"

秦享点了下头，交代另外一件事："这几天我都会提前下班，带饭回来，你手不方便，有什么事都放着，等我回家来做。"

"嗯。"

"我帮你请了长假，你在家好好养养。"

"嗯。"

"有什么事给我打电话。"

方若诗抬起头看他一眼，又"嗯"了一声。

秦享揉了揉她的发顶，柔软的发丝从掌心滑过，干燥又温暖的触感让他的心平静下来。

因为方若诗没办法做饭，秦享只能每天点外卖，中午晚上两顿，天天换着花样买回家。而他除了上班工作时间之外，基本在家寸步不离地照顾方若诗。

渐渐地，方若诗似乎恢复了之前的活泼开朗，愿意跟他开玩笑，也愿意跟他斗斗嘴，总之无伤大雅，两人都相视一笑。

这天，秦享刚进厨房洗水果，方若诗的电话就响了，是好久不见的王晓晶。

"我的乖乖呀！你怎么才接电话啊？你知不知道，你的微博都炸了！"

若诗一听见"微博"二字，心一下提到了嗓子眼："怎么了？"

"有网友找到了过年的时候，你和秦享去温泉小镇的照片！"电话那头，晓晶的声音咋呼开来。

"过年？没错，我们是去温泉小镇。"

"温泉小镇的官微PO了你和秦享的照片，好像是你们参加什么活动，估计当时工作人员也不知道你俩的身份。"

"哦，我等无名小卒，不足大家挂齿。"

"呸！你家秦享才不是无名小卒！你也不是！小吃心现在都快被粉丝供起来了！"

"为什么？"

"你自己上微博看看吧，没想到时至今日剧情还能有所发展，我也是开了眼了。"晓晶感叹完，利索地挂了电话。

方若诗滑动屏幕，找到微博图标，登录很久不上的微博。果然，一点进搜索栏，"秦享和小吃心"就出现在热搜第一位。

她点进去，热门关联的是"温泉小镇官方微博V"，第一条内容就是一脸蒙逼的官微转发了过年时的活动照片：恕小的们无能，早该亮出证物，跪求秦先生秦太太原谅！

照片正是秦享和若诗参加年俗一条街活动时被工作人员拍下的，当时的配文是："转糖画转得喜滋滋的太太和掏钱包掏得笑眯眯的先生，小编冷不丁被蜜月夫妇喂了一把狗粮。"

底下的评论五花八门，看得方若诗哭笑不得。

"男神和女神早就结婚了！我等吃瓜群众还一直猜测人家是不是在谈恋爱！"

"之前是哪些黑粉要实锤的？喏，实锤来了！你们还有什么话可说？"

"又不是结婚证，算什么实锤！"

"度假酒店都盖章他俩是去度蜜月的！还不算实锤？"

"弱弱地说一句，这也不能证明秦享没劈腿，小吃心没插足啊……"

"我去！眼瞎去看眼科，别在这儿秀智商下限！"

……

方若诗不知哪根筋搭错了，竟然饶有兴致地把评论和转发都看了一遍。

转发里有两条特别引人瞩目，其中一条是自称江意芷的同学所发，她列出江意芷与秦享谈恋爱与分手的具体时间表，再对照秦享的声明，证实江意芷与秦享早已分手，不存在秦享劈腿和小吃心插足的情况。

而另一条的来头就有些大了，是秦氏集团官微。官微直接转发了温泉小镇的盖章微博，只写了一个字：甜。

真爱粉们高声欢呼，纷纷跑到江意芷和"宁愿成全"的微博下面抗议他俩乱喷脏水的无耻行为，也有一部分路转粉的网友冲到小吃心的微博下大肆表白。

一时之间,"秦享和小吃心"的话题从"热"到"爆",也是让方若诗看得目瞪口呆。

秦享端着葡萄过来,正好看见方若诗对着手机屏幕咬手指头。他塞了一颗葡萄到她嘴里,问:"又饿了?"

方若诗把手机递了过去:"你也看看。"

秦享就着她的手划拉几下手机,浏览完大致内容,啥也没说直接盘腿坐下,剥起葡萄皮来。

"没有什么想说的?"方若诗被他又塞了颗葡萄,偏头问他。

秦享手上的动作没停,头也不抬道:"都是事实。"

"剧情反转得太快了,之前还骂我们骂得狗血淋头,这会儿又出来这么多真爱粉了。"若诗很佩服网友们见风使舵的能力。

秦享没有就这个问题多做讨论,只是问了她一句:"你微博不用了?"

"暂时不想用,我怕一个不小心,又跑出一堆人来扒我。"

"不会了。"

"你怎么知道?"方若诗捏着葡萄,眨巴着眼睛问他。

秦享低着头,在心里反反复复斟酌……

作为你的丈夫,我不会再允许这种事发生了,我保证。

临到最后,他终是什么都没有说出口,只是意味深长地看了她一眼。

(3)

因为护理得当,方若诗的手好得很快,眼看着结了痂长出新肉。这时,秦享也一天天地忙起来,进入了《黄金歌者》总决赛的准备工作。

因为总决赛采用直播方式,为了确保节目播出时万无一失,参赛歌手和工作人员一遍遍地开会、打磨、排练,力求完美。所以秦享已经连续一周早出晚归,有时甚至直接睡在电视台的休息室。

方若诗整日清闲,不是跑到中医馆找小师妹玩,就是约王晓晶吃饭逛街,直接被王晓晶吐槽是"重回单身"。

方若诗捋了捋额前的碎发,不以为然:"你说得没错。"

王晓晶啧啧两声,她更期待的是秦享重返《黄金歌者》,赶紧问道:"秦享已经缺席很多期节目了,这么说来总决赛直播他一定会出现,对吧?"

方若诗用汤勺撇开面上的油,盛了一碗汤递给她。

"迷妹的福音,我要上太太群去通报消息!"王晓晶划开手机,眉飞色舞地按起来。

"喂喂!太太团这个群体还有存在的意义吗?"方若诗的指尖轻轻敲了敲桌子,以示抗议。

"哦,对,我们改群名称了,现在叫'秦享迷妹群'。怎么样?够给你面子吧!"王晓晶得意地朝方若诗挑了挑眉。

"是呀,好给我面子啊。"方若诗口是心非地答应着,转而问王晓晶,"我就想问一个问题,你作为我的闺蜜,没有被太太团的迷妹们吊打?"

"开玩笑!告诉你,我现在不要太受欢迎哟!"

"哦?"

"你是秦享的正宫太太,多少人眼红羡慕呀!我是你姐们儿,她们羡慕我羡慕得要死,巴结我还来不及,怎么可能打我!"

"这么势利?"

"就是这么见风使舵!"

方若诗摇摇头:"世风日下,人心不古。"

"错!"王晓晶端起汤碗,将汤一饮而尽,"这叫识时务者为俊杰!"

"好吧。那你现在在我面前是什么身份?潜伏者?"

"俗了吧,我绝对是坚定地站在你这边的。只是分享一些无伤大雅的消息给她们,绝不会涉及你和秦享的隐私和利益。"王晓晶举起手来发誓,一副表忠心的模样弄得若诗哭笑不得。她捂着心脏的位置，深情款款地唱起来，"我还是原来的我……"

方若诗翻了她一记白眼，夹了一筷子菜到她碗里。

王晓晶乐呵呵地吃起来，问她："今天怎么想起请我到这儿来吃饭了？"

方若诗环顾四周，压低声音："他们在微博上找我，让我来品菜，顺便做推广文。"

"福利呀！"

"我没答应。"

"为什么？"

"食品安全的锅，我可背不了。钱收了，广告做了，万一出问题，谁来担责？到时候又是一轮黑粉来骂我，我可不愿意！"

"那你今天来干吗？微服私访？"

"他们的宣传资料很诱人，我想来尝尝。"

王晓晶朝她竖起大拇指："瞧你这境界，免费的不吃，非得自己掏钱吃得才舒服！"说完，她又想起一件事来，"我以为你在家多无聊呢，想不到这么多好事找上门来。说说，还有什么？"

"微博上很多私信找我想合作，有厨房小家电的商家找我做广告，有餐厅邀我品鉴，还有美食节目找我录像……"方若诗一件不落地汇报了一遍。

"可以啊！你完全可以不回公司上班了！自己找点事儿干，省得有人说闲话。"

"公司还有人说我闲话？"

王晓晶才意识到自己说漏了嘴，连忙解释："你知道的，公司人多嘴杂，难免有一两个眼红你嫁给秦享的，总觉得你在公司上班捡了多大的便宜。"

"我是正经应聘进公司的！"

"你拦不住人家怎么想啊！"

"也对。"方若诗懒得计较。

王晓晶接着问她："说实话，你现在手也好得差不多了，你接下来准备做什么？还回公司上班吗？"

"回不回公司上班都行，只是我很舍不得你呀！"方若诗做抹泪状，假装抽泣。

王晓晶多有眼力见儿，立刻安慰她："我跟着你呀，你留我留，你走我走。"

"别别别，我可养不起你，到时候你饿死了咋办？"

"喂我吃肉呀！"王晓晶跟她说笑着，转而敛了笑意，严肃起来，"说真的，如果真不回公司了，你打算做什么？"

"有网络公司找我做美食视频，我还在考虑。我表弟之前也跟我提过，他们公司正在筹备一个小型的纪录片，从美食食谱的拍摄到美食寻访，他希望我能够加入。"

宋颂之前找她聊天，透露了他们公司正在筹备和运营的项目，希望方若诗能够加入。当时她安于工作，没有立刻答应。但这次手伤之后，她有了空闲时间来思考，渐渐在心里有了一个新的职业规划。

"挺好的，我支持你。"王晓晶听她讲完，打心眼里赞成她的规划。

末了，她摇着方若诗的手，谄媚地讨好："我只有一点要求，姐以后吃肉的时候带着我！"

中午太阳正盛，两个人的脸上挂着明媚的笑意，比日光更亮。

吃完饭，方若诗开车把王晓晶送回了公司，还没到家就接到了李默的电话。

"李助理，请问有什么吩咐啊？"

"我的老板娘呀，你快来救救我吧，现在已经两点了，秦老师还不吃饭。"李默在电话那头急得焦头烂额。

方若诗知道秦享的习惯，再忙也会按时吃饭，今天这种情况实在有些反常。她连忙问李默："为什么呀？"

"外卖换了三家了，从米饭到面条到粥，秦老师通通说没胃口。"

"没胃口？"这个答案让方若诗颇感意外，毕竟在她面前，秦享从没出现过胃口不佳的状况。

"是啊，喝了一杯咖啡，又跟歌手沟通排练去了。"李默叹了口气。

方若诗把车停在了临时停车点，开门下车，她一边打电话，一边走进了菜市场。

"你给他买的什么粥？"

"鱼片粥。"

"我知道了，现在你重新给他点一碗白米粥，我马上送一份下饭菜过来。"

方若诗说完，利落地挂断电话，在肉铺挑了新鲜的猪前腿肉，让老板按她要求剔掉脆骨和多余肥肉，洗干净了绞成肉糜。

到家之后，衣服也顾不上换，系上围裙就开始做菜。她先把肉糜用生抽、花椒面和少许淀粉腌上，再从泡菜坛子里捞出泡了几天的嫩豇豆，切成碎粒。热锅冷油，她把蒜粒和豇豆碎扔进锅里爆香，肉糜汇入锅中炒散，最后撒上一把葱花，出锅装进密封食盒里。

前后不过十五分钟，她又开着车出了院子。

说来也奇怪，刚刚还艳阳高照的晴天说变脸就变脸，这会儿已经是乌云密布，方若诗踩下油门，迅速赶往遥城电视台。等李默出来拿饭盒的时候，天色越发不好了，方若诗站在电视台门口，孤零零地拎着便当包。

"白粥买来了吗？"方若诗把包提给李默，眼睛下意识地往电视台大楼瞟。

"刚刚送到，你这拿的什么？"李默拉开拉链，下意识地去闻，"天哪，好香！"

"烂肉豇豆，下饭神器。"方若诗拍拍他肩膀，"我猜你尝过之后会再点两碗饭。"

李默一脸幽怨地看着她:"你就是我减肥路上的拦路虎。"
"喊,你减肥?再瘦就只剩排骨了。行了,快上去吧,看样子雨马上就来了。"
"你开车小心。"
"知道了。"
追着李默的背影,方若诗又往大楼看了一眼。
门卫见她迟迟不走,问她:"姑娘,你还要找谁?"
她摇了摇头,因为她自己也不知道在看什么。
不等她走,瓢泼大雨倾盆而至,门卫赶紧叫她:"姑娘,进来躲一会儿。"
方若诗坐在塑料凳上,撑着头往窗外看。
门卫大叔在一旁跟她聊天:"刚刚那个是你朋友?"
"嗯。"
"小伙子很帅,挺好挺好!"大叔喝了口茶,笑着点了点头。
"啊,叔叔,您是不是误会了?"方若诗挠了挠脸,"刚才那个不是我男朋友。"
"哦,我就说嘛,你这模样应该可以找到更帅的!"大叔一边吹着茶沫,一边说,"你别说,我这几天还真的看见一个比他更帅的,个子很高,应该有一米八几,走在一群人中间,一眼就能认出来,醒目得很!"
方若诗听着大叔的描述,不知道为什么,她自动代入了秦享,而且她发现毫无违和感。她点开手机里的相册,找到秦享的照片,指给大叔看:"您看看,是这个吗?"
那大叔接过手机,戴上老花镜一看:"对对对,就是他,没错!特别有气质!哎,姑娘,你怎么有他的照片?刚才那个小伙子又是谁?"
"他是个小提琴家,刚刚那个是他助理。"
"小提琴家啊!我说嘛,气宇轩昂,好得很!"
"您知道他们在哪里录节目吗?"

大叔手一挥，指向了大楼旁边的一栋矮楼："喏，演播厅。"

"哦。"

方若诗顺着大叔手指的方向看过去，雨势没有丝毫减弱，巨大的水帘挡住她的视线，只能朦朦胧胧看个大概。

她站起来，然后朝大叔道谢："叔叔，我先走了，谢谢您收留我。"

"不等雨小点儿再走？"

"一时半会儿也小不了，我就不等了。"

"那行，你慢点儿，注意安全。"大叔把她送到门边，"对了，伞拿着。"

"谢谢您啊，我到时候让那个特别有气质的小伙子给您还回来。"

"啊？他是你男朋友？"

方若诗握着伞柄，朝着地面的方向把伞撑开，再竖起来遮在头顶。她笑起来，嘴角翘得高高的："不，他已经转正了。"

她一路小跑而去的身影落在演播厅休息室的落地玻璃上，身着白裙的小小背影慢慢跑出了秦享的视线。

秦享转过身来，打开密封盒的盖子，酸爽的泡豇豆味道扑鼻而来。

他舀了两勺到白粥上，小口小口地吃下去。

豇豆微酸中带点辣，吸收了肉糜的油气，有一股特殊的香气，把他空了一中午的胃喂得格外熨帖。

李默把中午秦享没吃的米饭放微波炉里热了热，凑了过来："若诗可真逗，我第一次看见有人撑伞往地上撑的。"

秦享瞥了他一眼，说道："她是怕往外撑伞会戳到别人，或者是把伞上的水溅到别人身上。"

"哦，原来是这样啊，我说她这动作怎么这么奇怪。"李默又舀了几勺豇豆在自己的饭盒里，"两口子就是不一样，还是你了解她。"

了解她……

秦享在心里掂了掂这三个字的分量。

这只是若诗生活中的一个小习惯，类似这样的小细节还有很多，但就是这样不为人知的细微之处不止一次打动了他。

了解她吗？秦享想是这样的，他了解她。

因为一眼喜欢上她，因为喜欢而了解，也因为了解她，更爱她。

不知是谁在隔壁拉起了大提琴，秦享看了李默一眼。

李默立刻心领神会："他们练着玩的。"

秦享"嗯"了一声，喝完了最后一口粥，唇齿之间全是酸辣开胃的烂肉豇豆的香味，他抿了抿嘴唇："拉得不错。"

"这调子好熟，秦老师，曲子叫什么来着？"

"《爱之喜悦》。"

第十一章
仔姜拌鲈鱼 & 罗斯玛琳

（1）

秦享一下午心不在焉，完全无法集中精神跟团队探讨歌曲编排。很快，他终止了会议，提前放了团员们回家休息。

开车回家的路上，他在心里反复演练，设计了一百种跟若诗和好的方式。可当他推开门时，家里冷冷清清，没有人影。

电话没人接，微信没有回，他下到地下车库去看，方若诗的车停在车位上，说明她回来了，可是人呢？去了哪里？

他在小区里找了一圈，也没有看到人，又跑回单元楼附近转悠，刚掏出手机准备再拨一个电话试试，结果就听见有人叫他。

"姐夫？"

是中医馆的小师妹，秦享和她见过几次。

"你好。"秦享朝她点点头，想起人会不会去中医馆了，连忙问道，"若诗在你家吗？"

小师妹脆生生地回答："在呀！"

知道人在哪里，秦享终于松了一口气。

"可以麻烦你带我去吗？"

"可以的，跟我走吧。"小师妹往中医馆的方向走，边走边打量他。

他额边挂着汗珠，衬衣上也是被汗打湿的痕迹，看起来很着急，听见若诗姐在中医馆时明显轻松下来。

她仰起头，问道："姐夫，你们不会是吵架了吧？"

秦享想了想："没有。"

"那你怎么不知道她在哪儿，还在院子里瞎转悠呢？"

被小师妹看破的秦享有些尴尬，又不知道怎么跟她解释，只好沉默。

小师妹见他不说话，以为他默认了，有些替方若诗打抱不平："若诗姐那么爱你，你怎么舍得跟她吵架呀！"

小姑娘说出来的话让秦享很意外，他挑了挑眉："你知道得挺多？"

"那当然！若诗姐跟我说过，你就是她心里憧憬的另一半。啧啧，多爱你啊！"小师妹瞄了秦享一眼，继续往下说，"之前我有点儿烦心事找她聊天，聊着聊着就说起结婚的事，我问她是不是因为你帅嫁给你的。"

"她怎么说？"秦享更好奇了。

小师妹瞪大了眼睛："你不知道吗？"

秦享摇摇头，他们从来没有讨论过这个问题。

小师妹停下来，拿出手机："你等等，我翻下聊天记录……"

秦享站在她旁边，认真思考起这个问题来。

若诗为什么会嫁给他？他从来没想过，也从来没有问过她。

不论是对于他的追求，还是他的求婚，她都表现得非常配合、欣然接受。

他想，原本以为是水到渠成的感情和婚姻，没想到还是太着急进展得太快，才会出问题。

"喏，找到了。"小师妹把手机递给他，聊天框里全是她俩的对话。

可是很奇怪，若诗的那句话在第一秒闯进了他的视线，醒目得无以复加。

她说："知道我为什么嫁给秦享吗？婚姻说到底是如人饮水冷暖自知的，他了解并且理解我，就算我什么都不说，他也知道我在想什么，愿意保护我这颗细腻敏感的心，是一件多么奢侈又令人满足的事啊。"

好像有什么重重地砸在胸口,秦享觉得有些痛,又有点儿酸。

他自诩了解自己的妻子,却从不知道她内心深处的想法。她为何对他心动?为何与他争吵?为何伤心?为何生气?他通通没有深究过,只当是那场"网络暴力"带来的后遗症。而现在,他好像都明白了,明白了她若无其事的疏远,明白了她有意无意的抗拒,也明白了她反复追问、忐忑不安的原因。

那种"不论我在想什么,我丈夫都能懂"的感觉和心情,特别美好珍贵,秦享愿意拼尽全力去守护。

推开中医馆的门,秦享一眼就看见了方若诗。她盘腿坐在椅子上,正在下围棋,跟她对弈的是一个四十多岁的中年男人。

听见有人进来,方若诗从棋盘上挪开视线,看过去。没料到小师妹会把秦享领过来,她的眼里有一丝诧异。很快,她舔了舔唇,状似无意地问:"怎么跑到这儿来了?"

"当然是我带姐夫来的呀!"小师妹着急忙慌地邀功。

师父看看方若诗,又看看秦享,高大的身影站在门口,从进门之后就再没往前一步。他叹了一口气,朝小师妹轻斥了一声:"就你能!"

小师妹撇了下嘴:"老爸,这可是若诗姐的老公!"

师父不接话,冲秦享笑:"今天难得,留下来一起吃饭吧。"

秦享颔首:"多谢。"

小师妹进厨房,没等她把菜放下,师父跟过来一个巴掌拍在她胳膊上,打得她直叫疼。

"我说你有没有一丁点儿眼力见儿?看不出他俩闹矛盾吗?!"

"嘶——姐夫说没啊。"

"没有,没有!没有他能不知道自己老婆去哪儿了,让你领过来?!"师父一句话,点醒了小师妹。

她揉揉胳膊,转着脑袋想了想,说道:"我就说他怎么找不到若诗姐呢！看他在小区里转悠，怪可怜的！"

"不是他找不到，那是你若诗姐不想让他找到！"师父恨铁不成钢地敲了敲闺女的脑门儿，"不然你姐干吗跑这儿来陪我下棋！"

"怪不得呢……"

"多做两个菜，我留人吃饭了。"师父叹了口气，摇着头往外走，边走边不忘叮嘱她，"等你师兄忙完，让他过来帮你。"

"哦……"

没人说话，厅里安安静静的。

方若诗一颗一颗地收棋子，秦享坐在刚刚师父坐过的椅子上看她。

方若诗的手骨肉匀称，细细长长的手指捏着或黑或白的棋子，特别有韵味。就是这双手，一举一动默默无语的纤纤素手，在尘世间，从烟火中捧出一道道家常菜肴，日复一日，不论多冰凉多冷清的心，都能被她焐热。

可是自己呢？被她焐热了，却让她伤了心。

秦享搓了搓心口的位置，自嘲地笑了。他捏起一颗黑子，朝方若诗眨眨眼："来一局？"

方若诗的视线落在自己指尖，那里刚好捏着的也是一枚黑子，她笑了笑，眉眼弯起来："黑吃黑吗？"

师父正好走出来，看到这一幕，笑着摆了摆手："夫妻同心，不可对弈。"

方若诗把黑棋扔回棋盒里，给师父腾出座位。

师父就势坐下，执了白棋问秦享："跟我下一局，如何？"

秦享看了方若诗一眼，只见她搬了椅子，在他身边坐下来。他一直抿紧的唇线松下来，朝师父伸手示意："您请。"

"啊……"

师妹叫起来，方若诗连忙起身："我去厨房看看。"

一进厨房，水池里的水溅了一地，小师妹正怒眼圆瞪，冲师兄发火:"你搞什么?"

师兄好脾气地解释:"你不能碰凉水。"

"我碰不碰关你什么事,你闲得没事干了吗?"小师妹正在气头上,完全不管不顾。

"师叔让我来帮你。"

"帮忙就帮忙,谁让你拉我的?"

"我说你不听,只能拉你了。"

"你是我谁呀,你拉我!"

方若诗一见小师妹这势头,得理不饶人的,赶紧过去拉住她。

小师妹见方若诗进来了,声音更大了:"若诗姐,你评评理,他是我什么人啊他管我!"

师兄红着一张脸,辩道:"我是你师兄。"

"师兄算老几啊?管我是不是生理期,管我能不能碰凉水!"

得,小丫头气焰更嚣张了,激将法都用上了。

"我……我……"师兄脸涨得更红了,支支吾吾半天说不出话来。

"你你你……你什么你!"

师兄气急,冲她吼了一句:"我是你喜欢的人!"

一句话成功地让小师妹闭了嘴,刚刚还蓄势待发、随时子弹上膛的人气势全无。

"你说你喜欢我,就是这样喜欢的?斗嘴、抬杠、吵架?"师兄皱着眉,声音低缓。

小师妹看着他,那些涌到嗓子眼的狠话都被冲退了。

她拉着方若诗的手,像是在问方若诗,也像是在问她自己:"你说,我是哪里来的孤勇默默喜欢这个人的?"

明明就是互相喜欢、彼此惦记,却被师兄的腼腆内向生生憋成了求而不得的单相思。

方若诗拍拍小师妹的手背,看了看一脸仓皇的师兄,忍不住笑了:"相信我,你不是一个人。"

"嗯？"

"为爱勇敢、奋不顾身是好事，勇敢爱的模样特别美，能让人记一辈子。"方若诗转过头，看了眼师兄，"你说对吧，师兄？"

"啊……哦……嗯。"师兄冷不丁被问，回答得结结巴巴。

"爱情里最重要的就是忠于自己，内心的坦诚可以让彼此少走很多弯路。不要急着想结果，也不要急着背上过多的责任，只要好好地用心去爱，就不算辜负彼此。"

师兄没说话，若有所思地看着地板。

方若诗把小师妹拉到他跟前，望着他俩的眼睛，告诉他们："不知道你们有没有听过一句话——放下恐惧，放下戒备，放下控制的心，让爱到来。很难，但值得你试。"

两人懵懵懂懂地看她一眼，再望向彼此，眼睛里的神采变得不一样了。

等若诗走出厨房时，师父没在，秦享捏着棋子，若有所思地望着她。她看了一眼棋盘，又看了看秦享，似笑非笑道："把师父气走了？"

秦享听出她的笑意，牵起脸颊边的酒窝："师父承让。"

"人呢？"

"出去散步，半小时后回来吃饭。"

"你怎么还不走？"

"等你。"

方若诗望着他，眼里是怎么也掩不住的笑意。

秦享递了枚黑棋给她："下一盘五子棋。"

很快，一局结束了。

秦享抬起头，不偏不倚撞上方若诗的目光。

方若诗舔了下嘴唇，垂下眼："谁教你让我的！"

秦享没说话，只一眨不眨地盯着她。

方若诗把黑白棋子分开，一颗颗分别收回棋盒里，她手背上那

吃心望享

235

块烫伤的印迹正对着秦享露出来。

红色的，不大不小，从手背中间一直蔓延到食指和中指的指缝。虽然已经生出新的皮肤，终究是比周围肤色鲜红了一些，在她白净的手背上显得格外突兀。

秦享握住她的手，大拇指在她手背那块新肉上摩挲，他略带薄茧的指腹像是砂纸在打磨。

方若诗觉得痒，想缩回手来，却被他紧紧攥住。

他满足了我对另一半的所有想象……

方若诗的话突然从脑海中跳出来，秦享默了默，手指轻轻点了点她的手背："回家吧。"

回到家，方若诗刚弯下腰准备换鞋，秦享一把将她抱起带进卧室。门"砰"的一声被关上，秦享将人扔上了床。

方若诗还没来得及思考，秦享已倾身而来："为什么躲我？"

"我没躲你。"

"送完吃的就跑，也不在家等我回来，还不算躲？"秦享压低身子，越凑越近。

"我以为你会很晚回来……"方若诗舔了舔嘴唇，"家里，太冷清了……"

秦享眸子暗了暗，空无一人的家，确实冷清。

"那……你为什么冤枉我？"

"什么？"方若诗皱起眉头。

"我没气走师父。"他说得委屈。

原来是说这个呀，方若诗"扑哧"一笑："我知道。"

谁知，他又补一句："我也没想气你。"

方若诗敛了笑意，看他逼近的眉眼，卷长的睫毛有一下没一下地动着，连委屈都委屈得这么理直气壮。

她没说话，舔了下干干的嘴唇。

秦享的眼睛眨了眨，俯身吻了下去。

方若诗一直不在状态，直到此刻被吻住才反应过来，想偏头躲开他的吻,到头来却发现自己动弹不得。

秦享张开双唇,疲惫的声音难得清朗,他说:"放下恐惧,放下戒备,放下控制的心,让爱到来,一点也不难,相信我。"她说给小师妹和师兄的话,他全听见了。

方若诗羞赧地抿住嘴唇。

秦享越压越低,越来越近的眼睫毛像两排又卷又翘的羽毛,落下来,轻轻扫过若诗的眼皮。

方若诗微微颤了颤,还没来得及睁开眼睛,秦享修长的双腿已经压住她的膝盖,有力的双臂紧紧抱住她。他一点点亲吻她,从额间到眉眼,从鼻梁到唇畔,每一个亲吻都深情满满,直吻到她放弃抵抗,从推开他的姿势变成钩住他的脖子。

房间里安静得不可思议,只听得见彼此的喘息声。

(2)

刚刚从浴室出来的方若诗身上有一股清新的沐浴露香味,伴随着锅里的热气,一阵一阵飘到厨房门口。

秦享靠着门,动也不动,专注地看她煮面。

从方若诗烫伤手到今天,他们几乎每天都在家吃饭,可是餐餐外卖,秦享的心总是空落落的。而此刻,方若诗在煮面,不是山珍海味,也不是满汉全席,秦享看着她在厨房忙碌的身影,觉得心被填得满满当当的。

眼前的一切让他觉得:这个家有温度,一伸手就能摸到。

很快,面端上了桌子,是方若诗拿手的家常素面。

"你最后舀的那勺白色的东西是什么?"秦享忍不住好奇心,问若诗。

"说是素面,其实并不完全如此。"方若诗把面在碗里搅拌均匀,继续说道,"面碗里有盐、花椒面、香油、生抽、醋、辣椒油、蒜泥和葱花,除了这些普通的调料,最后,我还加了一勺猪油。"

"猪油？白色的那个？"

"嗯，对，是用板油炼出来的猪油膏。"

秦享吃了一口面："吃不出来什么味道呀。"

"本来就没什么味道，只是油而已，但是这一小块猪油可以让这碗面生动起来。"方若诗夹了一筷子面条，闻了闻香味，"热汤一浇，香气扑鼻。是不是很神奇？"

确实很神奇。

猪油融化在热汤面里，没有人知道，也不会被发现。这就是方若诗做面的秘诀，也是秦享百吃不腻的原因。

如果不是亲眼所见，秦享很难想象一碗好吃得让人欲罢不能的素面会有这样一个隐藏在面汤里的诀窍。可是当他知道了一小块猪板油的秘密，也清楚动物油脂不在健康饮食的列表中，却无论如何，怎么样也戒不掉。

就像若诗，她就是这碗面，戒不掉的素面。

方若诗发现秦享一直盯着自己看，一脸疑惑："怎么了？"

秦享摇摇头："看一下。"

"看什么？"

"看你。"

呃……

方若诗回望着他，眼睛里一片清明，她揶揄他："我有什么好看的？"

秦享知道她并不是真想问出个结果，只一眨不眨地看着她。

方若诗被他看得不好意思，红了脸，秦享捏捏她的脸颊。两个人你看着我，我看着你，眼睛里都是对方，都傻乎乎地笑起来。

"《黄金歌者》马上进入总决赛，我这几天可能会很晚回来。"

"直播几个小时？"

"四个小时吧。"

"这么久？那你不是要一直坐在那里？"

秦享笑着刮了刮她的鼻子："老婆放心，广告时间我会起来活动的。"

嗯？老婆？

方若诗怔住了："你刚叫我什么？"

"老婆。"秦享两手交握，撑在桌子上，眼睛定定地锁住她，"怎么了？"

"没什么没什么……"方若诗给自己倒了一杯柠檬水，特地加了冰块，她不可置信地看着他，"我需要喝杯冰水冷静一下。"

"麻烦秦太太也给我来一杯。"秦享站起身，朝方若诗靠过去，头轻轻搁在她的肩膀上，他凑在她耳边，徐徐温柔地说，"谢谢老婆。"

老婆，老婆，老婆……秦享一口气叫了她三声老婆。

方若诗的心莫名悸动，轻而易举地被秦享喷出的热气烫红了半边脸颊。她不自在地挪了挪肩膀，把冰柠檬水递给他。

秦享没有接，直直地望着她，看她弯弯的眼睛一闪一闪，看她一遍一遍舔着自己的嘴唇。他从她手中抽掉杯子，捧着她的脸深深地吻下去。

到了直播那天，方若诗果然准时守在电视机前看直播。她相信绝大多数观众都是听歌手唱歌、看现场互动，只有她是等着每一个镜头切换的时刻，眼睛一眨不眨地找秦享。对了，在电视机前逮秦享的还有他的迷妹们。

说起秦享的迷妹，方若诗觉得应该好好感谢她们。

要不是数量庞大的迷妹粉丝团从直播起将"决赛直播看秦享"的话题直接刷上了热搜榜单第一位，说不定电视台导播不会切给秦享如此多的镜头。

《黄金歌者》节目是舶来品，引进之后做了大量改良适应本土观众，但节目的观赏度和可看性并没有因此打折扣。不仅歌手专业，主持人、乐队、和声团也都是国内顶尖水平，这使得习惯早睡的若诗在看了四个小时的直播后，依然神采奕奕，毫无睡意。

直播结束了，方若诗关掉电视，刚走进卧室就接到了秦享的电话："睡了吗？"

他的声音在一片嘈杂的背景声中，显得有些疲惫。

"还没，你什么时候回来？"

"在去庆功宴的路上。"

"大概几点能结束？"

"不确定，估计要到很晚，你先睡吧。"那边有人在跟他打招呼，他寒暄几句之后，继续说，"不要等我，乖。"

尽管知道他很累，但方若诗一点儿也不想挂电话，她缠着他说话："累不累？"

"嗯。"

"可以请假回家吗？"

"节目顺利收官，这个庆功宴于情于理我都必须参加。"秦享在那头低低地笑了声，"想我了？"

"嗯。"方若诗想也没想就答。她很想他，虽然他们早上才刚刚分开，但此刻她就是很想他，很想抱抱他。

秦享又笑了，压低声音哄她："我也很想你。"

"那你早点儿回家。"

"好。快睡吧。"

"那你呢？"方若诗舍不得挂电话，既然抱不到人，那就多听会儿声音吧。

"我？"秦享好像遇到了难题，想了一会儿，喧哗声渐渐小了，他的呼吸声被听筒扩得越来越清晰，他说，"我再想你一会儿。"

"嘭"的一声，方若诗心里乐开了花。

她抱着手机倒在床上，捂着嘴笑个不停。

就着秦享的甜言蜜语，方若诗很快进入了梦乡，直到被开门声惊醒。她下意识听了听，是秦享的声音，赶紧披了件外套去客厅。

客厅明亮的灯光刺得她睁不开眼，过了好一会儿才眯着眼睛看清沙发上坐着秦享和李默两个人。

"嗨!"李默醉意蒙眬地跟她打了个招呼。

秦享将醒酒茶端给李默,转身把方若诗抱进怀里:"李默醉了,我让他上来坐一会儿,醒醒酒。"

"你呢?"方若诗在他的颈间闻了闻,有很淡的酒味,"你醉没醉?"

秦享搂着她,眼神清明:"没醉。"

"啊啊!若诗,你看!快看!"醉汉李默将茶一饮而尽,指着秦享嚷嚷起来。

方若诗顺着他的手指看向秦享的后背,只见他的衬衣上有一块红色的印迹,在肩胛骨下面一点的位置。

"呀!秦老师,你别看我,我也救不了你!"李默赶紧撇清。

秦享一脸困惑:"怎么了?"

方若诗不说话,一言不发地看着他的后背。

秦享被方若诗看得有点儿发慌,脱下白衬衣,翻过来看,是很明显的一枚唇印。

方若诗返身就去拿包,秦享拎着衬衣站在原地,丈二和尚摸不着头脑。很快,她从包里摸出一支口红,对着小化妆镜涂起来。秦享跟过去,刚想解释,她已经不动声色地靠了上来。她单手抬着秦享的下巴,一个吻准确无误地贴上他的嘴唇,一圈粉色的口红印被她印上。

方若诗嘴角翘起来,又狂又拽:"宣示主权应该在这儿。"

秦享揉着她的头发把人搂进怀里,他就知道他的姑娘不一样。

"酷!"李默吹起了口哨。

秦享瞥了他一眼:"酒醒了就滚!"

看热闹正看得起劲的李助理灰溜溜地跑了。

方若诗笑着接过白衬衣,扔进洗衣篮,等她一转身,正好看见秦享在脱衬衣里面的贴身背心。

裸露的身体在他兜头扯下背心的一瞬间露出来,精壮结实的肌肉、光滑紧实的线条,猝不及防地全部闯入她的眼里。

她"咳咳"两声，拍拍秦享胳膊："注意影响。"

秦享挑眉，单手拎起背心隔空扔进洗衣篮，因为他手臂动作而调动的肌肉组织再次勾勒出上半身分明的轮廓和曲线。

方若诗皱着鼻子咬住下唇，佯怒道："秦享！"

终于空出双手的人不紧不慢地答应："嗯？"

"你可以等我回避一下再脱吗？"

"需要吗？"秦享弯下腰，头抵住她的额头。

"我有需要！"方若诗气鼓鼓地反驳。

"哦？你有需要？"秦享的眼睛微眯起来，似笑非笑的眼神烫得吓人。

（3）

酷夏的暑气随着蝉鸣越来越盛，办完离职手续的方若诗嚷嚷着要去度假，录完《黄金歌者》的弦乐团也在计划休假。于是，秦享大手一挥，自掏腰包请所有弦乐团成员带家属进山避暑。

三幢相邻的豪华大别墅坐落在湖光山色之中，山顶袅袅白雾，湖水清凉澄澈，宛如世外仙境。所有人都被眼前的景色震撼得无以言表，纷纷脱了鞋往石滩走。

方若诗因为之前的工作关系，跟弦乐团的成员很熟，现在大家知道了她的身份，更是待她亲近。所以，即使秦享在场，大家也毫无顾忌地跟若诗嬉笑打闹，玩水自然也拉上她。

"扑通！"

一块鹅卵石被扔到靠近岸边的水里，溅起的水花打湿了秦享的裤腿。他微眯了眼，看向始作俑者。

方若诗迎着光，笑得前仰后合。

秦享弯下腰，随手捡了块石头，往远处没人的水面打过去，"唰……唰……唰……"，小石块贴着水面打了三个水漂。

站在水中的一群人欢呼起来，方若诗也为他鼓起掌来："再扔一次。"

秦享又挑了块扁平的石块，贴着水面打过去，这次比上一次还厉害，一共打了五个漂。方若诗双手举起来，朝他比"Yeah"。

好几位男士不服气，要跟他一决高下。秦享看方若诗一眼，她冲他竖了竖大拇指，满脸期待。原本只是图好玩的秦享稍微认真了些，把裤腿挽高，在石滩上挑挑拣拣选了几块石块。

一共八个人比试，捡了石块依次扔出去，其余人在一边帮忙计数。秦享扔完石头，也不等报数，牵了方若诗就走。

方若诗连忙拉住他："我还没数完呢！"

"放心，没有人能赢我。"秦享志得意满地告诉她。

可她还是想看一下结果，拉着他胳膊晃了晃："等一等嘛。"

"好。"

"七个漂，秦老师赢了！"李默报出了战果。

顿时，参赛的另外七个人哀号一片：

"秦老师，留条活路吧！"

"有什么是你不会的？我要跟你单挑！"

秦享想了下，耸了耸肩："做饭我不会。"

"好，晚上的烧烤宴交给我了！"

"好呀！"秦享挑了挑眉。

看来，有人掉坑里了，方若诗在旁边捂着嘴笑个不停。

秦享领着若诗来到一处僻静的地方，脚下是潺潺的溪水，头顶是层层叠叠的茂密树荫。他俩肩靠肩坐在岸边的石头上，有一搭没一搭地说着话。周围静悄悄的，时间仿佛静止了一般，方若诗看着秦享，嘴角止不住地往上翘。

"傻笑什么？"秦享刮她的鼻尖，亲昵又温柔。

"不告诉你。"方若诗吐了吐舌头，随手从脚下捞了一块石头来玩。

这里的鹅卵石以扁平形状的居多，很适合拿来涂涂画画。她捡了好几块大石头堆在脚边，用小石头画出各种形状让秦享猜。

小鸟被秦享认成小鸡，天鹅被他看成鸭子，云被当作是山……

到最后，被打击得毫无兴致的方若诗气鼓鼓地扔了好几块石头，秦享全都捡了回来。

"你干吗？"

"带回家呀。"

"你一个都没猜出来，我画得一点儿也不好！"

"那怎么办？我原本是想收藏的。"

"收藏？就这鬼画符？"若诗不禁自嘲起来。

秦享抿着酒窝笑起来，压低的声线贴着她的耳朵："传家宝够分量！"

方若诗又好气又好笑，急得跳起来拍他，却被人一把抱住。

秦享顺势躺在大石头上，方若诗乖乖趴在他身上。一时之间，两人都安静下来，只听得见彼此清晰的心跳和呼吸声。

方若诗在秦享的怀中，流水和蝉鸣仿佛都远去了，她想起一句歌词：等到风景都看透，也许你会陪我看细水长流。

此刻，她终于发现，曾经无数次追问的"你爱不爱我"毫无意义，她只想闭上眼睛，默默体会这一刻的宁静美好，体会只属于她和秦享的细水长流。

山里的傍晚静悄悄的，别墅前的草坪上却是另一番热闹景象。炭炉上的肉"吱吱"冒着油，人群三三两两凑在一起，聊天喝酒。

"好香！"方若诗吸了吸鼻子。

周围几个人也闻到了，嗷嗷叫起来。

"口水都流出来了！"

"香死人了！"

"我去偷点儿肉过来吃！"

……

"呕……"一阵呕吐声响起，突兀地打断了他们的对话。

是弦乐团一位琴手的太太，刚刚怀孕，正是反应大、没胃口的时期。见方若诗他们看过来，她尴尬地捂着手帕："不好意思。"

"没事,没事。"大家一起摆摆手,"要不你坐那边去吧,免得烟熏。"

有人帮她搬了把椅子到上风口,方若诗搀着她站起来:"闻不了油?"

"闻到油味特难受。"孕妇捂着鼻子,很不好意思,"刚才吃了两口蛋炒饭,全吐了。"

"那你现在想吃什么?"

孕妇的眼睛亮了亮:"鱼,蒸鱼,最好是带一点点辣的,我感觉可以吃下两碗白米饭。"

方若诗扶她坐好:"我过去看看。"

别墅的管家服务很到位,准备了丰富的食材和配料。很快,方若诗就从箱子里翻出了一条刚刚杀好、用冰块保鲜的鲈鱼。

"你找什么?"李默正在拿五花肉串串,蹲下来问她,"你要烤鱼?"

"配料在哪个箱子里?"

李默把另一个箱子盖子打开:"都在这儿。"

方若诗把鱼递给他:"你先帮我找个盘子装上。"

"干吗?不是烤鱼吗?"

"蒸鱼。"方若诗拿了自己需要的调料,移步到食材准备区。

现在正是嫩姜上市的时候,方若诗打算做一道开胃的仔姜拌鲈鱼。她先把鲈鱼洗干净,两面各划三刀,用一点薄盐腌上,再把嫩姜、蒜和青红辣椒剁成碎蓉。电磁炉上放好锅,水开后把鱼放进去隔水蒸十分钟,关火后不揭盖焖一会儿。另外一个炒锅里放油加热到七成后,扔一把花椒进去,爆香后捞出扔掉。

不知什么时候,秦享已经从聊天的人堆里出来了,径直走到她身边。

方若诗一眼就看到了他,挥着手让他离远点。

秦享从旁边扯了条围裙替她系上:"蒸鱼?"

"准妈妈没胃口,想吃鱼。"方若诗一边解释,一边将姜蒜末和辣椒碎倒进锅里，小火炒香。

辣味被热油一点点刺激出来，被风一吹全钻进鼻子里，她接连打了好几个喷嚏。秦享赶紧给她拿来纸巾，捂住口鼻。

旁边一群人围观，方若诗有点儿难为情，推开秦享的手："好了，没事。"

秦享看了看四周，一个个端着胳膊看他俩，脸上全都是贱兮兮的表情，更有甚者拿着手机在偷偷拍照。

秦享懒得理他们，专心看方若诗做菜。

她往锅里加了一小勺盐、一小勺生抽、一小勺糖，然后关了火，撒了些葱花。调料拌匀之后，她准备浇到鱼上。可是炒锅太重，她一只手没能抬起来。正准备放下锅铲，两只手一起端锅时，秦享及时伸出了援手。

他左手轻而易举地将锅举起来，移到鱼盘上，方若诗三两下就把调料拨拉到鱼身上，香喷喷热腾腾的仔姜拌鲈鱼做好了。

刚才围观的一群人纷纷拥上来，啧啧称赞：

"若诗，你这鱼也做得太香了吧！"

"秦老师，手法很熟练嘛，看来平常在家没少打下手啊！"

"秦享，你上辈子做了多少好事呀，这辈子让你娶到这么能干的老婆！"

"老板娘，你有没有和你一样能干的妹妹呀？介绍给我吧！"

秦享冲看热闹中的一人招了招手，把鱼盘推到他面前："去，给你老婆端去。"

"啊？"那人一脸惊恐，连连摆手，"不不不不不，这可使不得！"

"快端去吧。"方若诗擦了擦手，指了指坐在那里休息的准妈妈，"吃什么吐什么，很难受的。"

"这怎么好意思，太麻烦你了！"

方若诗又扯了一张湿巾擦手，笑道："不麻烦的，我本身就喜欢自己动手做吃的。"

"真是太谢谢了。"

"快去吧,说是能就着蒸鱼吃两碗米饭呢!"

那人小心翼翼地端着鱼走到他老婆跟前,准妈妈没有吐,拿起筷子吃了好几口。

秦享搂住方若诗的肩膀,半开玩笑半认真道:"看来你要成为弦乐团的新团宠了。"

夕阳渐渐落下山头,大家围坐在炭炉旁,吃烤串、喝酒、聊天,玩得不亦乐乎。不知是谁提议玩击鼓传花的游戏,于是一群人又闹起来。

李默找了一个矿泉水瓶和一个啤酒瓶,矿泉水瓶用来传递,敲击声停瓶子落在谁手里谁就表演节目,由他去转动啤酒瓶,瓶口指向谁,就由谁来指定前一个人的表演内容。

几圈游戏下来,有被要求唱歌的,有被要求翻跟斗的,还有被要求当众选一个人亲吻的……整个草坪上都飘荡着大家的笑闹声。

很快,刚刚还只是看热闹的方若诗在敲击声停下的那一刻拿到了矿泉水瓶,她被拱上台去转啤酒瓶。

这时,李默冲她喊:"若诗,你最好祈祷能直接转到秦老师,否则的话,你落在我们谁的手里都会为难你的!"

方若诗一副无所谓的表情,任人宰割,蹲下身,随手一转。啤酒瓶飞速旋转起来,所有人都屏住呼吸,祈祷瓶口能指向自己。

"哐当!"瓶子旋转的速度渐渐慢下来,最后停住的时候,瓶口正对着吃掉一整条蒸鱼的准妈妈。

"哇……"吃瓜群众爆发出惊人的欢呼声。

李默激动地蹦起来:"让若诗和秦老师亲一个!"

"亲一个,亲一个,亲一个!"一群看热闹不嫌事大的人纷纷拍起手来,"老板、老板娘!老板、老板娘!老板、老板娘!"

圆圈中心,方若诗捂住脸,耳根都红了。

李默急忙跑过去给准妈妈洗脑:"不能放过秦老师啊,此时不捉弄更待何时啊!"

"不太好吧……"准妈妈扶着腰站起来,看了看早已把脸埋进手掌的若诗,"要不……要不让秦老师来指定节目吧。"

哈?

李默泄气地往地上一躺:"你再想想啊,这大好机会,可别浪费了!"

"秦老师是最了解若诗的人,说不定捉弄起来更狠!"准妈妈安慰李默,顺便把决定转让了出去,"秦老师,你来吧。"

秦享站起来,望着方若诗,幽黑的眼睛清淡明亮。

他眨了眨眼,对她说:"你哼一首曲子,我们来猜,看谁先猜出来。"

"好!"方若诗欣然应下。

没有人反对,李默也不敢造次。

在一片虫鸣声中,方若诗轻轻哼了起来,是她前两天听秦享练琴时拉过的。具体名字她也不知道,只觉得曲调活泼跳跃,格外轻快俏皮。她对曲子不熟,只听了他拉了几遍,零零星星地哼了一个大概。

哼着哼着,一群人的眼睛越瞪越大,全都在摇头,没人听得出来。在一群演奏家面前班门弄斧的方若诗,早已羞得涨红了脸。此时陷入尴尬境地的她只能望着秦享,眼神求助。

秦享双手插兜,从容地走向她,边走边跟着她不成调的曲子哼起来。

李默在旁边叫起来:"动不动就撒狗粮,我不吃!"

旁边的人笑起来,全都看着秦享和方若诗。

秦享走过去,揽着方若诗的肩膀,旁若无人地告诉她:"我猜到了。"

方若诗停止了哼唱,眨巴着眼睛看他。

"《美丽的罗斯玛琳》。"

方若诗重重地点了点头。

秦享眼里倒映着她,她是他的妻子,他的罗斯玛琳。

第十二章
排骨莲藕汤&E小调协奏曲

（1）

网络暴力事件后再没出现的"小吃心"终于更新微博了。最新发布的内容是一个微视频，时长三分钟的食谱。

有别于以往的图文介绍和小视频，这次的短片更专业，不论是拍摄还是后期都堪称教科书版本，除了清晰明了地呈现做菜的步骤，还将一些不易察觉的打动人的细节展现了出来。

小吃心依然全程没有露脸，只有一双手出镜，可这一次的评论却跟上次有了天壤之别，粉丝们的热烈追捧很快就将这个视频送上了热搜。

"姐，自从上次你和姐夫被网络人肉之后，你现在动不动就上热搜，简直成了热搜体质。"宋颂在微信视频里跟方若诗说道，作为项目负责人的他正在欣赏自己制作的短片。

方若诗在电脑上把视频点开，又看了一遍，若有所思："中医馆的小院子真适合拍片呀。"

专门带领团队飞来遥城拍摄的宋颂此刻也忍不住嘚瑟起来："这次我们运气好，遇上了好天气，院子里自然光充足，做出来的片子清新唯美，相当吸粉。"

"能不拐着弯夸夸自己吗？"

"你自己说，这么一会儿工夫你就上热搜了，还涨了这么多粉，是不是视频做得好？"

"是是是，视频拍得好，后期做得好，最关键的是我弟统筹得好。"方若诗顺着他的话说了一堆表扬的话。

宋颂颇为得意地昂起了头："那是当然！"

"嘚瑟！"方若诗笑骂道。

"不过，场地问题需要尽快解决。"宋颂突然正襟危坐，提出了关键问题，"如果遇到天气不好的时候，拍摄就无法顺利进行了。"

"可以延期啊。"

"如果遇到临时拍摄任务呢？"

"哪有那种任务，我们是定时更新的，什么时候拍我们自己说了算。"

"姐，我拜托你目光长远点儿。"宋颂有些恨铁不成钢，"今后的拍摄和推广合作，借场地终归不是长久之计，最好能有一个固定的场所。"

"我考虑一下。"方若诗点点头，结束了视频通话。

这个问题一直在若诗头脑里打转，直到回秦家老宅吃饭的时候，她都还在思考。

文静好久没见她，跟她聊起了微博上发的那个视频："若诗，你那个视频在哪儿拍的？我看着不像家里。"

"我们小区有个中医馆在一楼，我借用了他们家小院子。"

"看起来很不错呢！"

"确实不错，我要是能找到一个带院子的工作室就完美啦！"若诗充满期待地说。

"工作室？"

若诗向师姐坦诚了最近的计划："除了短片拍摄，还有其他商业合作，我需要租一个场地来工作。"

文静和秦磊对视一眼，再看了看端坐在主位的老爷子。

久未开口的秦家大伯父开了口："看我干吗，集团大楼里空了那么多办公室，让若诗自己去选一间。"

"爸英明。"秦磊和文静异口同声地拍马屁。

突然被点名的若诗完全没搞清楚状况，拉了拉秦享的袖子。

秦享正在盛饭，闻言对老爷子说："谢谢大伯父。"

"一家人瞎客气什么。"大伯摆了摆手，又对方若诗笑道："明天去公司挑办公室，有好几间带露台的，很适合拍片。"

方若诗很不好意思，嗫嚅着问："会不会太麻烦了？"

"一家人，不麻烦。"秦享夹了一筷子菜到她碗里。

文静笑眯眯地拍了拍她的胳膊，道："明天我陪你去。"

一件头疼的事就这样被他们三言两语轻松又愉快地解决了，方若诗坐在回家的车上不停感叹："果真是大树底下好乘凉啊！"

秦享把着方向盘，嘴角微微扬起。

趁等红灯的空隙，方若诗搂住他的胳膊，撒娇地蹭了蹭："我嫁了个好男人呀！"

秦享看出她心情大好，故意刁难："我可什么都没做，是大伯父帮你解决的。"

"你什么都不用做，你只要姓秦就可以了。"

秦享一把抽出胳膊，刮了刮她的鼻梁："我还是有点儿用处的，对吗，秦太太？"

方若诗抬起头，一脸谄媚地猛点头。

第二天，方若诗在文静的陪同下，选中了35楼的一个带露台的大开间。空间大，采光好，露台面积大，最重要的一点是，离秦享办公室近。

因为这一点小私心，方若诗忍不住雀跃起来。

"傻了吧，笑成这样。"文静不由得揶揄她。

方若诗挽住她的胳膊，晃了晃："今晚我请了几个以前关系好的同事，大家一起聚聚，师姐，你也来吧？"

"我来合适吗？"

"有什么不合适的，就是随便吃吃喝喝聊聊天。"

"你知道的……"师姐说着，捋了捋额前的碎发，"我是老板娘,我去了他们会不会放不开?"

这一副欠打的模样成功引得方若诗撇了撇嘴:"师姐,咱能不这么嘚瑟吗?"

文静敲了她一记,"扑哧"笑出了声:"好,一起去玩玩。"

晚上约在一个炭火烤肉店,不大不小的隔间正好坐下他们几个人。今晚除了王晓晶之外,方若诗还邀请了两位在内刊组关系不错的同事,加上方若诗和文静,五个女人一边吃肉喝酒一边聊天。

"若诗,你怎么不声不响就辞职了?"

"对呀,不是说手受伤了请假吗?"

"我们都等着你回来呢,结果突然有一天晓晶跟我们说你辞职了,太意外了!"

自打方若诗在食堂被人泼了汤之后,她就再也没有出现在公司里,此时两个同事也是许久不见,问起方若诗辞职的事情来。

"其实是我不知道该怎么面对大家……"方若诗喝了两杯小酒,说出了真心话,"出了那样的事,公司同事对我或多或少都有看法……"

方若诗还没说完,她们就打断了她,义愤填膺:"他们造谣生事,诬陷诽谤你,该走的是他们好不好!"

"没错,我也觉得你不该辞职。"王晓晶仍旧对此事耿耿于怀,不禁开口附和。

方若诗放下筷子,满不在乎地耸耸肩:"这几个月,在微博上找我合作的品牌越来越多,其实我也在思考一条更适合自己的职业道路。这不,我已经准备在35楼的一间大办公室里另起炉灶了。"

"是自己开公司吗?"

"不是开公司,只是拍一些做菜的视频,做一些品牌合作推广而已,总之就是用二次元的身份来做事情。"

"这么说来,我们以后还是能经常见面咯?"

"当然,欢迎你们到35楼来找我玩啊。"方若诗笑眯眯地许诺,"我有一个预感,我的工作室会成为一个随时随地吃吃喝喝的场所。"

几个人笑起来，开开心心地畅想未来。

只有文静姐一边笑一边装出一副刻板面孔，训她："这位美女，不好这样扰乱公司人心的好吗？"

方若诗眉眼弯弯地朝她举杯示意，大家一起笑呵呵地碰杯。

专门负责烤肉的师傅敲开门，将烤好的肉类一盘盘地端进来。方若诗托着腮，看他进进出出，不一会儿，就摆满了整张桌子。

方若诗礼貌道谢，却在师傅退出房间的时候，被门外的一个声音打断。

"文静姐？"来人施施然地走进来，熟络地打起了招呼，"好巧，你也在这里吃饭！"

文静站起来，仔细端详对方。

"文静姐，好久不见了。我方才从门口路过觉得像你，没想到真的是你！"人越走越近，直接走到了文静的面前。

文静辨认了好一会儿，不确定地吐出三个字："江意苎？"

江意苎？！

怪不得觉得眼熟，这会儿她站在亮堂堂的房间里，灯光照亮了她的脸庞，即使只有一面之缘，方若诗仍然认出来了这位美如画中人的知名大提琴家。

眼前的场景未免太有意思了点儿，方若诗忍不住笑出声来。

江意苎视线转过来，面带微笑："这位是？"

此时，房间里的其他人全都直起了身子，警惕地望着眼前的不速之客。

方若诗施施然起身，仪态万千地微笑："方若诗。"

抛开在秦享办公室的匆匆一面和网络骂战不谈，这是方若诗和江意苎第一次正式碰面，两个在二次元互搜信息的女人终于在现实世界里面对面了。

"方小姐？"江意苎挑了挑眉，意味深长地说，"介意跟我喝一杯吗？"

方若诗招呼服务生拿了干净酒杯来，替江意芷和自己斟满酒："江小姐，我更喜欢你叫我秦太太。"

"秦太太？"江意芷仿佛听到了好笑的笑话，不可抑制地笑起来，"你知道吗？一个优秀的老公是被无数个前女友调教出来的。"

文静坐在方若诗的身边，只说了一个"你"字就被方若诗拦了下来。

江意芷俨然已经忘记她的初衷，对文静视若无睹，只盯着若诗说道："真羡慕你的好运气，当年可没人给我调教一个现成的秦享啊！"

方若诗听出了话外音，不就是说自己今天能坐享其成当上秦太太全拜她江意芷所赐吗？

"哟，敢情你是来炫耀的！"王晓晶看不惯她的耀武扬威，话脱口而出，"你是得意自己是秦享的第一个女朋友，还是得意自己是秦享甩掉的前女友呢？"

方若诗拍了拍王晓晶，笑道："让我跟江小姐聊。"她表情淡淡的，像是完全不把江意芷的话放在心上，举起酒杯致意，"这杯敬前女友，辛苦了。"

说完，不等对方反应，她一饮而尽，面色如常。

江意芷不用猜也知道她此刻心里的想法："你不就是前女友吗？我敬你。你不是辛苦吗？我承认。"可是，为什么方若诗一点儿也不生气呢？方若诗的脸上没有一丝一毫的气急败坏，反而神情明媚地看着她，仿佛在说"可那又怎么样"。

江意芷捏着酒杯，喝也不是，不喝也不是，半响才开口："你知道我为什么回国吗？"

方若诗转着酒杯，摇头："我不知道，也不想知道。"

"我是为了秦享回来的。"

"哦？"方若诗抬眉瞟她一眼，"那你有心了。"

"方若诗，你何必在我面前装淡定呢？你明明那么在意我和秦享的过去,还要装出一副前尘往事如云烟的潇洒,你累不累?"

"累。"

江意芷没料到方若诗如此坦白,甚至毫不掩饰她的敷衍。

"秦享跟你结婚了是没错,可只要有我在,我会永远做你们之间的那根刺。"

"噗……"王晓晶笑出声来。

文静也笑起来:"这个恐怕不是你能决定的。"

江意芷明白,文静已彻底站在方若诗的那一边,她今天孤身前来不会有任何优势,但她不会轻易认输。

"我和他恋爱四年,我把我最好的青春都给了他,你呢?你给了他什么?你能给他什么?"她死死盯住方若诗,眼里全是不甘。

方若诗依旧维持着礼貌的微笑,表情淡得看不出任何一丝不悦。她仰望着、爱着的男人,曾被眼前这个女人毫不留恋地甩掉,独自挨过寒冷冬天。只要一想到这里,她就心疼不已。

所以,江意芷现在有什么资格站在这里质问她?

方若诗看着江意芷,一字一句地告诉这个女人:"我给了秦享一个家!"

刚刚还斗志昂扬的江意芷颓然地垮下肩膀,眼里凛冽的光芒渐渐消散。她终于知道自己真正踢到铁板了,她做过的手脚、那些甚嚣尘上的网络热议终究没被方若诗放在眼里。

(2)

工作室的装修交给了秦氏自己的下属公司,从设计到装潢都有专人负责。方若诗在装修之前跟设计师沟通好之后,就再没有操过心,除了隔几天去现场看一眼进度,其余时间都在处理品牌合作事宜。

这天若诗接到设计师的电话,说工作室装修完毕,只等家具进场了,她便准备去现场看看。哪知她刚换好衣服,就听到门铃响了,开门一看,是小师妹。

"喏，老爸让我给你送茶包。"小师妹递了一大包草药给她，"全都配好了，每天用开水泡上，当茶饮。"

方若诗接过来闻了闻，是非常清淡的草药味："时令茶饮？"

"老爸说最近天气燥，特意配了滋养好喝又不生痰湿的茶包给你。"

"哇！太棒了，替我谢谢师父。"

方若诗道过谢，正跟小师妹聊别的，突然听见"砰"的一声巨响，卧室门被风吹过来关上了。

她连忙跑过去，一边开门一边念叨："完了，完了，这锁最近动不动就锁死，不会又打不开了吧……"

小师妹走过来拧了拧门把，确实打不开了："怎么办？给修锁的打个电话？"

"你姐夫会修。"

"那你给他打电话吧。"

方若诗指了指门："手机在卧室里……"

"喏，我的给你用。"小师妹摸出自己的手机。

"嘻嘻嘻嘻，不用了。"方若诗狡黠地笑了笑，"我直接去公司找他。"

"突击检查？"

"不是呀，就是借故去看一眼。"方若诗一想到秦享见到她时的表情，就很期待。

小师妹翻了记白眼："已婚夫妇的乐趣我是体会不了。"

方若诗右手一摊："借点儿钱给姐。"

"你不会连钱包也锁卧室了吧？"小师妹一脸"我读书少，你不要骗我"的表情。

方若诗摸摸她的头，慈祥地笑了："真聪明。"

揣着小师妹给的钞票，方若诗招了辆出租车走了。到了秦氏集团大楼，一口气上到顶楼，却扑了个空。秦享和李默去楼下开会了，她只好乖乖待在办公室等他。

其实，秦享开会的地方就是若诗曾经工作的内刊组，这次去不过是为了重新找一个人接替方若诗，负责对接乐团的宣传工作。

对着运营部负责人点名推荐的几位内刊编辑，秦享的食指在桌子上敲了敲两下，他说："我只有一点要求，找一位男编辑来对接乐团工作。"

"之前就是女编辑啊！"一位年纪轻轻的女编辑嘟囔了一句，"为什么到我们就不行了？"

"嗯？"

他偏头看向那位女编辑，从鼻腔发出的声音意带询问。

旁边有人撞了撞那位编辑的胳膊，示意她不要再说。

女编辑在秦享看过来之后，心里一阵慌乱，连忙避开视线低下了头。

秦享并不气恼，清润的声音再次响起："不好意思，麻烦你再说一遍。"

"我……我是说，为什么同样作为女编辑，之前方若诗就可以做对接工作？"到底是初生牛犊不怕虎，女编辑终于把心里话讲了出来，"到我们，就指定要男编辑了……"

部门主管显然没想到自己的下属如此拎不清，竟然会在会上对秦享的要求提出质疑，连忙出声制止："这是工作安排，不是在菜市场讨价还价。"

"无妨，这个问题我可以解释。"秦享靠回椅背，气定神闲地回答，"因为当时我正在追求我太太，所以指定她专门对接，只是为了方便我自己。而现在，没这个必要了。"

一屋子的人全愣住了。

谁也没想到堂堂秦氏集团的股东、弦乐团的首席会将私人情感拿到台面上来解释，他如此坦荡且理所当然，令所有人震惊到张不开嘴，没有人再提出任何异议。

李默坐在秦享身后，憋笑憋得内伤：终于不再是自己一个人被冷不丁地塞一嘴狗粮了！

方若诗喝掉了两杯果汁,去了一趟卫生间,跟行政办公室的助理们逗了半个小时闷子,秦享还没上来。她百无聊赖,只得重新回办公室等人。

很快,秦享推开门回来了,看见她坐在自己的位置上,意外地挑了挑眉。

"出什么事了?"他快走两步到她跟前。

方若诗摊了摊手,一脸无奈:"卧室门锁卡死了,钥匙、手机和钱包全锁里面了。"

秦享没说话,叹了口气。

方若诗立刻狗腿地抱住他:"不许骂我!"

秦享拍拍她的头:"你真是让人惊喜。"

方若诗不好意思地吐了吐舌头。

"那你怎么到公司来的?"

"找小师妹借了一百块。"

秦享哭笑不得:"有一百块不找师傅开锁,跑来找我?"

方若诗假装恍然大悟:"啊,对哦,我为什么不去开锁呢?"

秦享抱臂俯视她:"这得问你。"

方若诗舔舔嘴唇,笑得天真无邪:"想你了,可以吗?"

显然,秦享对这个答案无比受用,他环住她,低头蹭了蹭她的鼻尖。

"可以申请奖励吗?"方若诗眨巴着眼睛问他,笑容里露着点儿狐狸般的小狡猾。

"说来听听。"

"早上听了一首很好听的小提琴曲,燃爆了!"方若诗想到那首曲子,眉飞色舞地描述起来。

"所以?"

方若诗又舔了舔嘴唇:"想听你拉。"

"曲名。"

"一部电影的主题曲*Love Me Like You Do*,你听过吗?"

秦享勾了勾唇,脸上的笑意味深长:"听过。"

"真的很好听,对不对?今天早上我听到的时候觉得这曲子和小提琴太搭了,那位西班牙的小提琴家拉得好好听呀!"方若诗立刻转换成迷妹属性,拉着他的手晃起来,"你会拉吗?"

"把'吗'字去掉。"说完这句,秦享转身锁了门。

方若诗不明就里,问他:"干吗锁门?"

秦享拾起墙边的小提琴,轻描淡写地说:"拉琴的时候不想被打扰。"

"你现在要拉给我听?"方若诗望着他,眼里闪着星星。

"这不仅涉及我的专业,更牵涉到老婆会不会被另一个拉小提琴的男人拐走,我不得不应战。"

方若诗看秦享调弦试音,感觉他整个人都在发光。

旋律响起,方若诗情不自禁地跟着音乐轻轻点头。在秦享拉弓拨弦的每一个动作里、在他演奏的每一个音符里,她沉浸在歌曲营造的情境和氛围之中,感受到无言的激情和性感。

一曲终了,秦享放好小提琴,冲方若诗扬了扬眉,冷峻的面庞突然柔和了线条,恍若一瞬,整个办公室洒满阳光。

方若诗站在原地,一眨不眨地望着他,突然,一个箭步冲过去,跳到他身上。

秦享被她撞得倒退几步,本能地使力托住她。等他稳住身子,方若诗的吻已经落了下来,温软的唇瓣带着她身上的香气贴上他的嘴唇。

秦享抵上她的额头,勾起两枚酒窝,笑起来:"给我的奖励?"

方若诗搂住他,埋在他颈边耳语:"你知道吗?你拉琴的样子迷死人了。"

秦享腾出一只手捏住她的下巴,轻咬一口:"有多迷人?"

方若诗的眼珠滴溜溜转起来,舌头轻轻舔过红唇,红嫩嫩的嘴巴嗒着,说不出的娇俏可爱。

秦享喉头一紧,含住了她的唇瓣,吮吸辗转的同时,用膝盖顶开了休息室的门,把若诗放到了床上。

这是方若诗第一次进秦享的休息室,不禁悄悄打量起房间里的陈设来,除了床、矮几和衣帽架,再找不出第四件家具。

若诗忍不住揶揄他:"你的单身生活就是这么过的?"

"差不多。"秦享的话里听不出太多情绪。

"太素了。"方若诗咬着唇笑他。

"嗯?"秦享的呼吸越来越近,在她的耳尖、脸颊、下巴烙上一个又一个滚烫的吻。

方若诗被吻得痒,偏着头躲。

"嗯?什么太素了?"秦享并不准备放过她,细细密密的吻如雨点般落在她的身上。

方若诗咬住嘴唇,稀里糊涂地回答:"像苦行僧一样……"

秦享吸住她的唇瓣,迫使她松开牙关,他的声音压得很低,他说:"那你就是来解救我的。"

方若诗承着他越来越疯狂的吻,话语从喘息间流出:"你不能自救吗?"

"呵……"

短促而轻快的一声笑,随着由热转凉的气息转瞬即逝,像是方若诗的幻觉。

她半睁开眼,秦享脸颊边的酒窝仍在,他卷长的睫毛微微颤抖,还有他游走在每一寸肌肤上的手掌……这些全都提醒着她,秦享从来不是苦行僧,他即使不自救,也会有人来救。

方若诗头皮发麻,攥着他肩膀的手越收越紧。

她看着他,眼波流转:"我救你。"

秦享眸黑如墨,睫毛颤得更加厉害,手指一遍遍摩挲她的后背,宛如拉弓拨弦演奏般。

清澈的嗓音多了一丝沙哑,他问她:"值得吗?"

"值得。"

刹那之间,万花齐放,却又渐渐归于宁静。

秦享紧紧抱着方若诗,怀里、心里都被她的话、她的人填得满满当当。

(3)

方若诗的工作室正式投入使用,她的事业也步入正轨。以美食照片和短片为主的微博仍然是她作为"小吃心"的主战场,微信公众号成为她第二个发展方向。随着跟很多知名的厨电品牌建立起了合作关系,她的工作越来越多,也越来越忙。

于是,方若诗顺理成章地将王晓晶挖到了自己工作室,加上小师妹时不时过来帮忙,三个人把美食事业经营得有声有色。

这天下午,方若诗和王晓晶推开了所有工作,只为看秦享第一次的网络直播。

对于向来不喜欢在镜头前抛头露面的秦享来说,能够答应网络直播纯粹是因为此次承办方《I MUSIC》杂志盛情难却。同时,这次直播还有一个大爱行动,将直播过程中获得的所有款项直接计入爱心基金,用于山区学校修建音乐教室。所以,秦享才会坐在杂志社的直播间接受主持人的采访。

当秦享听到主持人提议他拉一曲的时候,原本保持着倾耳聆听的姿势慢慢有了变化。他身子后仰,双手撑住沙发扶手站起来,弯腰拾起立在一旁的小提琴。

这原本就是之前设计好的环节,秦享没有假意推托,跟事先定好配合的大提琴手一起,按照准备的曲目即刻演奏起来。

短短六分钟的时间,观众数量由一万上升到十万,粉丝送出的礼物也突破了百万大关。连工作人员都连连惊叹,终于亲眼见识了秦享的魅力和迷妹粉丝们的疯狂。

演奏结束,秦享坐回了沙发上,接受主持人的赞美和接下来的提问。

"秦老师,我小时候学过几年古典音乐,知道您刚刚演奏的曲目叫《门德尔松E小调协奏曲》。对于热爱弦乐的朋友们来说,这首曲子应该都不陌生,它是门德尔松特有的华丽、唯美、抒情的音乐风格的代表,能为听众呈现出一个富有浪漫、诗意的情境。我非常好奇,您为什么会选这首曲子?"

"虽然这是一个公开的活动,但我还是忍不住想分享一些我个人认为好的、动听的、能够代表此刻心情的曲目给大家。"他很坦率,没有一丝惺惺作态。

主持人也看出了这一点,笑着问他:"方便告诉我们是什么样的心情吗?"

"我现在……"秦享抬起头来,面前的显示屏滚动刷新着网友的留言,他似乎完全视而不见,自顾自地说下去,"进入了人生非常舒服的一个阶段,《E小调协奏曲》这样迷人的柔板乐章跟我现阶段的心境非常相符。"

"既然您谈到目前的状态,可不可以跟大家简单分享一下?"

秦享看了主持人一眼,明知故问:"分享什么?"

主持人是一位红了好多年的女歌手,近两年转型做了访谈主持。大概是没料到秦享会突然看她,不自在地笑起来:"秦老师,我也是您的粉丝,您这样看我,让我怎么忍心问下去?"

秦享交握双手,淡然道:"无妨。"

"那我就大胆地问一个万千迷妹都好奇的问题吧,也是刚刚刷屏最多的问题。"主持人长呼一口气,下了很大决心似的,抛出了那个众人最关心的话题,"您之前通过网络向大众介绍了您的人生伴侣,我们都认识了您太太,知道她是一位非常有名的美食博主,大家想问她在生活中是怎样一个人?或者说,您是因为什么选择了她做您的太太?"

"哇……"正在看直播的王晓晶不禁惊呼起来,看向身边的当事人,"这才是重头戏吧。"

方若诗也很好奇,秦享到底会怎样评价她,当着数十万观众的面。

不知想到了什么，秦享低下头，以拳抵唇笑了一下。

粉丝们立刻在频道里炸了锅，直接刷起屏来。

"妈呀！帅哭了！"

"笑起来好帅！"

"迷死人了！我要救心丸！"

"哇哇哇！我男神笑起来美炸了！"

"能不能求老公再笑一次！"

"我去！苏死了苏死了苏死了！"

"就着这笑，我可以舔屏一万年！"

"刚刚是我眼花了吗？我看到秦享手上有戒指！"

"我男神笑了吗？我刚挤进直播间！谁有截图！"

"戒指！我男神今天戴戒指了！"

"破天荒第一次戴戒指啊！赤裸裸的秀恩爱！"

"苏炸天的笑容！闪瞎眼的戒指！除了秦享还有谁！"

"小吃心幸福爆啦！！羡慕！嫉妒！恨！"

……

显示屏上不断翻页的粉丝评论越来越疯狂。

秦享看着镜头，面庞清俊，剑眉星眸，眼神是从未有过的温暖柔软，他的声音清澈如水，静静流淌进每一个人的心里。

"人这一生都在寻找另一个人，以此完整自己。感谢我的太太完整了我。"

这个在直播中狠狠撒了一把狗粮的小提琴家回家就倒下了，连日的工作让他累得不行，喉咙发炎，喝口水都疼。

方若诗一进门就听见他在咳嗽，趿拉着拖鞋跑到沙发前，探了探他的额头："感冒了？"

秦享没精打采地躺在沙发上，握住她的手，宽慰她："不发烧，只是嗓子疼。"

"还有哪里不舒服吗？"

秦享摆了摆手。

"那我给你熬点粥。"

"想吃牛肉粉。"

方若诗食指轻轻点了点他的眉心，嗔道："病号先生，只能委屈你吃清汤米粉了。"

厨房里有若诗上午炖好的汤，新鲜的猪排焯过水后和洗干净切大块的莲藕一起放进砂锅里小火慢炖两个小时。紫砂煲一直给汤保着温，若诗一揭开盖子，排骨莲藕汤的清香扑鼻而来。

她舀了一些排骨汤到小砂锅里，放上姜片、蒜片和葱头，开锅后，放入平菇熬煮十分钟后，放番茄和黄豆芽再熬三分钟。接着将事先焯熟的米粉抓入锅中，煮两分钟，舀一小勺猪油、一勺盐，最后撒一把葱花，关火。

香喷喷的清汤排骨米粉端上餐桌，秦享忍不住抱怨："太清淡了！"

方若诗好脾气地劝："你在咳嗽，不能吃辣。"

"清汤米粉不足以抚慰我！"

"你的嘴越来越刁了。"

"被你惯的！"

说得没错，若诗点头应下来。

这边是夫妻俩在餐桌上玩笑斗嘴，而在网上又是另一番热闹景象。

事情的起因是有粉丝把秦享今天的直播录了下来，把其中的精彩片段直接做成了一个合辑。一时之间，不论是秦享和小吃心的粉丝，还是路人，甚至连一些大V都被秦享的采访甜到了。

向来矜贵高冷的秦享难得被人捕捉到如此深情温柔的一面，大家纷纷转发，一致配文：看万千迷妹心中的男神如何表白爱妻，图文奉上，狗粮请自备。

越来越多的人观看、转发，"秦享表白爱妻"的视频迅速蹿上了热搜排行榜，并且成为微博自动向用户推送的热门消息。

方若诗自然也收到了这条推送。

她靠着沙发，秦享的头凑过来，靠在她肩上："看什么？"

"你好像又上热搜了。"

"因为直播？"

方若诗点开网友做的那个视频，认真地看起来。看到秦享说完那句话后，她就点回了转发页面。

她想，是时候做出表态了，总不能让公开秀恩爱的小提琴家得不到回应吧。

她沉思片刻，在自己的微博上写："他是不是小提琴家，是不是万千少女心中的男神，我不在乎。对于我来说，秦享只是秦享，是我的丈夫。"

秦享看着她一字一句地输入发布栏，点击了发送。他不关心"小吃心"这句话发出去会引起多大反响，也不去理会微博不停响起的信息提醒，下一秒，他伸出手，再次点开了刚刚的视频。

方若诗以为他想重温一遍自己实力宠妻的瞬间，忍不住笑起来，直到视频中出现了她没有看过的画面。

"这也是今天直播的内容？"

错愕间，她看见秦享点了点头。

"为什么直播的时候我没看到？"

秦享嘴角扬起来："彩蛋。"

画面中央是秦享一个人，他的手里不再是小提琴，而是一把小巧的口琴，他吹的是人人耳熟能详的童谣："一闪一闪亮晶晶，满天都是小星星，挂在天上放光明，好像许多小眼睛。"

她不可思议地看着秦享："这是什么？"

秦享一把将人搂进怀里："The gift for you."

"嗯？"

"一周年快乐。"

"你确定是今天？"

他吻住她的眉心，笑了："一年前的今天，我对你一见钟情。"

"今天？你在哪里见过我？我怎么不知道？！"方若诗心里的问号越来越大，眼睛直勾勾地盯着他。

"嘘……"秦享的食指压在她殷红的唇瓣上，"你不需要知道。"

原来，这一生注定的纠缠早已有了伏笔；原来，他对她的志在必得远比她知道的时间还要早；原来，他比她想象中还要爱她。

方若诗枕着秦享的胳膊，手指有一下没一下地摸着他的下巴："曾经我给你出过两道题，你没有回答。今天，我想再问你一次。"

"你问。"

"你爱我吗？如果有一天你不爱我了，你会离开我吗？"

秦享牵起嘴角，脸颊边的酒窝圆圆润润，他笑了："这是一道送分题。"

屋外星星点点的灯光透进来，映得若诗眸光盈盈。

"你要回答我吗？"

"我爱你，不会有舍得离开你的那天。"

他深深凝视她，眼中仿佛揽了万千星辉，璀璨夺目。

如果婚姻注定是人生的一场豪赌，我也只愿拉你入局。

——完——

【官方QQ群：555047509】
每周丰富多彩的群活动，好礼不停送！
作者编辑齐驾到，访谈八卦聊不停！

扫一扫看更多图书番外，作者专访